鬼神新選

Kijin Shinsen

京都篇

第一話
帰京

鬼神新選
京都篇
出海まこと
イラスト／ヤスダスズヒト

目次

カバー・口絵・本文デザイン／渡辺宏一
（有限会社ニイナナニイゴオ）

第一話　帰京

一

明治二年――。

当時『蝦夷地《えぞち》』と呼ばれた北の大地で、土方歳三《ひじかたとしぞう》はなおも闘い続けている。

「退《ひ》く者は斬《き》る」

部下たちへ言い渡し、

「続け」

馬首をめぐらせ、待ち受ける敵の群へ突っこんでゆく。敗残の兵たちが、それでも、熱狂的な叫びを上げ、彼らの軍神《ぐんしん》の後を追う。

すでに、眼前、函館《はこだて》市街の各所から火の手が上がっている。少数の守備隊では、敵軍の上陸を防げなかった。この一本木関門《かんもん》を抜いたとしても、目指す弁天台場《べんてんだいば》までは、上陸した敵部隊が犇《ひしめ》いていよう。

それでも、土方歳三は征《ゆ》く。

この日――。ついに始まった官軍（明治新政府軍）の総攻撃を防ぎきれず、旧幕軍は各方面において壊滅的《かいめつてき》な打撃を受けた。残った拠点《きょてん》は、本営・五稜郭《ごりようかく》と函館半島の弁天台場。いずれも陸海両面からの猛攻に晒《さら》されており、艦艇《かんてい》を失った弁天台場の陥落《かんらく》は時間の問題。陥《お》ちると分かっている、その弁天台場救援のため、土方は、五稜郭より討《う》って出た。

もはや戦局は決している。いまさら弁天台が持ち直したとしても大局に影響はない。何より、関門を抜いて弁天台場へ赴《おもむ》くこと自体、不可能に近い。

土方歳三が弁天台場を目指す理由は一つ。そこに立て籠《こ》もり、闘い続けているのが、『新選組』だからだ。

海は、鉄壁《てっぺき》の装甲《そうこう》・新鋭艦『甲鉄《こうてつ》』を中心とする艦隊主力。陸は、函館山に布陣した上陸部隊。双方からの攻撃に、弁天台場は晒されている。迎え撃つ弁天台守兵の中核は、新選組隊士九十余名。その中には、島田魁《しまだかい》、相馬主計《そうまかずえ》など、京都以来の古参隊士も混じっていた。

――新選組――

かつて、土方が心血を注いで育て上げた、幕末最強の戦闘集団。元々の隊士は数えるほども残っておらず、もはや名のみを受け継ぐ混成部隊ではあったが。たとえ名のみであったとしても、それが土方にとって特別なものであることに違いはない。

陸軍奉行並ではなく、新選組副長として。戦局が決した今だからこそ、土方は、これまで背負ってきた全《すべ》てのものから解き放たれ、己《おのれ》の思うまま行動することができた。

いや――。全て、ではない。この期《ご》に及んで唯《ただ》一つ、『新選組』の三文字だけは、捨てられずにいる。

だからこそ、今、血にまみれ、敵軍の只中《ただなか》に在る。

「邪魔《じゃま》だ」

単騎《たんき》。群がる敵兵を蹴散らし、前後左右から降り注ぐ弾丸の雨をかいくぐって、駆けた。敵将の首。それだけを狙《ねら》い、たった独《ひと》り、敵中深くへと斬《き》りこんで行く。無謀《むぼう》としか言いようがなかった。部下たちも悲鳴に近い声で制止する。土方《ひじかた》は止まらない。

そして――。数発の弾丸が、ついに土方の身体《からだ》を貫く。

風景が万華鏡《まんげきょう》のように回り、次の瞬間、体中を強い衝撃《しょうげき》が襲った。一瞬、息が止まる。

気が付くと、目の前に青空が広がっていた。

(……最期《さいご》に見たのは、蝦夷《えぞ》の空か……)

蒼《あお》く、高い、異郷の空を見上げ、土方歳三《としぞう》は微《かす》かに笑った。

灼《や》けるような痛みが腹中にしこっている。傷口から血が、指先から力が、ゆるゆると溢《あふ》れ出て、止まらない。立ち上がることができなかった。

「落ちた。落ちたぞ。土方が馬から落ちた!!」

「弾が当たっているぞ」

「止《とど》めを刺せ!!」

すぐ間近で、そんな叫び声が聞こえる。もうじき、四方からジリジリと近寄ってきた敵兵たちが、この身に次々と刃を突き立てるだろう。それで、土方歳三の生涯は終わる。その瞬間を、土方は、空を見上げながら待っていた。

が——。待てども、敵兵は来ない。

代わりに、周囲で次々と悲鳴があがるのを聞いた。次いで、血風《けっぷう》。

「何をしている!?　相手は独りだぞ!!」

「圧《お》し包んで斬れ斬れ!!」

官軍士官の怒号《どごう》。複数の気合声。それが、すぐさま、断末魔《だんまつま》の絶叫《ぜっきょう》へと変わってゆく。

「……ばけもの……」

震える声で誰《だれ》かが呟《つぶや》いた。それが、やけにはっきりと聞こえる。

味方が独り、側《そば》にいるらしい。そいつに阻《はば》まれ、敵兵たちは自分に止めを刺せずにいるのだろう。四方八方すべて敵という状況にあってそれができるというのは、尋常《じんじょう》の強さではない。

土方と同等か、あるいはそれ以上の戦闘力を持つ男——。

土方は、その、たった独りの味方のほうを向こうとして、やめた。もう、首を動かすのも億《おっ》劫《くう》なのだ。

(誰だか知らんが、もういい。どうせ助かりゃしねえ)

青空を見上げながら、苦笑した。傷口からは、なお大量に血液が流れ出ている。意識も朧《おぼろ》になりつつある。

「銃砲隊!! 構え!!」

一斉射撃《いっせいしゃげき》。そして、また——。幾人もの絶叫《ぜっきょう》が折り重なり、血生臭《ちなまぐさ》い風に乗って戦場に渦《うず》を巻く。

「馬鹿な……!! 弾丸を避《よ》け、同時に、一振りで……全員の……く、首をっ!! こんなことが、人間に……できるわけがない……!!」

指揮官らしき男の震える声に、

「アハッ。失敬《しっけい》だなぁ。まるで私が人間じゃないみたいな言いようじゃないですか」

「そいつ」は、あっけらかんと笑いながらそんな軽口を返した。

「浅葱《あさぎ》に白のダンダラ模様……!! その隊服……!! ……おまえ……おまえ……!! おまえは……」

「おまえおまえって煩《うるさ》いなァ」

肉と骨を絶つ、鈍《にぶ》い音。「ぎゃっ」と短い絶叫。

「アハハ。斬《き》っちゃった」

吐いた台詞《せりふ》の陰惨《いんさん》さにそぐわない、底抜けに明るい声音《こわね》。稚気《ちき》に溢《あふ》れた口調。

(こいつ……)

覚えがあるなどというものではない。あまりにも長く側《そば》に居た。土方《ひじかた》にとって、血を分けた兄弟同然の青年。

（まさか……。あいつは、もう一年も前に……）

江戸で病死したはずだった。それが、今この場に現れるなど、有り得ることではない。が
──。

（いや……それだからこそ……）

今、自分の前へ現れたのではないか。

地下からの、「迎え」に。

（そうか……おまえが迎えに来てくれたのか……）

いつしか、銃声は止んでいた。

代わりに聞こえてきたのは、
ぞぶっ……

瓜《うり》かなにかにかぶりつき、
ちゅっ……ぢゅるっ……

内に溜《た》まった汁を美味《うま》そうにする、そんな音。

ぢゅうっ……ずぢゅううっ……

戦場は凍《こお》りついたかのごとく静まっており、「そいつ」がたてる湿った音だけがはっきりと
耳に届く。

（おいおい、独《ひと》りで美味そうになにを食っていやがる）

と、苦笑していたところへ、

「やあ、お待たせ」

目の前の青空に、ヒョイと人影が入りこむ。

「少し痩《や》せましたネ」

上から覗《のぞ》き込んでいる、「そいつ」は、くすっと笑ったようだった。

(痩せてなんかいねえ)

いつもの調子で言い返そうとして、かわりに、血を吐いた。

「――行きましょう。みんな待ってますよ」

頷《うなず》いて、差し伸べられた手をとった。

この日、旧暦五月十一日。函館《はこだて》・一本木関門《かんもん》にて、土方歳三《ひじかたとしぞう》、戦死と云《い》う。

二

文月《ふづき》――。
夕風が、街に淀《よど》んだ熱気を吹き流し、うだるような『東京』の暑さもいくらかはましになってきた。

浅草《あさくさ》外れの軍鶏鍋屋《シャモなべや》『一徹《いってつ》』にも、

「暑い頃《ころ》にこいつをやるのがまた美味《うま》いのよ」

数寄者《すきもの》の客がちらほらと入っていた。客たちは、入れ込みの座敷に上がり、美味そうな湯気を上げる鍋を囲んで、汗みずくとなってふうふうやっている。

そんな中に、独《ひと》りで鍋をつつく浪人《ろうにん》ふうの男がいた。

着物は麻《あさ》の絣《かすり》に小倉《こくら》の袴《はかま》。着古しだがきちんと洗ってあり、清潔そのもの。髪は、伸びた月代《さかやき》が少し額にかかり、あとは後ろできゅっと縛《しば》ってある。

金を持っていそうにはないが、しかし、かといってみすぼらしくも見えない。こういうなりをしても小ざっぱりと灰汁抜《あくぬ》けた感じのするところが、いかにも、「江戸のもの」に見えた。

歳《とし》は二十《はたち》そこそこに見える、が——。新牛蒡《しんごぼう》のササガキとともに鶏肉を頬張《ほおば》り、美味そうに升酒《ますざけ》を干す様《さま》が、あまりに堂に入っている。童顔というだけで、実年齢は三十ほどであるかもしれない。

「もう一杯頼《たの》まァ」

童顔の男が店の娘に声をかける。とくに可笑《おか》しくはないのだが、これがこの男の得《とく》なところで、平素の顔が、僅《わず》かな笑みを含んだように見える。娘が「あい」と嬉《うれ》しそうに返事をして、奥へすっ飛んで行く。すぐに新しい酒を酌《く》んで来た。

「ありがとよ」

受け取って、今度は本当に少し笑った。なんだか眩《まぶ》しいものでも見たように片目を瞑《つぶ》る、この男独特の、愛嬌《あいきょう》あふれる笑顔だった。

その笑顔に引きこまれて、娘が何か話しかけようとした。が、それを、後ろから袖《そで》を引いて制する者がある。この店のオヤジ、娘の実の父親だ。

「なに？　おとっつぁん」

「いいからこっち来い」

小声で言って、オヤジは、娘を板場《いたば》のほうへ引っ張って行ってしまった。その様子を横目に見ながら、

「ふうん……」

なにやら得心《とくしん》した顔で、男がぐいと升《ます》を呷《あお》る。

(長居は無用のようだ。とはいえ……)

まだまだ軍鶏《シャモ》は残っている。手をつけずにおいた肝《きも》のところなぞ、いい具合に味が染みて、

(こいつを食わずに帰る馬鹿はいねえ)

眩しいものでも見るような例の笑顔を浮かべた後、猛然と箸《はし》を動かしはじめた。すごい勢いで軍鶏を片付けてゆく。さらに、奥から出てきてなんとなくこちらをチラチラ見ているオヤジを呼んで、

「飯《メシ》だ。鉢《はち》に大盛りでな。それに生卵とオコウコっ」

箸は止めず、ぱきぱきと言いつけた。

「ど、どうぞ……」

オヤジが、言われたものを持って来る。男の目を見ない。そのまま、また引っこもうとしたが、

「待ちな」

男に呼び止められ、気の毒なくらいビクンと身体《からだ》を強張《こわば》らせた。

「な、なんの御用で……」

掠《かす》れた声でもごもごご言うオヤジを立たせておいて、男は手早く鉢のなかへ卵を割り入れ、軍鶏鍋《なべ》の残りもほうりこんだ。間髪《かんはつ》いれず、飯と卵と味の染みた鶏肉とを箸でぐるぐる混ぜあわせ、

「あっ」

という間に平らげてしまう。

呆気《あっけ》にとられているオヤジに向かい、

「ごっそさん。勘定《かんじょう》っ。茶はいらんぜ」

漬物《つけもの》嚙み嚙み、男が言った。もう立ち上がり、二刀を腰に差しこんでいる。

勘定を済ませて外へ出ると、男は何気なく周囲へ視線を配った。街はすでに薄闇《うすやみ》に包まれ、人通りも少ない。が、男は、目ざとく、路地裏へ慌《あわ》てて身を隠《かく》した複数の人影を見つけていた。

懐手《ふところで》にし、何食わぬ顔で歩き出す。提灯《ちょうちん》も持たぬのに、暗くて人気《ひとけ》のない方へと。

上野・浅草《あさくさ》といえば寺院・墓所《ぼしょ》の密集する土地柄で、店々が軒《のき》を連ねる界隈《かいわい》から少し歩けば、左右延々《えんえん》と寺院の塀《へい》が続くうら寂《さび》しい道筋へ出る。

わざわざそんな寂しい場所へ歩いてきたところで、

「この辺《あた》りでどうだい」

振り返り、男はにやにや笑って言った。背後をぴったり尾《つ》けてきていた、四人の人影に向かって。

距離は四間（約七メートル）。

追って来たのは、編笠《あみがさ》を目深《まぶか》に被《かぶ》った浪人《ろうにん》ふうが三人。垢《あか》じみた汚いなりをし、目は山犬のようにぎらぎら光っている。

もう一人、これは総髪できちんとした身なりの、剣客然《けんかくぜん》とした四十がらみ。これが、一歩進み出て、童顔の侍《さむらい》へ声をかけた。

「……新選組の永倉新八《ながくらしんぱち》どのとお見受けいたす」

「ちがうね」

皮肉っぽく——本人はそのつもりらしい——片目を瞑《つぶ》って笑い、

「靖共隊《せいきょうたい》の永倉だ」

答えた、この男——。

永倉新八《ながくらしんぱち》。

三十歳。

松前脱藩《まつまえだっぱん》の剣客《けんかく》で、流派は神道無念流《しんとうむねんりゅう》。

自称したとおり、かつて旧幕義勇軍の一隊として闘い敗れた『靖共隊《せいきょうたい》』副隊長。

だが――。世の人々は、この男を「靖共隊の」永倉とは呼ばない。靖共隊以前に属していた「ある組織」が、あまりに有名すぎるからだ。

幕末最強の剣客集団、

『新選組』

その、幹部隊士。

精鋭《せいえい》・二番隊を率《ひき》い、自らも「人斬《ひとき》り」の名で恐れられた――。

そいつが、童顔に笑みを浮かべ、四人と対峙《たいじ》している。

「そっちは」

童顔の侍《さむらい》――永倉新八が問い返すと、

「北辰一刀流《ほくしんいっとうりゅう》・黒崎一馬《くろさきかずま》。新選組の永倉を殺す者」

黒崎一馬は、悪意のこもった笑みを浮かべて言い、周りの浪人《ろうにん》たちへ「やれ」と命じた。三人の浪人は無言のまま刀の柄《つか》に手をかけ、新八を圧《お》し包む動きを見せた。斬る気、満々である。

「正気《しょうき》かい」

苦笑して、新八はようやく懐《ふところ》から手を出した。

「たった四人で、この永倉を斬ろうなんざ」

言うなり、駆ける。寺院の塀《へい》すれすれを、刀の柄に手をかけたまま。包囲しようと広がった三人とは逆へ向かって。

「逃がすな！」

黒崎に言われるまでもない。浪人たちは、新八を追って駆けた。壁を利用した三点包囲で圧し包み、ナマス斬りにするのが当初からの計画だ。それをやるには、誰《だれ》か独《ひと》りが、走る新八の進行方向へ回りこみ、頭を押さえる必要があった。

まず、最も足の速い者が追いすがる。逃げる新八の足を止めるため、その背中へ、

「とあっ！」

抜き打ちをかけた。

転瞬《てんしゅん》――。

ズザッ！

急停止しながら身をひねった、新八の腰間《ようかん》で白刃が煌《きらめ》く。

「遅《おそ》い」

呟《つぶや》いて、血に塗《まみ》れた刀身を正眼《せいがん》（中段構え）へつけた――新八の足元へ、浪人が、前のめりにどうと倒れる。浪人はまだ刀身を抜ききってもいない。刀の柄を握り締めたままうつ伏せに

倒れた——そいつの胸元からとめどなく鮮血が溢《あふ》れ、地を濡《ぬ》らす紅《あか》いしみが見る間に広がってゆく。

そこへ、

「おああっ!!」

二人目の、これはすでに抜刀していた浪人《ろうにん》が、上段からの一撃を新八《しんぱち》に叩《たた》きこんだ。

「浅い」

嘲笑《ちょうしょう》まじりに呟《つぶや》いた新八の鼻先すれすれを切っ先が掠《かす》める。重心をわずか後ろへ移しただけの、紙一重の見切り。同時に、突き一閃《いっせん》。

「あぐ……お……むぐうう……!!」

口をパクパクさせるが、くぐもった呻《うめ》き声しか出ない。浪人の喉《のど》へ、新八の剣が深々と突き刺さっていた。突きながら、刀身を平らに寝かせるように捻《ひね》る、いわゆる平突き。切っ先は、延髄《えんずい》を貫いて後頭部から突き出ている。頸骨《けいこつ》と頸骨のつなぎめを正確に射抜いて、だ。おそるべき手練《てだれ》の業《わざ》である。

だが、次に襲いかかった三人目の浪人は、この瞬間を好機と見た。今なら、まだ、新八の剣は仲間の喉に刺さったままだ。それを引き抜こうとしたところに隙《すき》が生じる。すかさず間合《まあ》いを詰め、

「死ね!!」

叫びつつ、新八の左手側から必殺の一刀を叩きこんだ。

ざくっ……!!

鋭利《えいり》な刃が肉を裂く、生々《なまなま》しい音。

確かに、斬《き》った。

が、それは、目指す標的《ひょうてき》――永倉《ながくら》新八の肉体ではなかった。

驚愕《きょうがく》の表情を浮かべる――浪人の刀は、「仲間」の肩口へ、深々と食い込んでいた。喉を刺し貫かれてはいてもまだ死んではいなかった、仲間の肩口へ。

新八は、メザシのごとく串刺《くしざ》しにしたままの二の敵を、次に襲い掛かろうとしていた三の敵に対する盾《たて》として使ったのだ。必要最小限の足捌《あしさば》きで立ち位置を変え、同時に、突き刺した刀で「半死体」の動きを御《ぎょ》し。

そして、虫の息とはいえ仲間だった者へ斬りつけてしまい、

「あっ……あああ……!!」

一瞬の混乱に陥《おちい》った浪人の首筋へ、すうっと、平らに寝かされた刃が触れる。まだ死にきれていない仲間の後頭部から生えた刃が。

次の瞬間、

ごっ!!

鈍《にぶ》い音とともに、二人の浪人の身体《からだ》が重なったまま後ろへ吹っ飛んだ。

新八《しんぱち》が、浪人《ろうにん》の喉《のど》に刺した刀を、さらに突いたのだ。鋭く、速く、刺した刀をさらに深く滑《すべ》り込ませ、そのままの勢いで鍔《つば》を浪人の顎《あご》へ当てる。鍔で強く打たれ、弾《はじ》かれた浪人の身体《からだ》が、その後方にいた仲間を巻きこんで吹っ飛んだわけだ。

刺した剣を引き抜くのではなく、相手を突き飛ばして、抜いた。しかも、その動作が、三の敵に対する致死性《ちしせい》の攻撃をも兼ねている。

仲間に巻きこまれて倒れた浪人が、それでもすばやく立ち上がろうとして、

「?」

異変に気づき、首筋へ手をやった。

ぶしっ

(熱い?)

なにか熱い液体のようなものが飛沫《しぶ》いて、勢いよく手の平に当たっている。浪人は、ぬるりとした感触に塗《まみ》れた我が手を見た。

「……な、なんでっ……!? なっ……なっ……!」

真っ赤に染まった己《おのれ》の手を凝視《ぎょうし》したまま、浪人の顔がみるみる引きつってゆく。

「な血ぃぃ!?」

ぶしゅーっ

浪人の首筋から、ものすごい勢いで鮮血が噴《ふ》き出していた。片方の頸動脈《けいどうみゃく》を深く斬《き》られてい

る。

「いつ斬られたかも分からねえって面《つら》だぜ」

新八にからかわれたとおり、浪人には、自分が、いつ、どうやって、頸《くび》を斬られたのか、まったく分かっていなかった。

仲間とともに突き飛ばされた、そのときにやられたのだ。

新八は、二度目の突きを入れる直前、後ろの浪人の首へ刃をあてがった。平突きだから、手前の敵の首から抜け出ている刀は横を向いている。わずかに角度をつけてやれば、一人を串刺《くしざ》しにしたままで、その後ろの敵の頸部《けいぶ》へ刃をあてがうことができるのだ。そして、的確な角度を保ったまま、二人いっぺんに後方へ吹っ飛ばす。

すると、自動的に、
ぶしぃぃぃーっ
と、こうなる。

無論《むろん》、誰《だれ》にでもできることではない。一つ一つの技術の精度は、まさしく達人の域。そして、その発想と段取りのよさは、このような乱戦を幾つも幾つも経験してきた——新選組の生き残りだからこそ、である。

三人の敵と相対し、こうまで手際《てぎわ》よくそれらを料理できる男なぞ、そうは居ない。

「あっ……あっ……あぁぁ……」

浪人《ろうにん》は、噴《ふ》き出す血を懸命《けんめい》に手で押さえようとしたが、それでどうなるものでもない。首の筋とともに、頸動脈《けいどうみゃく》をスッパリやられている。すぐに出血多量で意識が混濁《こんだく》し、どうと倒れた。

「さっ。あとはあんたを斬《き》って仕舞《しめ》ぇだ。黒崎《くろさき》さんとやら」

足元に転がる死体と半死体の山。その凄惨《せいさん》な光景にまったくそぐわない、あまりに「普通すぎる」声と表情で、新八《しんぱち》は言った。が、離れた場所に立つ黒崎のほうを見た途端《とたん》、

「かっ」

うんざり顔になる。

「北辰一刀流《ほくしんいっとうりゅう》、銃術ときたかぃ。世も末だねぇ」

嘲笑《ちょうしょう》を浮かべた新八の視線の先に、強張《こわば》った黒崎一馬《かずま》の顔と、その手に握られた短銃《たんづつ》の銃口とがあった。

「斬れるものなら斬ってみろ。だが、それ以上近づけば……その身体《からだ》に風穴が開くぞ」

ボソボソ呟《つぶや》き、黒崎は無理やりに笑みをつくった。少しは残っているらしい剣士の誇りが、彼に歪《いびつ》な笑顔をつくらせるのだ。

「一息の間に三人を斬って捨てたは見事。しかし……ふふふ……いかに新選組の永倉《ながくら》といえど、この間合《まあ》いで銃を前にすれば手も足も出まい」

走った新八を黒崎が追って、両人の間は三間（約五メートル半）ほど。剣は届かないが、銃で狙《ねら》うには手ごろな距離。まさしく、剣士としては手も足も出ない状況だった。

しかし、

「ま、ほかの奴《やつ》ならそうだろう。だがよ」

永倉新八は、
にやっ
不敵《ふてき》に笑う。童顔すぎて、「にやっ」というより「にやっ」というかんじなのだが。

「俺《おれ》の剣は、一味《ひとあじ》ちがう」

言って、構えた。右手一本で剣を握り、その刀身を左の肩で担《かつ》ぐかのような、異形《いぎょう》の構え。

左手は開手《ひらて》にして、こちらは右脇腹《わきばら》へ。左右の腕が、顎《あご》の前で交差している。

「なんだ？　その妙な構えは」

嘲笑《あざわら》いながらも、黒崎の、短銃を握る右手が小刻《こきざ》みに震えている。

「虚仮脅《こけおど》しを……。これだけ離れた間合いで剣など届くものか。貴様にわしは斬れやせん」

口に出してはそう言っているが――。目の前にいるのは、あの永倉新八なのだ。しかも、噂《うわさ》に聞いた超人的な技量が誇張でなかったことを、目の前でまざまざと見せつけられた直後ときている。

（まさか、思いもよらぬ秘技があるのでは……）

と、内心びくびくものであった。

そこへ、

「虚仮《こけ》脅《おど》しだ？」

ギラリ、双眸《そうぼう》を輝かせ、新八《しんぱち》が呟《つぶや》く。

「舐《な》めんじゃねぇ。新選組の永倉《ながくら》が、斬《き》ると言ったら――」

「ま、待っ……!!」

慌《あわ》てて銃を構えなおす黒崎《くろさき》に向かって、

「斬るんだよ」

シュッ!!

例の異様《いよう》な構えから、水平に刃を薙《な》いだ。次の瞬間――。

「ひっ!?」

という、黒崎の悲鳴。それに、
ぱん！

銃声が重なる。

「ひっ！　ひいいっ!!」

喚《わめ》きながら、黒崎は、左手で顔を掻《か》き毟《むし》った。

――遠く離れた場所に立つ、新八の剣がうなった、次の瞬間。確かに、顔を横一文字に斬られた。痛みというより熱さに似た衝撃《しょうげき》が、確かに、顔面を襲ったのだ。両目とも、焼けたようになって、開かない。

（斬られた!!）

黒崎はそう感じた。

だが――。

正確には、まだ斬られていない。

これから斬られるのだ。

だっと走り、瞬時《しゅんじ》にして間合《まあ》いを詰めた新八の剣が跳《は》ね上がり、
がつっ!!

肉と筋とに包まれた骨を断つ、鈍《にぶ》い音。

銃を握ったままの右手が、「ぽーん」と宙に舞い、

「ぎゃあああああっ……!!」

絶叫《ぜっきょう》が響く。

「いけねっ。手前《てめえ》で言っちまった。靖共隊《せいきょうたい》、靖共隊。靖共隊の、永倉だ。そこんとこ頼むぜ、黒崎さん」

なぞと、新八は軽口を叩《たた》いた。ぶらさげた剣の切っ先から、ぽたぽたと血が滴《したた》る。

「う……う……う……」

新八の足元で、右手を失った黒崎が蹲《うずくま》り、途切れ途切れにうなり声を漏《も》らしていた。その、恨《うら》みに満ちた目が、新八の剣から滴る血を睨《にら》む。苦痛に歪《ゆが》むその顔には、横一文字に、赤黒い

血飛沫《ちしぶき》の筋がこびりついていた。

「まさか……血振《ちぶる》いで……!?」

「そうさ。ちょいとした芸だろ」

血振るいとは、人を斬《き》った後、刀を振るって、刀身にまとわりついた血や脂《あぶら》を吹き飛ばす動作をいう。普通は、地へ向けて刀を振るが、先刻の新八《しんぱち》は、これを水平にやった。前方、三間先で銃を構える黒崎《くろさき》の顔面へ、飛沫《しぶ》いた血脂が勢いよく当たるように。

高速で飛んできた血の飛沫が顔を直撃した瞬間、黒崎は、顔を横一文字に斬られたと錯覚したのだ。暗闇《くらやみ》、新八の異様《いよう》な構え、そしてなにより「新選組の」という言葉がもたらす暗示――。それらが合わさることによって生まれた、一種の催眠《さいみん》効果ともいえる。その一瞬の隙《すき》をつき、新八は、間合《まあ》いを詰め、銃を持った右手を斬り落としてのけた。まさしく、「人斬り」を極めた者一流の芸であった。

「じゃ、悪《わり》いが首もらうぜ。これ以上、俺《おれ》に恨《うら》みを持ってる奴《やつ》、増やすわけにゃいかねぇのでね」

なにが楽しいのか、にこにこと機嫌よさげに笑い、新八は刀を振り上げる。

黒崎は真《ま》っ青《さお》な顔となり、右手のないのを忘れて拝《おが》むような仕草《しぐさ》をした。

「まっ……待ってくれっ!! わしは、金で頼まれただけ……貴殿になんの遺恨《いこん》もござらぬ!!」

「誰《だれ》に頼まれた」

「……鈴木《すずき》……三樹三郎《みきさぶろう》」

その名を聞いて、新八は「ちっ」と舌打ちした。

鈴木三樹三郎――。謀殺《ぼうさつ》された、元新選組参謀《さんぼう》・伊東甲子太郎《いとうかしたろう》の実弟である。

もともと勤皇倒幕《きんのうとうばく》志向の強かった伊東は、在局中から薩摩藩《さつまはん》との接触を強め、孝明天皇崩御《こうめいてんのうほうぎょ》を機に分派。『御陵衛士《ごりょうえじ》』を名乗り、佐幕《さばく》の新選組と対立するに至った。

最終的に、伊東は、局長・近藤《こんどう》ら主流派によって謀殺され、その一党も油小路《あぶらこうじ》にて襲撃を受け、御陵衛士は事実上壊滅《かいめつ》した。

だが――。伊東の死骸《しがい》を囮《おとり》とし、それを引き取りにきたところを包囲・殲滅《せんめつ》するという恐るべき罠《わな》から逃れ、生き残った者もいる。伊東の実弟である鈴木三樹三郎（当時、三樹三郎）ほか四名。彼らは、その後、薩摩藩預かりの身となり、旧幕軍と闘った。新選組に対しても、伏見《ふしみ》街道《みかいどう》において近藤勇《いさみ》を狙撃《そげき》するなど、直接的な報復《ほうふく》を行っている。

そして、戊辰《ぼしん》戦争を官軍軍曹《ぐんそう》として戦い生き抜いた鈴木は、ある日、東京・日本橋で仇敵《きゅうてき》の一人とばったり顔を会わせる。こちらは叛徒《はんと》として戊辰戦争を闘い、お尋《たず》ね者《もの》となって故郷へ舞い戻ってきていた――新選組二番隊長・永倉《ながくら》新八、その人だ。

――久しぶりですな、永倉さん。今はいずれの御家中《ごかちゅう》で？――

鈴木に問われ、新八は「松前藩《まつまえはん》に帰参《きさん》いたした」とでたらめを言った。

――ならば、またお会いすることもござろう――

言って、鈴木《すずき》は去った。往来《おうらい》での斬《き》り合いを憚《はばか》ったか、あるいは、一対一での闘いは不利とみたか。いずれにせよ、兄の敵《かたき》をそのままにしておくつもりなどはさらさらない。手勢を集め、罠《わな》を張って、確実に仕留《しと》める腹づもりであった。

――くそっ。雪隠詰《せっちんづ》めかよ――

鈴木はもちろんのこと、明治政府そのものが、元新選組幹部である新八《しんぱち》を狙《ねら》っているのだ。しかし、そんな状況となっても、新八には、東京を離れられない理由があった。これが皮肉にも「敵討《かたきう》ち」なのだ。

靖共隊《せいきょうたい》の隊長として担《かつ》ぎ上げた幼馴染《おさななじみ》、幕臣・芳賀宜通《はがよしみち》。靖共隊旗揚《はたあ》げの後、関東周辺を転戦し、最後は惨敗《ざんぱい》して故郷へ戻ってきた、隊長・芳賀と副隊長・永倉《ながくら》。二人は、浅草三軒《あさくささんげん》町《ちょう》にいた芳賀の妻女のもとへ潜伏《せんぷく》していたのだが。

ある日、芳賀が惨殺《ざんさつ》された。殺したのは、芳賀の義兄で、名は藤野亦八郎《ふじのまたはちろう》。旧幕臣だが、今は官軍の手先となり、東京に潜《ひそ》む旧幕軍側の人間を狩《か》るという役目についていた。これと諍《いさか》いがあったらしく、芳賀は惨殺されてしまう。

「最後に残った友」を殺された新八は怒り狂った。

――見てろよ。かならずぶった斬《ぎ》ってやる――

芳賀を殺した藤野をつけ狙う。しかし、藤野は、下っ端《したっぱ》といえども官軍の手の者、比べて己《おのれ》はお尋《たず》ね者《もの》の身。藤野の自宅は襲撃に備えて人手が集められており、勤め先の番所にはもちろん官兵が詰めている。加えて、鈴木三樹三郎《みきさぶろう》との再会──。なにをやろうにも思うとおりにいかない。それでも、新八は、東京に残り、友の敵を追った。

今夜も、聞き込みを続けるうち藤野の馴染《なじ》みの店があると知り、危ないと思いつつも、軍鶏《シャモ》鍋屋《なべや》などへ出かけて行ったのだ。藤野を見つけたら、帰り道を尾《つ》けて斬るつもりだった。

だが──。

逆に、黒崎《くろさき》らの襲撃を受けた。まるで、新八が現れることを最初から知っていたかのように。

(店のオヤジ、ありゃどう見ても訳知《わけし》り顔《がお》だったが……まさか……)

はたと思い当たり、新八は、足元で命乞《ご》いをしている黒崎の鼻先へ刃を突きつけた。

「正直に言え。藤野亦八郎という名に聞き覚えはないか」

「し……知っている……軍鶏鍋屋を見張るよう鈴木に教えたのが、その男だ。もとは幕臣で、今は……」

「官軍の走狗《いぬ》」

言い捨てて、新八はペッと唾《つば》を吐いた。

(やはり、藤野は鈴木とつるんでいやがった……!!)

どうやら、そういうことらしい。新八に付け狙われ、身の危険を感じた藤野は、どこで聞きつけたのか、鈴木三樹三郎のことを知り、これを利用するために接近を図った。

新八は地道な聞き込みの成果だと思っていたのだが──。あの『一徹《いってつ》』という軍鶏鍋屋に藤野が出入りしているいう情報も、藤野《ふじの》が意図的《いとてき》に流したものであろう。その情報を信じてのこのこ現れた新八《しんぱち》を、鈴木《すずき》の雇《やと》った四人の浪人《ろうにん》が始末《しまつ》する。それが、藤野の描いた絵だったのだろう。

「ぜんぶ話したぞ。だから……な……どうか……命だけは……」

下から、哀《あわ》れみを乞《こ》う目で黒崎《くろさき》が見ている。新八は明るく笑いかけた。

「そうだなぁ。おかげで、薄汚《うすぎたね》ぇ目論《もくろ》みも分かったし。礼をしなきゃならねぇよ」

「かたじけない……!! では……」

と、追従《ついしょう》の笑みを浮かべた黒崎だったが、

「うん。せめてもの礼に、なるべく苦しまねぇようにしてやるからな」

屈託《くったく》なく笑った新八の台詞《せりふ》を聞き、

「そっ……!! そんなっ……!!」

顔色を変えた。

「心配すんなって。俺《おれ》ほどの達人の手にかかりゃ、存外《ぞんがい》痛くもねえ——」

あくまで軽い口調で言う新八の右手が躍《おど》り、次の瞬間には、

ごろり

首が落ちていた。

「らしいが、どうよ?」

しゃがみこんで、新八は、地に転がった黒崎の首へ話しかけた。茶飲み話でもするかのような気さくさで。

もちろん、黒崎の首は答えない。「あれっ？」という表情のまま何度か瞬《まばた》きをしたが、すぐに動かなくなった。うつ伏せに倒れた本体側の斬口《きりぐち》からは、まだ、びゅっ、びゅっと、間欠的《かんけってき》に血が噴《ふ》き出ている。だが、それもやがて収まるだろう。先刻まで黒崎一馬《かずま》と呼ばれていた剣《けん》客《かく》は、二つの肉塊《にくかい》となった。生首《なまくび》と首無《くびなし》死体の二つ、だ。

ほかの浪人たちも同様。まだ息のある者もいたが、医者に診《み》せてももう助かりはしない。

「そういうふうに」斬《き》ってある。地に転がっているのは、どれも死骸《しがい》と言ってよかった。

それら無数の死骸を作り出した男は、なんら感傷を見せるでもなく、

「ちぇっ。これだから安物はいけねえよ」

血に濡《ぬ》れた刃を月光にかざして見ている。四人を斬って、刀身には脂《あぶら》がまき、刃こぼれも多い。しかも、全体があきらかにひん曲がっていた。

新八は、持っていた刀をぽいと捨てた。もともと戦場で死体から剝《は》ぎ取ったものだ。しかも、負《ま》け戦《いくさ》続きだったので、選ぶ暇《ひま》もなかった。備《び》前《ぜん》ものではあるが、それも名ばかりで、大量生産の粗悪品だ。

「ちょいと拝見」

と、新八は、首のない黒崎の死骸から差《さ》し料《りょう》を抜き取った。反《そ》りがほとんどなく、刃渡りは

三尺（約九〇センチ）ちかくもある、いわゆる勤皇刀《きんのうとう》。

「趣味じゃねぇんだよなぁ」

実戦向きと言われ、幕末に大流行した勤皇刀だが、新八《しんぱち》は、これがあまり好きではない。長さはこれくらいあってもいいが、ほとんど反《そ》りのないのが物足りなかった。「突く」にはいいが、「斬《き》る」には向かない。肋間《ろっかん》を狙《ねら》う平突きにしても、もう少し反りがあったほうが、滑《すべ》るように体内へ入ってゆくように思う。反りがないと、刺した後の刀捌《さば》きが直線的になってしまい、次の動きの変化に乏《とぼ》しい。

ともかく、新八はこの勤皇刀というやつが嫌いだった。だいたい、呼び名からして嫌いだ。それでも、

「まっ、しゃあねえ。こいつで我慢《がまん》しとくか」

結局、新八は、黒崎《くろさき》の勤皇刀を奪って自らの腰に差した。佩刀《はいとう》が傷《いた》めば斬った相手のものと取り替える。そして、その刀が傷めば、また次の敵を斬り……。長く戦場を往来《おうらい》した新八にとっては、ごく日常的なことではあったが。

「……ったく……いい加減《かげん》イヤんなってくるぜ……」

つい、愚痴《ぐち》を漏《も》らした。

天性の明るい性格と、数々の修羅場《しゅらば》を潜《くぐ》ることで培《つちか》われた強靭《きょうじん》な精神。それがあるから、少々のことではへこたれない新八だったが――。ただでさえ危険な状況なのに、敵同士が手を

結び、罠《わな》をしかけてきた。ここまで八方塞《はっぽうふさ》がりになると、さすがの新八もへこんでしまう。愚《ぐ》痴《ち》の一つも出てこようというものだ。

「いつまで続くのかねぇ。こんなこと」

と、思わず呟《つぶや》いた新八の独《ひと》り言《ごと》に、

「あなたが首を討《う》たれるまで」

何処《どこ》からか、応じる声がある。若い女の――抑揚《よくよう》のない、冷たい声。

「――あ？」

振り返った、新八の視線は、路地に沿って続く、寺院の塀《へい》の上へ注がれていた。

鬼火《おにび》――。

一瞬、そうかと思ったが。

紅《くれない》の彩《いろどり》は、その少女が身につけた、黒く丈《たけ》の短い「忍《しのび》装束《しょうぞく》」に配された意匠《いしょう》であった。剝《む》き出しのふとももの白さと、肩まで伸ばした黒髪、そして、黒を基調とした忍装束を彩《いろど》る紅――その取り合わせが、鮮《あざ》やかに闇《やみ》に映《は》えている。

「長州《ちょうしゅう》、土佐《とさ》だけじゃない。新選組に同志を斬られた者、すべての恨《うら》みが、あなたに向けられてる」

塀の上に立ち、新八を見下ろすのは、歳《とし》のころ十四〜十五の美貌《びぼう》の少女。二重《ふたえ》瞼《まぶた》に切れ長の目。きゅっと引き結ばれた、形の良い唇《くちびる》。

あまりに破綻《はたん》なく整った美貌《びぼう》は、どこか冷たく、つくりものめいた感すらある。表情というものがないのだ。

だが、それでいて、唇《くちびる》の艶《あで》やかな紅《あか》、ツンと尖《とが》った胸のふくらみ、と――幼さのなかに、生々《なまなま》しくも妖《あや》しい色香が潜《ひそ》む。

相容《あいい》れぬものを同時に抱え、いまにも壊れてしまいそうな――そんな硝子細工《ガラスざいく》のような「危《あや》うさ」をもった少女。

「どこの別嬪《べっぴん》さんだぃ」

問いかけた、新八《しんぱち》の顔から表情が消える。手は自然に柄《つか》へかかっていた。新八は、敏感に察知している。この美しすぎる少女の五体から放たれる、「抑制《よくせい》された殺気」を。

「松前御庭番衆配下《まつまえおにわばんしゅうはいか》。篝炎《かがほ》」

と、少女――篝炎は名乗った。

松前藩といえば新八の古巣である（今は名を変え、館《たて》藩と称す）。退屈《たいくつ》な役人となるより大好きな剣一本で生きようと、十九のころ脱藩《だっぱん》。以来、武者修行《むしゃしゅぎょう》だ、新選組だと、望んだとおり剣一筋の人生を送ることとなる。その間、生家にはほとんど寄りつかず、結局父母ともにその死に目に会えなかった新八なのだ。

「松前の忍《しのび》がなんの用でぇ。まさか……厄介者《やっかいもの》を内々《ないない》に始末《しまつ》しようって腹か？」

新八の言葉に、少女はゆっくりと首を横に振った。

「もしそうなら声なんかかけない。姿も見せない」

もっともだ。闇《やみ》に紛《まぎ》れて標的《ひょうてき》の息の根を止める。それが忍の殺法《さっぽう》というもの。わざわざ姿を見せたということは、害意がないと言っているのに等しい。

「あたしは、あなたを藩邸《はんてい》へ連れて来るよう命じられた。ご家老はあなたの帰参《きさん》を望んでいる」

「下国《しもぐに》さまが……」

父親が定府取次役《じょうふとりつぎやく》という要職を務めていたこともあり、松前藩江戸家老・下国東七郎《とうしちろう》とは幼いころから面識がある。下国家老は、近しい部下の息子《むすこ》である新八少年の快活な性質と天才的な剣技を愛し、なにかと世話を焼いてやったものだ。新八が脱藩したときも、「長期の剣術修行」の名目をつけ、これを内々に処理してやっている。新選組の活躍にも好意的であり、新八に頼まれて、近藤《こんどう》と幕閣《ばっかく》との橋渡しを務めたこともあった。さらに言えば、靖共隊《せいきょうたい》の後援者の一人でもある。

下国東七郎は、新八にとっていろいろな意味で「恩人」だった。祖父のように慕《した》っているし、おそらく、下国も新八のことを我が孫のように思っているだろう。

だからこそ――。松前藩には帰れなかった。松前藩は、戊辰《ぼしん》戦争勃発《ぼっぱつ》後のかなり早い段階で官軍に恭順《きょうじゅん》している。お尋ね者《たずねもの》の自分がのこのこと帰参すれば、家老の下国に多大な迷惑《めいわく》をかけることになろう。なにより、

（これまでさんざ好《す》き勝手《かって》やってきたんだ。今さら戻れねえよ）

だから、追われる身となっても、松前藩邸《まつまえはんてい》に近寄ることはなかった。どういう状況に追い込まれても、己《おのれ》の剣一つでどうとでも切り抜けてみせる――それだけの自負もある。現に、今夜も、四人の刺客《しかく》を軽く返《かえ》り討《う》ちにし、藤野《ふじの》・鈴木《すずき》の罠《わな》を潜《くぐ》りぬけた。

だが――。これがいつまでも続くのかと思うと、正直、

(うざってぇ……)

仲間でもいれば気持ちも切り替えられるのだろうが。なにせ、独《ひと》りきりだ。芳賀宜通《はがよしみち》も、新選組から一緒に抜けてきた盟友《めいゆう》・原田左之助《はらださのすけ》も、いない。これで官軍の探索《たんさく》が厳しさを増せば――。

(ちょっと、めんどくせぇことになる)

ちょっとどころの騒ぎではない。下手《へた》をうてばただちに捕縛《ほばく》され、最悪、斬首《ざんしゅ》。よくて長期間の幽閉《ゆうへい》といったところ。

死線を潜ることを厭《いと》いはしないが、それが、自分の意思とは無関係にいつまでも続く――というのが嫌だった。

正直、松前藩への帰参が適《かな》うのなら、

(それにこしたこたぁねぇ)

一瞬、そう思った。

だから、

「藩邸《はんてい》への行き道、覚えてるわよね？」

篝炎《かがほ》の言葉に「ああ」と素直に、頷《うなず》いてしまった。

頷いてから舌打ちする。自分の「一瞬の弱気」を覗《のぞ》き見られたようで、腹がたつ。

「じゃ、あたしはこれで。ご家老とお客様がお待ちだから。急いで」

そっけなく言って、篝炎は背を向けた。

「おいおい、待てよ。まだ行くとは言ってねぇぜ」

どこか駄々《だだ》をこねるような響きのある新八《しんぱち》の言葉に、篝炎は一度振り返り、無表情のまま、

「行くわ。あなたが今夜藩邸を訪れることは事前に分かってる。ノイポロイクシがあったから」

言うや、闇《やみ》の中へ身を躍《おど》らせ、そのまま姿を消した。

「はあっ!?　ちょっと待て!!　の……のぼろくしざしってなんだよ!?」

慌《あわ》てた新八が虚空《こくう》へ向かって叫んだが、返事はない。

「……クソっ……!!」

喚《わめ》いて、新八は小石を蹴った。

三

さまざまなもやもやを抱えつつ、それでも、結局、新八はその足で三味線堀《しゃみせんぼり》の松前（館《たて》）藩

邸を訪れた。篝炎《かがほ》が言ったように、新八《しんぱち》が今夜藩邸《はんてい》を訪《おと》なうことは既定事《きていじ》とされていたらしく、すぐに邸内の一室へ通された。

二人の人物が、酒を酌《く》みながら、新八を待っていた。

一人は、もちろん松前藩《まつまえはん》江戸家老・下国東七郎《しもぐにとうしちろう》。深い皺《しわ》の温顔に、炯《けい》とした光を放つ鋭い眼《め》。穏《おだ》やかさのなかに凄《すご》みを秘めた老武士。

「久しいの」

ひたすら平伏《へいふく》したまま「ははっ」と応《こた》える新八へ、一言、温《あたた》かな声をかけた。

もう一人は、

「ほうほう。こちらか。京の都を震え上がらせた、新選組の永倉《ながくら》はんわぁ～」

甲高《かんだか》い京訛《なま》り。化粧《けしょう》。雅《みやび》やかな公家《くげ》ふうの衣装。そして、それらが全く似合わぬ、筋骨《きんこつ》隆々《りゅうりゅう》たる厳《いか》つい巨軀《きょく》。

(何者でぇ……このばけもんは……)

さすがの新八も、この、異形《いぎょう》の貴人《きじん》のもつ只《ただ》ならぬ雰囲気に圧倒された。

「こちらは……左様《さよう》……政府筋の、さる御高官にて――」

「岩村《いーわーむーらぁ》、いいます。ほほほ。高官なぞと、下国はん、そない大げさな」

政府高官と聞いてピンときた。目の前で上機嫌に笑う筋肉公家。岩村なぞとみえみえの偽名《ぎめい》を称しているが、おそらく、岩倉具視《いわくらともみ》――。

公卿《くげ》出身の政治家で大政奉還《たいせいほうかん》の立役者の一人。現在は、西郷隆盛《さいごうたかもり》や大久保利通《おおくぼとしみち》らと並び、明治新政府の中枢《ちゅうすう》にある。

（こいつが岩倉具視か……）

実際に顔を見たことはなかったが、その容貌《ようぼう》、人となりについては多少の覚えがある。

もともと孝明天皇《こうめいてんのう》側近の「きれもの」で、公武合体《こうぶがったい》など、どちらかといえば佐幕的《さばくてき》な立場にあった岩倉だが、宮中に過激な尊皇攘夷論《そんのうじょういろん》が高まるにつれ失墜《しっつい》。その後一転。公武合体運動のころから繋《つな》がりのあった薩摩《さつま》をはじめ、長州《ちょうしゅう》・土佐《とさ》など諸倒幕派《しょとうばくは》勢力と結託《けったく》し、目的達成のため、ありとあらゆる謀略《ぼうりゃく》を仕かけた。宮廷仕込みの権謀術数《けんぼうじゅつすう》の、巧妙さ、陰湿《いんしつ》さは恐るべきもので、この男の書状一つでどれだけの首が落ちたか知れたものではない。孝明天皇の崩御《ほうぎょ》ですら、この男の画策《かくさく》による毒殺《どくさつ》だったと、そういう噂《うわさ》があるほどだ。

そんな男が、今、目の前にいる。新八は緊張せざるを得なかった。元新選組とはいえ、自分程度の者の捕縛《ほばく》にこれほどの大物が出向くわけはなく、したがって、この場で捕手《とりて》に囲まれるなぞということはあるまい。その点は心配していなかったが、だからこその困惑《こんわく》があった。

（こんな大物が俺《おれ》になんの用があるのか……）

見当もつかない。あるいは、下国と交誼《こうぎ》があり、たまたまこの場に居合わせたものか。

「せやけど下国はん。不思議なもんどすなぁ。こうして、今宵《こよい》、永倉はんがお帰りになると、前もって分かるいうんは。松前忍《まつまえしのび》の『先視《さきみ》』の力、不思議、不思議」

「蝦夷《えぞ》の血をひく者には、まれにそのような異能《いのう》の力が顕《あらわ》れ申す。『のいぽろいくし』、とか申しますそうにて……」

篝炎《かがほ》の言っていた「ノイポロイクシ」というのは、忍の技とまた別種の、心霊《しんれい》の世界に属する異能の技であるらしい。いわゆる虫の知らせ——予知能力とでもいうべきか。

「良い忍を飼《こ》うておりゃる。おかげで助かりますわ。麻呂《まろ》もなにかと忙《いそが》しい身であるし……なにより、一刻《いっこく》を争う大事によってなぁ～」

言って、岩村《いわむら》こと岩倉具視《いわくらともみ》は、新八《しんぱち》に向かって「にっ」と笑った。

(ともかく、偶然ってわけじゃねぇようだ……)

ますます、きな臭《くさ》い。新八の額を、じわり、汗が滴《したた》った。

「永倉《ながくら》はん。我らの同志を斬《き》りまくってくれよった永倉はん。ほほ……ほほほほ……そないなお人を、下国《しもぐに》はんは、松前藩へ帰参《きさん》させるとおっしゃる」

あくまでも笑顔のまま、しかしねちねちとした口調で、岩倉が続ける。

「せやけど、それはどうかと。それが公《おおやけ》になると、松前藩の立場が悪うなるんとちがいますやろか、と。ほ……ほほほ……」

「………」

おし黙ったまま、新八は頭の中で考えを巡らせた。岩倉の意図《いと》するところは？　やはり罠《わな》なのか？ 下国家老もそのつもりだったのか？ いくら考えても分からないが、ともかく、いつでも抜刀できるよう、気構えをする。

と、

「これこれ永倉はん。なにもそう硬《かた》くなることはない。この岩村、永倉はんの身が立つよう、尽力してさしあげるつもりなんやで」

新八の緊張を見透《みす》かしたように、岩倉が声を投げてきた。新八は本当だろうかと下国を見たが、黙ったまま正面を見据《みす》え、応《こた》えない。

「貴公《きこう》の、新選組時代の罪状《ざいじょう》、それら一切《いっさい》問われんように。そのための根回し、この岩村が、しかと請合《うけお》うた」

「え……!?」

思わず、新八は我が耳を疑った。勤皇《きんのう》の志士《しし》を斬りまくった新選組の幹部——その自分の罪を一切問わぬ。新政府の中心にいる政治家が、そのために動いてくれるという。

正確な情報は望むべくもないが——伝え聞くところによれば、降伏《こうふく》した隊士たちは今もって各地で投獄《とうごく》・監禁《かんきん》されたままだという。処遇《しょぐう》は厳しいもので、獄死《ごくし》する者もあると聞く。

さらに、幹部であった新八には、坂本竜馬《さかもとりょうま》・中岡慎太郎《なかおかしんたろう》暗殺《あんさつ》など、犯人のはっきりしていない事件の濡《ぬ》れ衣《ぎぬ》をかぶせられるのではという恐れもあった。身に覚えのないことだが、新政府にとっては真犯人が誰《だれ》かなどということは関係ない。「適当なところで」決着をつけるための犯人には、新選組幹部ほど相応《ふさわ》しい者はいない。そうしておけば多方面丸く収まる。無論《むろん》、当の新八《しんぱち》にとっては、一切罪《いっさい》を問われない。

（たまったもんじゃねぇ）

この一言につきるが。

だから、岩倉《いわくら》の申し出はとてつもなく魅力的だった。帰参《きさん》が適《かな》う上に、一切《いっさい》罪を問われない。

「賊徒《ぞくと》」の烙印《らくいん》を押され、追い回される者にとっては夢のような話だ。

しかし――。

（相手はあの岩倉具視《ともみ》だ）

おそらく、なんらかの条件を出されるに違いない。

「その代わり、といってはなんやけど……一つ、頼みたい仕事がある」

（そら来た）

新八は微笑していた。仕事といっても、あの岩倉具視の言うことだ。なにかろくでもない謀《ぼう》略《りゃく》の「実行」を担《にな》うことになろう。自分に頼むくらいだから、政敵の暗殺あたりか。それでも、

（ここまできたら、もうなんでもやってやる。それで、晴れて自由になれるんだ。どんなに汚《きたね》え仕事でも――）

やる。今の新八はそういう気分になっている。

――まずは、逃亡の日々に終止符《しゅうしふ》を打つ――

すべては、それからだ。

官軍の探索《たんさく》に怯《おび》え、刺客《しかく》の襲撃に怯え——。追われる獣《けもの》のように、隠《かく》れ、潜《ひそ》む。

もう一年以上、そんな毎日が続いている。

あげくに、旧友・芳賀《はが》を喪《うしな》い、その敵《かたき》からも逆に命を狙《ねら》われる始末《しまつ》。

(こいつは負《ま》け戦《いくさ》の流れだぜ)

藤野《ふじの》と鈴木《すずき》はなんとしてもぶった斬《ぎ》ってやりたいが、今は無理だ。戦場でもそうだったが、「やばい」と思ったときグズグズしていてろくなことはない。いつ何時《なんどき》敵弾に頭を撃ち抜かれるか知れないという状況下で、「なにがなんでも」と一つのことに拘泥《こうでい》するというのは、己《おのれ》に与えられた数少ない選択肢《せんたくし》を己が手で狭《せば》めるということだ。そういう奴《やつ》がムシみたいにあっけなく死んでいくのを、新八は、いやというほど見てきている。

(このままここに居りゃあ、俺《おれ》もそうなる……)

そのことを、新八は肌《はだ》で感じている。できれば、けりをつけてから逃げたかったのだが——。

(すまねえ、芳賀さん。ここらが潮時《しおどき》だ)

心の中で、新八は故人に短く詫《わ》びた。

そして——。

「で——。どこの誰《だれ》を斬りゃいいんです?」

初めて、岩倉に対して言葉を発した。腹が決まったせいか、飄々《ひょうひょう》として物怖《ものお》じしない、いつもの調子を取り戻している。

新八《しんぱち》の変化を察したのか、岩倉《いわくら》の口の端が「にぃ〜」っと吊《つ》り上がった。

「ほっ……ほほほほ!! さすが人斬《ひとき》りといわれただけのことはある。せやけど、今度の仕事は、そない血生臭《ちなまぐさ》いもんやない。ただ、ちょこちょこーっと京へ行ってもろうてな、あるもんを捜《さが》してほしぃのや」

「あるもの、とは」

「近藤勇《こんどういさみ》の首」

ぞろりと、岩倉は言った。

「近藤の……くび……!?」

その一言が――新八の心の奥へしまってあった記憶の数々を引き出し、それらが奔流《ほんりゅう》のごとく脳裏《のうり》に渦巻《うずま》いた。

江戸・試衛館《しえいかん》で初めて会ったときの、屈託《くったく》のない笑顔――

血みどろの池田屋《いけだや》でともに見交わした凄惨《せいさん》な笑み――

大名気取りで馬上にふんぞり返る、なりあがりものの顔――

そして、同志を「家来《けらい》」と言い捨てた、傲慢《ごうまん》きわまる表情――

「さよう。三条河原《がわら》に晒《さら》された、新選組局長・近藤勇の首。その後、何処《どこ》へ埋められたかは分からんが、これを、なんとしても見つけ出し、持ち帰ってほしい」

新選組局長・近藤勇は、去年四月二五日、江戸・板橋《いたばし》で斬首《ざんしゅ》されている。その首は、わざわざ京へ送られ、三条河原に晒された。後にどこへ埋められたかは定かでない。

（実際に首を埋めた奴《やつ》を捜しゃあ、なんとかなるだろうが……。だが、もうとっくに腐《くさ》っちまって骨だけだぜ？　そんなもの、今更《いまさら》、なんのために？）

どういう風の吹き回しか、新政府の有力者かその縁者《えんじゃ》かが近藤の墓でも建ててくれるのだろうか。でなければ、白骨化した近藤の首などになんの用があるのだろう。

新八の疑念《ぎねん》を見透《みす》かしたように、

「なんのために首なんぞ欲しがるのか――そのあたりは、いろいろとややこしい事情があるよって、今は話せぬ」

ぴしゃりと、岩倉は先手を打ってきた。

「ま、なんも難しいこと考えんと、ただ言われるままに動いてくれればええのや。それが終われば、晴れて自由の身。余計《よけい》なこと聞かんといてや」

「は――」

短く応《こた》え、新八は頭を下げた。

（つまり、余計な事を知りすぎても始末《しまつ》されるってことか）

もちろん、この奇妙な仕事を断ったとしても、やはり口封じに殺される。ここで岩倉と出くわした時点で、新八はほかの選択肢《せんたくし》を失っていたのだ。

「貴公《きこう》の仕事は、兎《と》にも角《かく》にも『現物』の確保。もはや骨だけになっとるやろうから、それが真に近藤《こんどう》のものであったか、聞き込みをして裏付けをとってもらわなあかん。あかんが、それは後でえぇ。まず、一刻《いっこく》も早《はよ》ぉ、埋めた者捜《さが》して、現物手に入れることや」

ここで、岩倉《いわくら》はぎょろりと目を剝《む》き、

「まちごぉても――」

声を張る。

「ほかの者に先を越される、いうようなことは避けねばならん。また、手に入れた首を、あとから奪われるいうんも、もちろん、あかん」

「……ほかにも……局長の首級《くび》を捜している者がいる。そういうことですか」

「おるかもしれん。おらんかもしれん」

(このクサレ公家《くげ》が)

肝心《かんじん》なことは何も言わない岩倉に、内心、怒《いか》り心頭《しんとう》の新八《しんぱち》だったが、摑《つか》みかかるわけにもいかない。黙って、次の言葉を待った。

「兎に角やな、こりゃ、誰《だれ》にでもできる仕事やない。臨機《りんき》応変《おうへん》の勘《かん》のよさ、しかも腕が立つ――永倉《ながくら》はん!! 貴公にしかできん仕事やで」

「恐れ入ります……」

「なら、ええなぁ? 引き受けてくれるなぁ?」

畳《たた》み掛《か》けるように、岩倉が返答を迫る。「なら」もなにもないものだが。

「……………」

新八は、一度、下国家老《しもぐに》の顔を見た。下国は、新八の目を見てこくりと頷《うなず》いた。岩倉の言うことを全《すべ》て信用することなどできようはずもないが、下国の人格は信ずるに足る。新八は、

(生き残りの「目」はある)

そう判断した。

「近藤勇の首、必ずや御前《ごぜん》に」

深々《ふかぶか》と頭を下げ、新八はヤケクソ気味に言った。

四

翌々日の早朝。

門番に、芳賀《はが》の妻女へ渡してくれと金子の包みを預けてから、新八は、一人、松前藩邸《まつまえはんてい》を発《た》った。

あの夜——。岩倉は「明日《あす》にでも」と言ったが、下国のとりなしで、出発は二日後の朝となった。おかげで、岩倉を帰した後、新八は久々でゆっくりと眠ることができた。

次の日、改めて下国《しもぐに》に謁見《えつけん》し、「ご迷惑《めいわく》をおかけいたします」と頭を下げた。下国は、温顔に微笑を浮かべ、「なんの」と短く応《こた》えた。

下国は、今回の事が、岩倉《いわくら》側から持ちかけられたことを話した。下国自身、いつかは新八《しんぱち》を帰参《きさん》させたかったが、今は表だって動くわけにもいかぬと考えていた。無論《むろん》、そんなことを誰《だれ》に話したわけでもない。それなのに、突如《とつじょ》接近してきた岩倉具視《ともみ》が、藪《やぶ》から棒《ぼう》に、永倉《ながくら》新八の帰参と赦免《しやめん》に関して口を利《き》いてもよいと持ちかけてきた。もちろん、条件つきで、だ。下国は、きな臭《くさ》いものを感じつつも、乗った。已《おのれ》一人の裁量《さいりよう》では、新八を帰参させてかくまうことはできても、その罪を赦免させるまでには至らぬ。少々危険な賭《か》けだが、晴れて日の当たる道を歩けるようになるならば、そのほうが新八のためだと思ったのだ。

話を聞いて、新八は平伏《へいふく》したまま顔をあげられなかった。

(ありがたい)

その想《おも》いのみが胸に溢《あふ》れて言葉にならない。

下国は、そんな新八を慈愛《じあい》に満ちた笑顔で見つめていた。

そして明くる朝、出発。品川港《しながわこう》まで歩き、船に乗る。大阪までは船旅——それも蒸気船《じようきせん》での旅となる。無論、岩倉の手配によるものだ。

船旅ということもあり、軽装だった。編笠《あみがさ》を被《かぶ》り、手甲《てつこう》・脚絆《きやはん》をつけたほかは、普段《ふだん》とさほど変わらない。といっても藩《はん》のほうで整えたものだから、今までの着古しとは物が違う。そして、物が違うのは服装だけではなかった。差《さ》し料《りょう》が、刺客《しかく》から剝《は》ぎ取った勤皇刀《きんのうとう》から、柳生《やぎゅう》拵《ごしら》えの古風なものに変わっている。

――生き延びよ。そして、必ず帰ってこい――

その言葉とともに下国から拝領《はいりょう》した、井上真改《いのうえしんかい》、二尺三寸。大阪正宗《おおさかまさむね》の異名《いみょう》を持つ、掛け値なしの名刀。

有難いとは思ったが、同時に、

新八は、改めて覚悟をした。

(つまり、これほどのものが要《い》る仕事ということか)

一年以上も土中にあり、もはや白骨と化しているはずの近藤勇《こんどういさみ》の首――。それを捜《さが》し出し、持ち帰る。

まったく、考えれば考えるほど奇妙な――いや、「異常な」仕事だった。

それが真実近藤の首であったのか、改めて調査し直す、ということだろう。そういうふうに、新八は解釈している。

(どっかで、近藤さんが生きてるってぇ噂《うわさ》でも出たか)

二ヶ月前の函館陥落《はこだてかんらく》によって、内戦は一応の集結を迎えた。しかし、力によって押さえ込まれた佐幕派《さばくは》諸藩の恨《うら》みの炎《ほのお》は、いまだ燻《くすぶ》り続けている。会津《あいづ》などはその代表といえよう。最後までたてついた朝敵《ちょうてき》であるから、戦後の弾圧《だんあつ》も凄《すさ》まじいものがある。「会津っぽ」がまともに

暮らしていけるようには、今の世の中、なってはいない。それら虐《しいた》げられている人々の間に、

——実は、近藤勇《こんどういさみ》は生きている。斬首《ざんしゅ》されたのは別人だったらしい——

などという噂《うわさ》が広がるというのは、有り得ぬ話ではない。そして、そのような流言《りゅうげん》が新政府にとって好ましいものであるはずもなく——。

(だから、同じ新選組の俺《おれ》が駆りだされた)

もと二番隊長の永倉新八《ながくらしんぱち》が調査をし、「近藤は確かに死んでいました」と断言する。大衆に対してはそれなりの説得力を期待できよう。

(そんなところか)

あとは、政府上層部の誰《だれ》か、もしくはその縁者《えんじゃ》が、近藤を哀《あわ》れに思って墓《はか》を建ててやろうと言い出してもしたか。

(まず、有り得ねぇ)

自分の考えに、新八は苦笑した。会津《あいづ》にしろ、京都時代に親交のあった公卿《くげ》にしろ、新選組と縁《ゆかり》の深かった者は、みな幽閉《ゆうへい》に近い処遇《しょぐう》を受けている。降伏《こうふく》した蝦夷《えぞ》政府の連中なぞは獄《ごく》中《ちゅう》にあった。みな、近藤のことを気にかけていられる状況ではないだろう。あるいは、自分の知らぬ協力者が宮廷内にいたのだろうか。

船中——。新八なりにいろいろと考えてみたが、結局のところ、

(やめたっ。今考えたところでどうにもならねぇ)

判断材料となる情報が少なすぎる。

なにも知らされず「使い走り」をやらされるのは心底《しんそこ》むかつくが、それを口にできる立場でないこともわきまえていた。となれば、気持ちを切り替えて「現場の人間」に徹《てっ》するのみだ。

実際の作業について頭を働かせればそれでいい。

まずは、晒《さら》し首《くび》の埋葬者《まいそうしゃ》を捜《さが》さねばならない。そいつの案内で首を掘り出し、確保した上で、晒された当時のことについて聞き込みを行う。そして、晒された首が近藤のものであったという証言を集め、首を東京へ持ち帰り――すべて終わりだ。

問題は、岩倉《いわくら》が言っていた、近藤の首を手に入れようすとる「ほかの者」の存在だろう。「近藤は生きている」としたい立場の者か、あるいは単に岩倉の政敵なのか、見当もつかないが。ともかく、

(邪魔《じゃま》だてする奴《やっ》ぁ斬《き》って捨てる)

だけのこと。

三日目の早朝。船は大阪港へついた。そこからは徒歩で淀川《よどがわ》沿いの京街道を上る。途中、牧《まい》方宿《かたじゅく》に泊まり、翌日の夕刻には、洛南《らくなん》――東寺《とうじ》のあたりまで歩きついた。

一年半ぶりの京は、いくらか人通りが少なくなったようにも思えるが――道行く人々も、寺院の数々も、立ち並ぶ家屋も、やはり、どこか雅《みやび》やかで美しい。

歩くにつれ近づく五重塔を見あげる――新八の胸中には、さまざまな想《おも》いが渦《うず》を巻いている。

足掛け五年もの間、この古都《まち》ですごした。血に塗《まみ》れた刀と、仲間たち、そして『誠』の旗とともに。五年の間には、辛《つら》い事、悲しい事、嬉《うれ》しい事、楽しい事――いろんなことがあって、それらはまだ色あせず、新八《しんぱち》の胸のなかに在る。

(小常《こつね》……)

心の中で、その名を呼んでみた。同志たちとはまた別種の喜怒哀楽《きどあいらく》を共にした、女の名前。あの戦争のせいで、永遠に亡《な》くしてしまった。その身に宿った、新しい命とともに。

思い出すたび、身がよじれ、心が引き裂かれそうになる。そんな記憶。忘れようとして適《かな》わぬ心の傷の一つが、京の風景を前にして生々《なまなま》しく蘇《よみがえ》る。

(ああ、畜生《ちくしょう》……とっくに振っ切った筈《はず》だってぇのに……)

全身にまとわりついてくる負の感情から逃れるように、新八は足を速めた。

(はやく仕事済《す》ませて、江戸へ帰ろう)

がむしゃらな速足で道を急いでいたが、

「おっと」

不意に目の前を横切った人影に、道を塞《ふさ》がれた。見れば、まだ幼い町家の少女。童《わらわ》か娘か、そのどちらともいえない、微妙な年頃《としごろ》。肩までほどの長さの髪を、結《ゆ》わず、綺麗《きれい》に櫛《くし》を入れて、そのままに流してある。

いったい何の用があるのか、娘は、正面に立ったままじっと新八を見つめている。人形のよ

うに破綻《はたん》なく整った顔立ち——それと、その冷たい眼差《まなざ》しに覚えがあった。

「おまえ……忍《しのび》の……」

「篝炎《かがほ》」

短く応《こた》え、町娘に化《ば》けた忍——篝炎は、すいと踵《きびす》を返して歩き始めた。新八《しんぱち》もその隣を歩く。

「うまく化けたもんだな。似合うぜ。そういう格好も」

新八の軽口には応えず、

「宿へ案内するから」

すたすた歩く。

「忍のおまえが道案内とはね」

「補佐役《ほさやく》を命じられた」

「ふううん」

二人は、東寺《とうじ》の脇《わき》、大宮通《おおみやどお》りを北へ向かって歩いた。そのまま真っ直ぐ行けば二条城《にじょうじょう》に行き当たる道だ。

「おまえ、あの夜、俺《おれ》が来るのを知ってたって言ってたな。虫の知らせみてぇなもんかね」

「頭が痛くなるの。大事な客や、重大な凶事《きょうじ》のある前に」

「へえっ……。じゃあ、おまえの傍《そば》にいりゃあ、刺客《しかく》に寝込みを襲われる心配はねぇってことか」

「飢饉《ききん》、津波、山崩《やまくず》れ。凶事というのはそういうこと。人ひとりの生き死になんて分からない」

「おいおい、それじゃ役に立たねぇじゃねぇか」

「あたしは忍だから。忍の技で役に立てば、それでいい」

「ふうん……」

　新八は「にゃっ」と笑い、篝炎の横顔を頼もしげに見やった。少女のぶっきらぼうな言葉のなかに、揺るぎのない自信を覗《のぞ》いたからだ。

「よお。宿へ行く前に、一仕事すましときてぇんだがな」

「壬生村《みぶむら》――八木源之丞《やぎげんのじょう》のところへ？」

「ああ。あの人も、近藤《こんどう》さんの首のことは気にかけてくれてたろう。なにか手がかりがつかめるはずだ」

　新八は干菓子《ひがし》で有名な店へ入り、手土産《てみやげ》を買い求めた。新選組時代、さんざ世話になった「八木さん」の家へ行くのに、手ぶらというわけにはいかない。

　壬生の八木源之丞といえば、試衛館《しえいかん》一派が上洛《じょうらく》したさいに部屋を貸したのが縁《えん》で新選組の後援者となった人物である。室町《むろまち》時代から続く大地主の家で、庶民でありながら武士の諸権利を有する、郷士《ごうし》という身分。屯所《とんしょ》として新選組に自邸の一部を貸していたのは一年ほどだが、その後もなにかと隊士たちの面倒を見た。新八も、非番の日はよく遊びに行ったものだ。正式に会津《あいづ》のお抱《かか》えとなる以前の貧乏浪士《びんぼうろうし》時代は、ほかの隊士どうよう、飲み食いを世話になることも少なくなかった。

「変わらねぇなぁ……」

暮れなずむ壬生村《みぶむら》の通りを歩きながら、新八《しんぱち》は眩《まぶ》しそうな顔で周りの風景を眺めた。壬生寺も、屯所《とんしょ》として使わせてもらっていた前川邸《まえかわてい》も、そのままだ。八木《やぎ》邸は、前川邸の斜向《はすむ》かいにある。

新八は、篝炎《かがほ》とともに八木邸の門を潜《くぐ》った。使用人は新八の顔を覚えていて、幽霊《ゆうれい》でも見た

ような顔で口をパクパクさせたが、すぐに「ようご無事で……」と涙ぐみ、

「旦那《だんな》さま！　永倉《ながくら》先生が！」

嬉《うれ》しそうに奥へ駆けて行く。

「永倉先生……よう訪ねてくださった……」

当主・八木源之丞《げんのじょう》は、玄関先まで迎えに出てくれた。

「その節は……」

照《て》れくそうに言って新八は頭を掻《か》いた。

新八と篝炎は離れに通され、ささやかな饗応《きょうおう》を受けた。新八も好きだった壬生菜《みぶな》をはじめ、

京野菜の煮物などが膳《ぜん》に並ぶ。酒はもちろん伏見《ふしみ》のもの。

「お懐かしい味でっしゃろ」

「ええ。江戸に生まれ育った俺《おれ》なんだが……なんてぇか、こう……帰ってきたって感じがしち

まって」

新八と源之丞は、しばらくの間、思い出話に花を咲かせていた。新八は、源之丞には松前藩《まつまえはん》に帰参《きさん》したと嘘《うそ》をついた。源之丞を巻きこまないための配慮だ。

「で……こちらの、お連れはんは……」

気になっていたのだろう。源之丞は、篝炎のことについて尋《たず》ねた。

「えーっと……松前藩の者で。仕事の……手伝いをしてくれてます」

「仕事……と申されましたか。思い出話をなさりにおいでなさったとは思うておりませなんだが」

「はぁ。実は……」

新八は、「新政府の御用で」と前置きしてから、近藤《こんどう》の首のことを話した。

「近藤先生の……そらまた……なんで……」

「さて……詳《くわ》しくは分かりませんが。薩摩《さつま》などには、局長に同情的な人もおりましたから、せめて墓《はか》でも……と、そんなところじゃないですか」

源之丞には、無難に、そう言っておいた。

「それは有難いお話で。あれだけ御国のために頑張《がんば》ったお人やのに、線香の一本もあげられへん……。ご縁《えん》のあった人らも、家へ来て愚痴《ぐち》こぼしてましたわ」

「元隊士が、ここへ？」

「いえいえ、お役人の目がございますから、隊士の方はもちろん、お侍《さむらい》はんは……」

「なるほど。妓《おんな》、ですか」

言って、新八《しんぱち》は苦笑した。源之丞《げんのじょう》も唇《くちびる》の端をゆがめる。

英雄色を好むというが、京都時代の近藤《こんどう》がまさにそれであった。醒ヶ井《さめがい》の休息所をはじめ、各所に愛人を囲い、祇園《ぎおん》や島原《しまばら》の美妓《びぎ》たちへも片《かた》っ端《ぱし》から手をつける。源之丞のいう「ご縁《えん》あった人ら」を数えるのにも両手で足りまい。

「中には健気《けなげ》なのもおりまして。〝うちが近藤先生のお墓を建てます〟と、そない言う妓《こ》も」

「へぇー。そりゃ感心。醒ヶ井のおわかさんあたりですか」

「いえいえ。まだ二十歳《はたち》にもならん若い子ぉで。名は確か、美月《みづき》、いいましたか。祇園で芸妓《げいこ》をしておると言うてました」

「美月、ねえ……覚えはねぇが、一杯奢《いっぱいおご》りたい気分だな」

警備と命令系統掌握《しょうあく》の必要から、新八も、「正式に囲われている」愛人については頭に入れていた。が、なにしろ「手当たりしだい」の勇《いさみ》だったので――。新八が顔も知らない愛人というのも少なくはない。

「で――肝心《かんじん》の勇さんの『首』なんですが。晒《さら》された後どこへ行ったか、なにか聞いてることたあないですか」

「へえ。それが……」

源之丞も、なんとか近藤の首をひきとり、しかるべく供養《くよう》したいと思ってはいたのだが。なにしろ、源之丞自身が新選組の後援者というので、永らく、厳重な監視下《かんしか》におかれていた。三条河原《がわら》に近藤の首が晒されたときでも、家を出ることすらままならなかったのだ。

「それでも、調べるだけは調べまして。近藤先生の御首級《みしるし》を埋めたという男の名前だけは分かりました」

役目により近藤の首を埋葬《まいそう》したのは、『ワカツネ』という名の男であるらしい。河原など、特定の場所にしか住むことを許されず、職業に関しても厳しい制限を受けていた、いわゆる「河原者」。刑死者《けいししゃ》の死骸《しがい》処理も彼らの仕事の一つであった。

源之丞としては、このワカツネと直接交渉をして近藤の首を掘り起こしたいところだったが、自身が監視を受けていることもあり、思うように動けなかった。

「分かりました。あとは、俺《おれ》が」

「頼んます。近藤先生の御首級……どうか見つけてあげとくんなはれ」

源之丞は、目に涙を浮かべ、拝《おが》むようにして言った。

迷惑《めいわく》がかかるからと遠慮したが断りきれず、結局、新八《しんぱち》らは八木源之丞邸《やぎげんのじょうてい》を「本陣」とすることになった。予定していた宿は自分と相部屋《あいべや》だと、篝炎《かがほ》が平気な顔をして言った——という事情もある。

五

「なにか問題ある?」

「あるだろ」

苦《にが》りきって、新八は応《こた》えた。この少女は、自分を女と思っていないところがあるらしく、こういうときはどうにも困る。

翌朝。新八は、篝炎と連れ立って、鴨川《かもがわ》の三条大橋へ赴《おもむ》いた。東海道五十三次の終着点。京の東の玄関口。近藤《こんどう》の首が晒《さら》された場所であり、首を埋めたワカツネという男が住むのもこのあたりだ。

手分けして、ワカツネの居場所を捜《さが》した。一口に三条河原《がわら》といっても広いのだ。芝居《しばい》や猿廻《さるまわ》しといった見世物に食い物屋など、種々雑多な小屋が立ち並び、人々が犇《ひしめ》いている。祭日のような、そういう「非日常」が繰りかえされる場でもあった。

「なっ。ワカツネってヤツ知らねぇ？」

小屋裏に屯《たむろ》している芸人やら、炊《た》き出しをしている老人など、所の者をつかまえ、新八は地道《じみち》に聞き込みを続けた。銀の小粒《こつぶ》をちらつかせながら。

このあたりの住人なら、たいていワカツネのことは知っていた。歳《とし》は二十四～二十五。肌浅黒《はだあさぐろ》く、がりがりの痩身《そうしん》でありながら、身の丈《たけ》は六尺近く（約一八〇センチ）という長身。住処《すみか》はこの近くだというが――。

「近ごろ見ぃひんのぉ」

皆がそう言う。

「いつやったか、小さい子らと歩いとったが、それきりや」

「十日くらい前かのお。東のほうへ、ふらふら歩いてくの見たで」

聞き込みを総合すると、ワカツネは、十日ほど前に小さな子供とともに、ここから東へ向かって歩いて行き、それきり戻らないということになる。

（三条大橋から東といえば、粟田口《あわたぐち》、蹴上《けあげ》……処刑場《しょけいじょう》もあのあたりだったな。ずっと行きゃあ大津《おおつ》だが……どこまで行ったのか……）

気になったが、まずは、聞き込みで分かったワカツネの住処へ向かう。

人の集まる場所から下ったあたりにある集落のはずれ。よそから土を運んできて作った畑の側に、聞いたとおりの掘《ほ》っ立《た》て小屋《ごや》があった。

声をかけたが返事はない。家内に人の気配も感じられなかった。

（こうなりゃ中へ入って手がかりになりそうなもんでも漁《あさ》るか）

新八《しんぱち》は、人目がないかどうか、辺《あた》りを窺《うかが》った。すると、いつからそこに居たものか、畑の向こうに老婆《ろうば》が立っていて、じっとこちらの様子を窺っている。しかたなく、新八はそちらへ歩いていき、

「やあ、婆《ばあ》さん。御用の筋で、ワカツネって男を探してるんだけどね」

声をかけた。

「ワカツネなら、もう十日も帰ってきぃひん」

腰の曲がった老婆が、いかにも用心深そうな目でそう応《こた》えた。

「どこへ行ったか知らねぇか」

小粒《こつぶ》を握らせて聞いてみる。すると、老婆はニタリと笑い、

「よう知らんが……心当たりはある」

言ったきり、口をつぐんだ。もっと金をよこせというのだ。新八は苦笑しながらも一分金《いちぶきん》を渡してやった。老婆は大喜びで喋《しゃべ》りだす。

「十日前の晩のことや。魅雷神社《みかづち》の提灯《ちょうちん》を提《さ》げたお稚児《ちご》はんが来て、ワカツネを連れて行ったんわ」

「御免《ごめん》」

「ミカヅチ神社？」

「せや。こっから東へ行った、粟田口《あわたぐち》にあるお社《やしろ》はんや」

五芒星《ごぼうせい》と『魅雷社』の文字が書かれた提灯。それを手に提げた二人の稚児（幼児）が、十日前の晩にワカツネを迎えに来たのだという。

「お迎え、なんや気味の悪いお稚児はんやったでぇ。二人ともおんなし顔しとってな。ときどき、目の色が、こう……黄金色《こがねいろ》に見えて……あれは、お狐《きつね》はんの化生《けしょう》とちがうやろか。ワカツネも、なんやぼぉーっとなって……」

――魅雷神社の神主《かんぬし》さんに御用を言い付かった――

ワカツネは、そう言い残して姿を消した。以来、一度も戻っていない。

（なんだか薄気味わりぃ話だぜ……）

老婆の語った稚児の姿を思い浮かべ、新八はおもわずゾッとなった。死人の首を捜《さが》すという、ただでさえ不気味な仕事なのだ。狐の化身《けしん》だのなんだのは、

（ごめんこうむりてぇが……）

このまま帰るわけにもいかない。

「で、ワカツネって男は、今もその魅雷神社に居るのかい？」

「そんなん知らん。我《わ》がで行って確かめたらええ」

聞いてみたが、老婆はにべもない。

「しかたねえ。行ってみるか」

老婆《ろうば》に件《くだん》の神社への道順を聞き、篝炎《かがほ》と一緒にそこへ向かうことにした。粟田口《あわたぐち》へは歩いてすぐの距離だ。三条大橋から東へ行くと、ほどなく、東山の北端・粟田山の麓《ふもと》に行きあたる。このあたりからもう粟田口村だ。脇道《わきみち》へ逸《そ》れると、老婆に教わったとおり、すぐに鎮守《ちんじゅ》の森が見えてきた。小山を包む樹々の緑の合間に、鳥居《とりい》の寂《さ》びた朱色《しゅいろ》が見え隠《かく》れしている。

小山の麓まで来ると、古い鳥居と石段があった。鳥居や石灯籠《いしどうろう》に『魅雷社』とあり、五芒星《ごぼうせい》が刻《きざ》まれている。

石段の左右には、稲荷《いなり》の名のつく社《やしろ》でもないのに、狛犬《こまいぬ》でなく白狐《びゃっこ》。額にくっきりと五芒星が刻まれている。細くつりあがった目がどことなく不気味だ。

石段を上って行く。思っていたよりも長く、頂上はなかなか見えてこなかった。鬱蒼《うっそう》と茂る樹々の合間をひたすら上り、ようやく、頂上付近の神域《しんいき》へ辿《たど》り着いた。

四方を緑の森に囲まれた神域には、清浄《せいじょう》な空気が満ち、一種独特の、凛《りん》とした雰囲気が漂っていた。本殿ほか、いずれも小さく、古い。

「なんの神様か知らねぇが、ま、せっかくだから……」

言って、新八《しんぱち》はいそいそと御手洗《みたらし》へ。決して信心深いというわけではないが、神社仏閣へ詣《もう》でるのは大好きなのだ。対照的に、篝炎はお参りなどにはなんの関心もないようで、辺《あた》りへ注意深げな視線を配っている。

と、篝炎の瞳《ひとみ》が一点へ注がれて、止まった。

本殿の前に、巫女《みこ》のなりをした幼い少女が立っている。白衣《びゃくえ》に朱袴《あかばかま》。長く艶《つや》やかな黒髪を後ろで一房《ひとふさ》に束《たば》ねてある。

歳《とし》はまだ七つか八つだが、大人《おとな》が見てもはっとするほどの、類稀《たぐいまれ》な美形《びけい》——。円《つぶ》らな瞳。形の良い唇《くちびる》。目鼻立ちの整った、愛らしい顔立ち。どこぞの姫君《ひめぎみ》といっても通るであろう、そう滅多《めった》にはいないほどの美少女だ。愛らしいというだけでなく、どこか近寄りがたい高貴《こうき》さがある。いや——高貴というより神々《こうごう》しいというべきか。人の子というより神か妖《あやかし》に近いのではと思える、そういう類の美しさ。

あまりに美しすぎて人間らしく見えない——そういう点で、篝炎と似ていた。ただ一つ、大きく違うのは、怜悧《れいり》な女忍《おんなしのび》と違って、この幼く美しい巫女には「表情」があるということ。

口元を両手で押さえて、くすくす笑っている。

「ひーっ。冷《つめ》てーっ」

湧水《わきみず》の冷たさにおおはしゃぎの、童顔の侍《さむらい》を眺めて。

「おっ。こいつぁ可愛《かわい》い巫女さんだね」

視線に気づいた新八が声をかける。

人見知りをするたちなのか、小さな巫女は、声に反応して、一瞬ぴくんと身をすくめた。しかし、声の主の「童顔まるだし」の笑顔を見て安心したらしく、すぐに「にこっ」と微笑を返した。

「ちょいと、人を捜《さが》してるんだが……」

何気なく、新八《しんぱち》が巫女《みこ》に近づく。

と――。

不意に、幼い巫女の表情が固くなる。そのまま、新八から逃げるように、すいと後ろへ下がった。

「うん？　どした。なんか気にいらねぇことでもあるかい？」

苦笑して、新八は立ち止まった。何が気に障《さわ》ったのか知らないが、少女の機嫌を損《そこ》ねたようなので。距離をとったまま、にこにこ笑って、巫女の言葉を待った。

すると、巫女は、新八の目を見ず、

「おさむらいはん……血のにおい、しはるし……」

一言、呟《つぶや》いた。

「……！」

一瞬言葉に詰まった新八にくるりと背を向け、巫女は「たたた」と走り去った。巫女の姿にそぐわない、しかし、その年頃《としごろ》の少女には似合いの、元気いっぱいの走りっぷりで。

「あっ、おいっ……！」

新八は慌《あわ》てて少女の後を追った。しかし、少女はおもいのほかすばしっこく、本殿脇《ほんでんわき》の社務

所へあっという間に駆け込んでしまった。戸を叩《たた》いて「御免《ごめん》」と呼ばわるが、返答はない。

「あなたが脅《おど》かすから」

後ろから篝炎《かがほ》がボソッと言う。

「おきやがれっ！　俺《おれ》がいつ脅かしたよ!?」

むきになって新八《しんぱち》が言い返す。そこへ、

「なにか御用でもおありですか」

低く通る、男の声。

見れば、篝炎の背後から、白衣《びゃくえ》に水色の袴《はかま》をつけた、中年の神官《しんかん》が歩いてくる。白髪《しらが》まじりの銀髪の、がっちりした体格の小男。物静かな雰囲気だが、細く鋭い目がいかにも頑固《がんこ》そうだった。しかも、その目にはあからさまな警戒の色がある。

「当社の神主を務めます、安倍《あべ》ともうしますが……」

「松前藩士《まつまえはんし》……入布新《いりふあらた》」

咄嗟《とっさ》に、新八は、戦争中たまに使った偽名《ぎめい》を名乗った。

「松前藩の方が、どのような御用で？」

「ワカツネという男を捜《さが》している。ここの使いに連れられて行って、それきり戻らねえと聞いてね」

微笑を浮かべたまま、神官・安倍の細い目を見つめ、新八は素直にそう告げた。安倍をなん

となく、

（一筋縄《ひとすじなわ》ではいかない男……）

　と見ている新八だったが、ここは一石を投じて反応を見ようという腹だ。

「存じませぬなぁ。そのような方は」

　やんわりと、しかしきっぱり、安倍は、ワカツネとの関係を否定した。新八は、

「ふうん……そうかい。邪魔《じゃま》したね。ああ、せっかくだから、お参りさせてもらうぜ」

　あっさり引き下がり、篝炎に「行こうぜ」と促《うなが》した。

　安倍は「ごゆるりと」と頭を下げ、しばらく新八らの背を見つめていたが、二人が本殿の前に並ぶのを確かめてから、社務所の裏手へと消えた。

　それを見るでもなく、新八は、なんだか楽しそうに賽銭《さいせん》を投げ、作法どおりに手を打ち、礼、拝。手を合わせ、瞑目《めいもく》しているが、顔は笑っている。

「張《は》ってみる？」

　横から篝炎が声をかけてきた。この近所に潜《ひそ》み、何日かかけて探りを入れてみようというのだ。

「そうしてもらうしかねぇな。あの頑固《がんこ》っ面《づら》ぁ。素直に喋《しゃべ》るたぁ到底《とうてい》思えねぇ」

　言って、新八はげらげら笑った。あの安倍という神官の堂々たる「しらばっくれっぷり」が気に入ったらしい。

「俺《おれ》の勘《かん》だが、ありゃあ、なにか知ってるってどころじゃねえぜ。あのオヤジ、必ず、ワカツネの行方《ゆきかた》知れずに関《かか》わりがある」

新選組時代、さっきの安倍《あべ》と同じ顔を、何度も見た。信念をもっている男が嘘《うそ》をつくと、ああいう顔になる。

「さっ、とりあえず、今日は帰って……」

と新八《しんぱち》が言いかけた、そのとき——。

ぎゃあああああっ……!!

遠くから、叫び声が聞こえた。本殿の裏手——来たのとは反対側の森の奥から。

顔を見合わせる新八と篝炎《かがほ》。篝炎はすぐさま駆け出し、新八も、袴《はかま》の股立《ももだ》ちを取ってからその後を追った。本殿と社務所の間を駆け抜け、玉垣《たまがき》を乗り越え、森の中へ。

樹々の合間に見え隠《かく》れする篝炎の姿を追ううち、下りの小道に出た。下った先に小さな丸太小屋がある。戸は開いており、篝炎が小屋の中へ入っていくのが見えた。

(血の臭《にお》い……)

駆け下りてきた新八が、刀の柄《つか》に手をかけ、開け放たれた戸の前に立つ。小屋の中を覗《のぞ》き、

「むっ……!!」

思わず声を漏《も》らした。

小屋の中は、文字通り、血の海。

土間に立つ篝炎の背中の向こう――。囲炉裏《いろり》の側《そば》に男が倒れている。仰向《あおむ》けに倒れたまま、ぴくりとも動かない。背丈《せたけ》は六尺あまりもあろうか、滅多《めった》にいない長身。長くて細い手足が不自然な方向に折れ曲がっている。

男の口から、ごぼごぼと、大量の血が吐き出されていた。いや――もはや、口とはいえない。上唇《うわくちびる》を残し、そこから下の部分――下顎《したあご》が、なくなっていた。まるでそこだけ毟り取られたかのごとく。

あるべきものがないというだけで、人の顔というものはこうも変わって見えるものか。潰《つぶ》れた筋肉や血管などが垂れ下がっている様《さま》が、イカかタコを思わせた。無数の触手《しょくしゅ》のごとき肉片の合間から、赤黒い血がとめどなく溢《あふ》れ、床《ゆか》を濡《ぬ》らす。

そして――。

「てめぇら……ナニモンだぁ？」

刀の柄に手をかけたまま、新八は、ゆっくりと土間へ入った。その視線の先――。白衣《びゃくえ》・白袴《しらばかま》の稚児《ちご》が二人。血の海に浮かんだ「死骸《しがい》」の側に、立っていた。

歳《とし》は五つか六つ。髪はオカッパ。男か女か分からぬ美童《びどう》。

二人とも同じ年恰好《かっこう》。そして、同じ顔。瞑《つぶ》っているかと思えるほどに細い目、尖《とが》り気味の鼻と、大きな口。額には、なんの呪《まじな》いか、五芒星《ごぼうせい》の印《しるし》。寸分違《たが》わぬ同じ顔が並び、くすくす笑っていた。

「気をつけて。人じゃない」

呟《つぶや》いて、篝炎《かがほ》は懐《ふところ》へ手を入れた。得物《えもの》を隠《かく》し持っていたのだろう。それを懐に呑《の》んだまま、油断のない視線を稚児《ちご》たちへ向けている。

篝炎の言葉を裏付けるように——。

稚児の細い目の奥で、金色の瞳《ひとみ》が光った。

転瞬《てんしゅん》——。

「うおっ⁉」

反射的に抜刀した新八《しんぱち》の目の前で、消えた。

ふっ、と——二人の稚児が、跡形《あとかた》もなく。

目の錯覚《さっかく》であるとか、一瞬のうちに隠れたとか、そういう程度のことではない。もともとそこに稚児などいなかった——そう思えるほどに、文字通り、消えたのだ。

「どーなってやがんでぇ……」

新八は目をパチパチさせて、稚児がいた空間を凝視《ぎょうし》した。我が目を疑うとはこのことであったろう。

「もういないわ」

言って、篝炎は、土間から囲炉裏《いろり》の側《そば》へ上がった。懐に入れていた手も抜いている。こちらは消えることのなかった男の死骸《しがい》へ近寄り、検《あらた》める。

「酷《むご》い……下顎《したあご》を、骨ごと、毟《むし》り取られてる。腕も、脚も、無茶苦茶に折れ曲がって……。まるで、キムンカムイ（羆《ひぐま》）に襲われたみたい」

死骸を冷静に観察する篝炎。その顔はいつものように無表情で、損壊《そんかい》の激しい死骸に対する恐れや嫌悪《けんお》とは無縁《むえん》だった。さきほどの怪異《かいい》な現象——目の前で消えた稚児のこともどこ吹く風だ。

「あのガキども……ほんとに、もういっちまったのか？」

新八も上がってくるが、こちらはまだ用心深く周囲を見回している。

「いないって言ったでしょ。気配は消えてる」

「同じ顔した二人の稚児……。魅雷《みかづち》神社の使いってのは、あいつらか」

「分からない。だけど、生身《なまみ》の者でないことは確かね」

「…………」

押し黙る新八。先刻、消える前に見た、稚児の金色の瞳が脳裏《のうり》に浮かぶ。ゾクリ、背筋が冷たくなった。

「刀。しまったら？」

篝炎に言われて、ようやく、新八は、自分がまだ抜刀したままだったということに気づいた。

「おまえ、怖《こわ》くねえの？　あ、あ、い、う、の」

「へいき。見えないけど、居る。森にも、川にも。あたしたちの身の周りの、至る所に。カムイって、そういうものだから」

などと、篝炎《かがほ》は平然な顔で言う。

「理屈《りくつ》はちっとも分かんねえが……ともかく……」

パチリ、刀を鞘《さや》に納めて、

「頼もしいぜ。相棒《あいぼう》っ」

片目を瞑《つぶ》り、新八《しんぱち》は相棒の肩を叩《たた》いた。相棒のほうは「?」と怪訝《けげん》な顔をしただけだったが。

妖《あやかし》のものを見ても「へいき」。篝炎の並外れた冷静さも、こういうときにはありがたい。篝炎にはアイヌ民族の血が流れているというが、怪異《かいい》な現象に対してこうも無心でいられるのは、あるいは、それが関係してのことか。

「そんなことより、この骸《むくろ》」

篝炎は、無残な死骸《しがい》をじっと見て、

「歳《とし》は二十五～二十六。浅黒《あさぐろ》い肌《はだ》。身の丈六尺《たみ》の、痩《や》せた男……」

身体的な特徴を言いあげた。いずれも、三条河原《がわら》で聞き込んだ、ワカツネという男のそれと合致する。

「あたしたちが捜《さが》してる、ワカツネじゃないの?」

確かに……。新八も、この死体を見たときからピンとくるものがあった。これだけの長身の男なぞ、そうざらにはいない。

「確かに聞いたとおりの風体《ふうてい》だ。だがよ……この骸がワカツネだとすれば……」

近藤《こんどう》の首に関する唯一《ゆいいつ》というべき手がかりを、永久に失ったことになる。

残されたのは、物言わぬ死体のみ。

「くそっ……！　近藤さんの首の行方《ゆくえ》、誰《だれ》に聞きゃあいいってんだ!!」

この男には珍しく声を荒げ、新八が叫んだ。

そのとき――。

「ほう……君も捜しているのか。勇《いさみ》さんの首を」

外から、声がかかった。

低く落ち着いて、凜《りん》とした張りのある、男の声。

「!?」

聞き覚えのある声にハッと振り向き、開け放たれた戸口のほうを見た新八の表情が、

「まさか……！」

凍《こお》りつく。

「死んだはずだ……あんた……蝦夷《えぞ》で……」

途切れ途切れに呟《つぶや》く、新八の、視線の先――。戸口に、編笠《あみがさ》、着流しの侍《さむらい》が独《ひと》り、立っていた。

「ふっ……」と笑って、侍は編笠を取った。涼《すず》やかな目が、新八を見つめる。

歳《とし》の頃《ころ》は三十半《なか》ば。総髪の、「役者のような」と評すべき美男。

そして――。ただ美男子というだけでは済《す》まされぬ、凛《りん》とした風格。仏《ほとけ》のごとく柔和《にゅうわ》な笑みに潜《ひそ》む、鬼の酷《むご》さ。

優、厳、美――それらが矛盾《むじゅん》することなく調和した、漢《おとこ》の貌《かお》。

「久しぶりだな。永倉《ながくら》君」

「副長……」

新八《しんぱち》は男をそう呼んだ。

第二話　死合

第二話　死合

「副長……」

新八《しんぱち》がそう呼ぶ者は、この世に一人しかいない。

靖共隊《せいきょうたい》のとき自分と共に副長を務めた盟友《めいゆう》・原田左之助《はらださのすけ》のことは変わらず「サノ」とか「左ノ字」と呼んでいた。だから、新八にとって副長といえば、新選組副長・土方歳三《ひじかたとしぞう》――。

その人、唯《ただ》一人。

(有り得ねぇ……!!)

戦死したはずだった。三ヶ月前、函館《はこだて》の戦場で。

新八は、逃亡生活のなかで、土方歳三戦死の報を聞いた。かつて共に闘い、そして別れた――。その男の死を知ったとき、どろりと、濃《こ》い感情が胸のうちで渦《うず》を巻いた。いくつもの想《おも》いは絡《から》み合い、一つ一つ、「これ」と割り切れない。

死んでいてさえこうなのだ。それが、実は生きていて、しかも、目の前に立っている。新八の心は激しくかき乱れた。

「久しぶりだな。永倉《ながくら》くん。宇都宮《うつのみや》以来か」

言って、薄く笑った。その顔を——。

（見間違えるはずもねぇ……）

一年前。官軍に占領された江戸を捨て、会津《あいづ》を目指す途上の宇都宮攻城戦。あの、雨の戦場で偶然出会ったときも、土方は、今と同じ笑みを浮かべていた。

そのとき、新八は、気づかないふりをして一言も口を聞かなかった。「家来《けらい》」扱いされるのが嫌で袂《たもと》を分かった連中の片割れが、また、自分たちの上官（旧幕軍参謀《さんぼう》）として現れたのだ。あまりにバツが悪すぎて、どういう顔をしていいか分からなかった。

それに、バツが悪いだけでなく——。片割れのもう片方が官軍に投降《とうこう》し、獄中《ごくちゅう》にあることも知っていたから。どんな顔でなにを話せばいいか、分からなかったのだ。

もともと、土方とは、新選組結成以前、江戸の試衛館《しえいかん》に食客《しょっかく》として転がりこんだ頃《ころ》からの付き合いだ。文久《ぶんきゅう》の初めから、およそ七～八年。それだけの年月、互いに顔を付き合わせていたことになる。

あの頃は、道場の一室に住みつき、毎日毎日、稽古稽古《けいこ》。互いに思うところあって直接打ち合うことは少なかったが——。確かに、土方は「同志」だった。同じ釜《かま》の飯《メシ》を食い、同じ部屋に寝起きし、他道場から「喧嘩《けんか》そのもの」と恐れられる天然理心流《てんねんりしんりゅう》の荒稽古に明け暮れる。攘夷《じょうい》を肴《さかな》に酒を酌《く》み交わし、俺《おれ》たちの手でこの国を護るのだと誓った。そんな、青春の最も濃密《のうみつ》な時を分かち合った、血盟《けつめい》の同志。

余人《よじん》は知らず――。

新八《しんぱち》には一目で分かった。

目の前に立つこの男が土方歳三《ひじかたとしぞう》以外の何者でもないと。

官軍の発表がどうあれ、土方歳三は死んでいなかった。生きて、今、目の前に立っている。

生き延びるため岩倉具視《いわくらともみ》の命に従い、近藤勇《こんどういさみ》の首を捜《さが》しに来た、この永倉《ながくら》新八の目の前に。

「蝦夷《えぞ》で死んだと聞いてたが」

新八の言葉に直接は答えず、土方は俯《うつむ》いて笑い、背を向けた。そして、戸口から離れ、数歩、歩いたところで立ち止まる。

新八も土間へと下り、戸口へと歩いていった。

「誰《だれ》？」

後から問う篝炎《かがほ》に、新八は、

「知り合いだ」

とだけ答えた。

「死体検《あらた》め、続けててくれ」

篝炎にはそう言って、新八は独《ひと》りで小屋の外へ出た。

小屋の前の開けた場所で、新八は土方の背中を見ている。

黒の単《ひとえ》の着流しに藍地《あいじ》白縞《しろしま》の角帯を締め、白足袋《しろたび》雪駄《せった》。洒落者《しゃれもの》で通っていた男だけに、着流

し姿も凛《りん》として、足袋《たび》の白さは目に涼《すず》しい。

「もう少し嬉《うれ》しそうな顔をしたらどうかね。旧《ふる》い仲間と再会したのだぜ」

ゆっくりと振り返り、土方《ひじかた》は口を開いた。穏《おだ》やかな、柔和《にゅうわ》といってよい微笑。

（こいつ、変わったな）

改めて土方の顔を見、新八《しんぱち》はそう感じた。その感想を口にすることはなかったが。

「これが町なかで偶然顔会せたってんなら、俺《おれ》もちったぁマシな面《つら》をしたかもな。だがよ」

言いながら、新八は土方との間合《まあ》いを計っている。およそ二間（約三・六メートル）。一歩ずつ詰めれば互いに打ち込みの範囲となる。

「さっき、あんた言ったよな。〝君も勇《いさみ》さんの首を捜《さが》しているのか〟と」

土方は答えない。穏やかな表情で新八を見つめている。

「新選組の生き残り——それも、副長と二番隊長が、どっちも近藤《こんどう》勇の首を捜してて、カチ合った。手がかりを知る唯《ただ》一人の男の、死体の前で」

口にしてみて、新八は、改めて、今の状況の異常さを確認している。

「こいつぁ、ヘラヘラ笑ってもいられまい」

真っ直ぐに土方を見据《みす》えた。じわり、身の内に緊張感が満ちる。

だが、そんな新八の緊張を削《そ》ぐように、土方は、あくまでも穏やかな声音《こわね》で、

「そうかね？」

言って、笑いかける。

「近藤勇の首を巡って、かつての仲間同士が向かい合う。これからどうなるのか。そもそも、互いの目的はなんなのか——」

一瞬、土方の眼《め》の奥に妖《あや》しい光が煌《きらめ》き、そして、

「心躍《おど》るじゃねぇか。なあ、新八っつぁん」

端正な唇《くちびる》の端が吊《つ》り上がる。これもまた、新八の知らぬ笑みであった。伝法《でんぽう》な口調は試衛館《しえいかん》時代のものだが、その顔に浮かぶ笑みは、今まで見たどの種類のものとも違う。

新八は、このとき初めて自分の判断に疑いを持った。

(こいつ……本当に土方歳三《としぞう》なのか……?)

と、そう考えたところへ、

「それにしても、懐かしいな」

また、穏やかな表情に戻って、土方が話しかけてきた。

「覚えているかね」

昔を懐かしむような、そんな柔らかな問いかけに、新八もふっと緊張を解いた。尋常《じんじょう》な再会ではなかったが、それでも、多くの想《おも》い出《で》を共有する相手ではあったから。土方の「覚えているかね」の一言に応じて、新八の脳裏《のうり》にはさまざまな記憶が巡った。そのほとんどが、かつての仲間——土方と共有するものであるはずだ。

だが、しかし——。次の瞬間、土方《ひじかた》の唇《くちびる》が紡《つむ》いだ言葉は、

「『局中法度《はっと》』」

その四文字。

覚えているかと問われたのは、新八《しんぱち》の胸にわいた温かな懐古《かいこ》の念とはまるで無縁《むえん》の、殺伐《さつばつ》とした言葉。

「……あ？」

どういう意味だと言いたげな声をあげた、新八の前で——。

土方は手に持っていた編笠《あみがさ》を放っていた。その手が、ゆるりと、腰に差した刀の柄《つか》にかかる。

と見た瞬間——。

ぎぃぃぃんっ!!

二つの刃が噛《か》み合う、鋭く重い音。青白い火花。

「一《ひとつ》、局を脱するを許さず」

額が触れ合うほどの至近。呟《つぶや》いた土方の言葉に、ギシギシという刃鳴りの音が重なる。まさに、一瞬。一瞬で間合《まあ》いを詰めながらの抜き打ちだった。かわす間もなく、反射的に抜いた刀で斬撃《ざんげき》を受けるのが精一杯だった。

「死んでもらうぞ。二番隊長」

笑っていた。太い犬歯を剥《む》き出しにした、獣《けもの》の笑み。かつて、面《めん》の金具の隙間《すきま》に見た、あの

笑い。強い相手に噛みつくことが楽しくて楽しくてしかたがない、「多摩《たま》のバラガキ」の笑み。

「～～土方ぁぁ!!」

叫びながら。鍔迫《つばぜ》り合《あ》いの体勢から、新八は渾身《こんしん》の力をこめて押し返した。捌《さば》くことなど考えられなかった。力の限り、殺気の猛《たけ》るまま、真正面から押した。

ギシッ……ギシッ……ギシッ……!!

土方も、受け流そうなどとは毛ほども思っていない。

「おおうっ!!」

押して、押して、押して、押しまくる。

力と力、気迫と気迫のぶつかりあい。腕力だけでなく、重心移動、手首の捻《ひね》り、読み――。幾重《いくえ》もの複雑な要素が絡《から》み合うことで生まれる、濃密《のうみつ》な均衡《きんこう》。やがて、

ぎゃりんっ!!

力の方向の一瞬の不一致が、唐突《とうとつ》に均衡を破らせた。噛み合っていた刃と刃が火花を散らしつつ擦《す》れ違う。間髪《かんはつ》入れず、

ぎぃんっ!!

再びぶつかり合う、刃と刃。だが、今度は鍔迫り合いにはならなかった。擦れ違い様《ざま》、同時に放った斬撃がぶつかった直後、新八も土方も、申し合わせたように後ろへ飛び退《すさ》って距離をとった。

再び二間の間合《まあ》いで向き合う。

「手ぇ出すんじゃねえぜ、篝炎《かがほ》」

土方《ひじかた》を見据《みす》えたまま、新八《しんぱち》は背後の森へ向けて声を放った。答える声はなく、小屋の中にいた筈《はず》の篝炎の姿もない。樹々の合間に身を隠《かく》し、土方を襲う機を狙《ねら》っているはずだ。

そのことは、新八はもちろん、土方にも分かっていた。最初の鍔迫《つばぜ》り合《あ》いのとき、鋭い針にも似た細《こま》やかな殺気を感じた。だからこそ再びの鍔迫り合いを避けたのだ。動きを止めれば、狙われる。あの女、おそらくは忍《しのび》。

「助太刀を拒《こば》むとは殊勝《しゅしょう》な心がけだ。局中法度《はっと》に従い、おとなしく刑に服するというのだな、二番隊長」

酷薄《こくはく》な薄笑いを浮かべ、土方が呟《つぶや》く。構えは上段。

「笑わせるんじゃねぇ」

意識的に冷たい声で言い捨てた、新八は正眼《せいがん》。先刻は頭に血が上って気づかなかったが——。

土方の得物《えもの》は見たことのない諸刃《もろは》の直刀で、全体の長さは四尺（約一二〇センチ）を超える。拵《こしら》えこそ日本刀のものだが、刀身は西洋の長剣に近い。新八は、得体《えたい》の知れぬその長剣を警戒し、用心深く、間合いを広めにとった。

「局中法度だ？『局』なんてもなぁとっくに無くなってんだろうが」

「そうさ。だから——」

無造作《むぞうさ》に、土方が歩を詰める。応じて一歩下がる新八に向け、さらに大きく踏み込み、

「もう一度、作るのさ」

猛然と打ち込んだ。

「なっ……!?」

新八が思わず呻《うめ》いたそのときには、すでに、長剣の切っ先が眼前に迫っていた。上段に構えていたはずなのに、片手突き。相変わらずの無茶苦茶さ。それでいて、鋭く、速い。幕末最強集団の、そのなかで一、二を争う技量の持ち主――この永倉《ながくら》新八をして、防戦一方にさせてしまうほどに。

舌打ちし、二合、三合と、土方の連突《れんづ》きを弾《はじ》く新八。土方は、体を開き、刀身の長さを活かして、遠間から攻めこんでくる。まるで、西洋剣術の動き。いや――。その恐ろしいまでの速さと、片手であることを感じさせぬ重さは、あの忌《い》まわしい連発銃《ガットリングガン》の一斉射撃《いっせい》を思わせた。

これが通常の諸手突《もろてづ》きなら――。初太刀《しょたち》さえかわしてしまえば、伸びきった隙《すき》だらけの体をどうとでも料理できる。「突きは死太刀《しにだち》」と呼ばれる所以《ゆえん》で、ある程度の技量を持った剣客《けんかく》同士ではそうそう突きなど出せはしない。突きを得意とする天然理心流《てんねんりしんりゅう》、その最強の剣客である天才・沖田総司《おきたそうじ》にしても、宗主《そうしゅ》・近藤勇《こんどういさみ》にしても、新八ほどの手練《てだれ》と立ち会うとなれば素直に突きなど狙いはすまい。突きで仕留《しと》めるにしても、別の技からの変化を狙うはず。

実戦において突きが有効なのは確かだが、それは相手によるということだ。少なくとも、剣

客同士の闘いにおいては、突きがかわされた後の隙《すき》というのは、致命的《ちめいてき》なものと言わざるを得ない。

しかし、長寸の、しかもまったく反《そ》りのない直刀による片手突きとなると——。槍《やり》で突かれるようなもので、なかなか反撃の糸口がつかめない。竹刀《しない》や木刀を用いての「試合」であれば強引《ごういん》に前へ出ることもできるが。真剣を用いての「死合」となればそうもいかない。

「どうしたどうした」

嘲《あざけ》りながら、土方《ひじかた》は容赦《ようしゃ》なく新八《しんぱち》を攻め続けた。片手突きだけではない。突きから横面《よこめん》、逆袈裟《ぎゃくげさ》から斬《き》り上げ——。およそ剣理《けんり》とはかけ離れた、脈絡《みゃくらく》のない変化が襲ってくる。それでいて、一太刀一太刀が必殺の威力を持っているのだ。これだから——。

（こいつとやるなぁヤなんだよ）

正当な剣術を修めた新八にとって、もっとも嫌な相手が土方のような男だ。奔放無頼《ほんぽうぶらい》な太刀筋。確たる理由もなく、理不尽《りふじん》に強い。さらに、往々《おうおう》にして、こういう型の人間は真剣勝負にも強い。

「そら。そら。どうした。鈍《にぶ》ってんのか？　ああっ!?」

荒々しく吼《ほ》える——土方の連突きが執拗《しつよう》に新八を攻めたてる。まるで、人に悪意を持つ毒蛇《どくじゃ》のごとく。

新八は防戦一方だが——。それでも、土方の間断《かんだん》ない攻撃を、一つ一つ、丁寧《ていねい》に受け、弾《はじ》き、攻めるほうの勢いも尋常《じんじょう》でないが、捌《さば》いている。さきほどとは打って変わって、冷静そのもの。攻めるほうの勢いも尋常でないが、受けるほうの精密さも神技《しんぎ》の域。あまりに速すぎて、普通の人間では両者の太刀筋を目で追うことすらできまい。しかし、見る者が見れば、受けに徹《てっ》した新八の動きが、攻める土方のそれを、次第《しだい》、次第に、上回りつつあるのを認めたはずだ。

やがて――。

ガチィンッ!!

刃と刃が絡《から》み合い、二度目の鍔《つば》迫り合《あ》いとなる。再び目の前に迫った「副長」の顔に、新八が囁《ささや》く。

「鈍ってんじゃねえ」

転瞬《てんしゅん》、顎《あご》を引きつつ、爪先《つまさき》を相手の両足の間へと滑《すべ》らせるように前へ。

ごっ!!

「遠慮してんだ!!」

鍔迫り合いからの頭突《ずつ》き――。ガムシャラ新八、略して『ガム新』などと呼ばれた男の、このあたりが真骨頂《しんこっちょう》というべきか。これだからこそ、正調流派の皆伝《かいでん》でありながら、喧嘩《けんか》剣術とまで言われた試衛館《しえいかん》の水が合ったのだ。真《ま》っ当《とう》な剣術を極めていながら、その枠《わく》に収まりきる男ではない。

「くっ……」

顎《あご》に頭突《ずつ》きを食らいはしたが、土方《ひじかた》は後方へ飛び退《すさ》りつつ横薙《よこな》ぎに剣を払い、新八《しんぱち》の追《お》い討《う》ちを牽制《けんせい》した。

しかし、新八はハナから追い討ちなどするつもりはなく、なんのつもりか、何もない目の前の空間を井上真改《いのうえしんかい》で撫《な》で斬《き》った。

キンッ！　キンッ！

金属と金属とがぶつかり合う音――。

「手ぇ出すなって言っただろ」

ぶっきらぼうに呟《つぶや》いた新八の足元に、菱形《ひしがた》の小刀のようなものが二つ、転がっていた。忍《しのび》の使う武器、投げくない。樹々の中から篝炎《かがほ》が放ったものだ。再び鍔迫《つばぜ》り合《あ》いとなった瞬間を逃さず、土方の背中を狙《ねら》って。新八が頭突きをしかけなければ、くないは土方の腎臓《じんぞう》に突き刺さっていたはずだ。

「まだ、聞きたいことがある」

言って、新八は刀の切っ先を土方に向けた。

「新選組を……もう一度作ると、そう言ったのか？」

土方は、三間先。剣をだらりと下げ、唇《くちびる》に滲《にじ》んだ血を舐《な》める。双眸《そうぼう》の猛々《たけだけ》しい光はそのままに――。

「そうだ」

笑っていた。もしこの世に鬼《おに》というものがいて、そいつが笑うならば――。こんなふうに笑うのかもしれない。

「本気で……」

本気で言ってるのかという問いを、新八は途中で飲み込んだ。愚問《ぐもん》すぎる。土方歳三《としぞう》が「そうだ」と答えた。冗談《じょうだん》やハッタリであるはずもない。そういう男であることを、新八は、嫌になるほど知っている。だから、

「なんのために？」

そう聞きなおした。

「今更《いまさら》新選組なんぞ作って、いったい何をやらかそうってんだ!?」

自分でもよく分からない苛立《いらだ》ちの混じる、新八のその声に、

「――ぶち壊す」

ぞろり、土方が答える。

「なにもかも――薩長《さっちょう》の連中が作り出した、維新《いしん》の世ってやつ。そのすべてを」

異様《いよう》なまでにギラギラと光る目で新八を見据《みす》え、

「ぶち壊してやる」

土方歳三は、吐き出すように言った。

「…………!!」

ゴクリと、新八《しんぱち》の喉《のど》が勝手《かって》に鳴る。

新選組を再結成し、新政府に闘いを挑《いど》む。土方《ひじかた》がやろうとしているのは、つまるところそれだ。

ようやく訪れた平和。徳川に代わり、薩長土肥《さっちょうとひ》が作り出した新しい秩序。世界の中の一国として歩みだした、日本という国。

それらすべてのものを土方は否定した。否定するだけでなく、破壊しようとしている。どす黒い怨嗟《えんさ》と、冷徹《れいてつ》な狂気、そして、昔と変わらぬ、燃えるような情熱をもって。

「……無理だぜ。そんなこたぁ、もう……」

やっとのことで搾《しぼ》り出された新八の言葉に、土方は冷笑を返した。

「無理かどうか、見ているがいい。地獄《じごく》から帰ってきた俺《おれ》たちが、どんなふうに、この国をぶち壊すか」

「俺たち──だと？」

土方の言《い》い様《よう》に、新八はハッと思い当たることがあった。岩倉具視《いわくらともみ》から命じられたこと。いまごろになって近藤勇《こんどういさみ》の首を捜《さが》せという、不可解な任務。

「まさか、局長は……近藤さんは……生きているのか!?」

流山《ながれやま》で投降《とうこう》し、板橋《いたばし》で斬首《ざんしゅ》され、三条河原《がわら》に首級《くび》を晒《さら》された──そいつは、近藤勇本人ではなく、替《か》え玉《だま》だったのではないか。そのことを調べるため、自分は京都へ送られたのではないのか。

しかし——。

「いや。勇さんは、まだだ。首が見つかっていない」

土方は、近藤の生存を否定した。なんとも奇妙な含みをもたせて、だが。

「首なんぞ捜して、どうするつもりでぇ」

「そいつはこっちが聞きたいぞ、永倉《ながくら》君。新選組を抜けた者が、何故《なぜ》、局長の首を捜しているのか」

「…………」

問い返され、新八は返答に窮《きゅう》した。松前藩帰参《まつまえはんきさん》のために、かつての同志の首を捜す。生き残るため、どんな汚いことでもすると決めた新八だが——。後ろめたさが膨《ふく》らむのを、今はどうにもできない。土方という男の前では、特に。

「帰参の条件として命じられでもしたか。家老の下国《しもぐに》あたりに」

ほぼ正確に、土方は事情を読んでいた。永倉家が松前藩における名門であり、新八個人も江戸家老・下国東七郎《とうしちろう》と昵懇《じっこん》であることは周知の事実。そのあたりからの推測であろう。

「下国東七郎。早々《そうそう》に薩長側へつき、そうかと思えば、裏では靖共隊《せいきょうたい》だの継述隊《けいじゅつたい》だのといった反動集団への援助もする。なかなかの狸《たぬき》。さて——。そいつが、近藤の首を捜せなぞということは、大なり小なり、こちらの動きを知ってるってことだが。いったいどこまで知っている?」

新八《しんぱち》は、答えない。いっそ、下国《しもぐに》にではなく、岩倉具視《いわくらともみ》に命じられたのだと、そう言ってやりたかったが、堪《こら》えた。土方《ひじかた》を利することになるし、何より、岩倉から命を狙《ねら》われることにもなりかねない。

「あるいは、もっと上の——新政府の上にいる奴《やつ》からの指示か? 永倉君《ながくら》」

「さぁて。どうだろうな」

「しらをきるつもりか。ならば、身体《からだ》に聞くまでだ」

再び剣を上段に構えた——土方の目に、残酷《ざんこく》な光が灯《とも》る。

応じて、

「おもしれぇ。やってみろ。ただし——」

すいと八双《はっそう》に構え、新八が不敵《ふてき》に笑う。

「今度《こんだ》ぁ、遠慮しねぇよ」

二人の間に、じわり、殺気が満ちる。

と、そのとき——。

「気をつけて」

新八のすぐ側へ、不意に篝炎《かがほ》が姿を現した。森の中で着替えたのだろう。町娘のなりから忍《しのび》装束《しょうぞく》に変わっていた。

「邪魔《じゃま》すんな。あいつとはサシで……」

「誰《だれ》か来る。人間《ひと》じゃないものも、一緒に」

短く言って、篝炎は、土方の背後──神社へと続く坂道を見つめた。新八もそちらへ目をやる。

「なんだぁ……あの尼《あま》……」

別に、口汚く罵《ののし》ったわけではない。視線の先に認めたのが、言葉どおり、尼──尼僧《にそう》だったのだ。

ゆったりとした足取りで坂を下りてくる、その女。身なりは尼僧のものだが──。白い頭巾《ずきん》の下に覗《のぞ》く青い瞳《ひとみ》と白い肌《はだ》、そして、紫《むらさき》の衣に包まれた豊満すぎる肢体《したい》。それら身体的な特徴は、あきらかに、異国の女のそれだった。脚はすらりと長く、腰は折れそうなほどに細く、乳房は日本人の基準からいくと異常といえるほど大きく張りつめている。

歳《とし》は二十代の後半ほどか。切れ長の目が妖艶《ようえん》な、異国の美女。それが日本の尼僧の格好をしているのも奇妙だが。

それよりもっと奇妙なのは、女を包み込んで光る、半透明な球形の「膜《まく》」。そして、その膜の周囲をぐるぐると高速で回る、二つの鬼火《おにび》。いや、「狐火《きつねび》」というべきか。長く尾を引く火の玉の、頭の部分に、獰猛《どうもう》な牙《きば》を剥《む》く狐の顔が浮き出ている。二匹の狐火は、高速で飛び回りながら、尼僧の周囲に張られた膜に噛《か》み付くような仕草《しぐさ》を見せた。

「狐火《きつねび》に……襲われてるのか、あの異人の女ぁ。しかし、それにしちゃあ、涼《すず》しい顔をしてやがるが……」

「自分の周りに結界《けっかい》を張って、守ってる。あの女……かなり強い『力』を持ってるわ」

篝炎《かがほ》の言う『力』とは、この場合、霊力、魔力とでも解釈すべきか。その力によって作られる障壁《しょうへき》で、狐火の攻撃を防いでいる——と、篝炎は視《み》ているようだ。

「おまえの仲間か？」

新八《しんぱち》の問いに、篝炎は明確に「いいえ」と答えた。

「とすると……」

呟《つぶや》いて、新八は土方《ひじかた》のほうへ視線を移した。土方は、剣を構えて薄く笑っている。ことさら女のほうを振り返りはしなかったが、その存在には気づいているようだった。

碧眼《へきがん》の尼《あま》が、狐火たちをまとわりつかせたまま土方の側《そば》まで歩いてきて、声をかけた。自分に襲い掛かる狐火など見えてもいないかのごとく、艶然《えんぜん》たる笑みを浮かべて。

「ワカツネという男とはお会いできましたの？　土方さま」

流暢《りゅうちょう》な——日本人が喋《しゃべ》るのとなんら変わらぬ日本語。

「一足違いで、奴に潰《つぶ》されていた。だが、いかに奴《やつ》とて、何も聞かずに殺しはすまい。情報を得た後で嬲《なぶ》り殺しにしたのだろう」

対峙《たいじ》している新八には隙《すき》を見せず、土方が、謎《なぞ》の女に応《こた》える。

（こいつら……ワカツネを殺したのが誰《だれ》か……知ってやがるのか……？）

じわり、間合《まあ》いを詰める新八《しんぱち》。

対して、土方《ひじかた》は後ずさり、尼僧《にそう》のほうへ近寄って行った。途端《とたん》、その動きに反応し、狐火《きつねび》の一匹が、いきなり土方へと飛び掛かる。

ヒュッ……!!

音を立てて土方の長剣が舞う。いくらも動かしたようには見えなかったが——。空中で、狐火は真っ二つに両断されていた。転瞬《てんしゅん》、二つに裂かれた火の玉が桜《さくら》の花びらのように散って消え、

「そっちも時間切れのようだな、シスター・アンジュ」

呟《つぶや》いた土方の傍《かたわ》らに、ハラリ、二片の紙切れが舞い落ちる。横一文字に切断されているそれは、四足の獣《けもの》を象《かたど》った紙片だった。表面には、びっしりと呪文《じゅもん》らしきものが書き込まれている。

「そのようですわ」

囁《ささや》いて、シスター・アンジュと呼ばれた異人の尼僧がすっと右手を掲《かか》げた。その手の平が、もう一匹残った狐火に向いた瞬間、

ぼふっ!!

弾《はじ》けた。最後の狐火が、跡形《あとかた》もなく。土方に斬《き》られたほうとは違い、呪文を書いた紙片も残らなかった。

「あの方が、あのままの姿で町へ向かわれたとしたら……少し、困ったことになりますわね」

「ああ。今から追う。用意してくれ」

「おいおい、待ちなよ土方さん。まさか逃げる気じゃ……」

と、二人の会話に割って入ろうとした、そのとき——。

新八は、見た。異人の女の紅《あか》い唇《くちびる》が動き、早口でなにか呪文のようなものを唱えるのを。その両手が胸の前で軽く合わされるのを。

そして、次の瞬間、女——シスター・アンジュの左右の手の平の合間に、「ぼう」と音を立て、炎《ほのお》の塊《かたまり》が爆《は》ぜた。

「むうっ!?」

身構える新八を眺め、

「ほほほ……」

笑いながら、シスター・アンジュは、手の内に生じた火球を足元へ落とした。

途端、地に炎が広がり、それがまるで生き物のように走って周囲の樹々へと延びゆく。樹々は見る間に炎に包まれ、

（まずい……）

そう思って背後を振り返ったときには、すでに八方火の海であった。あのワカツネという男の死骸《しがい》がある山小屋も燃えている。凄《すさ》まじい勢い——。明らかに尋常《じんじょう》な火の回り方ではなかっ

た。

「魔道《まどう》、妖術《ようじゅつ》の類《たぐい》か……⁉」

さらに――。

「危ない‼」

声を上げた篝炎《かがほ》とともに、その場から後ろへ飛びのく。傍《かたわ》らの大木が燃え落ち、炎《ほのお》に包まれたそれが横倒しに落ちてきたのだ。

目の前に、炎の壁。もうもうたる煙と熱波《ねっぱ》と、そして混乱の中――。

「土方《ひじかた》ぁあっ‼」

叫んだ、新八《しんぱち》の遙《はる》か前方。燃え盛る大木の向こうで、

「今日のところはここまでだ。永倉《ながくら》君」

土方が、背後の炎の中へ、まるで涼《すず》しげな顔で入ってゆく。艶然《えんぜん》と微笑《ほほえ》む、異人の尼僧《にそう》とともに。

「だが、いずれ近いうち、また会うことになるだろう。首級《くび》のこと、脱局のこと――。君を斬《き》らなきゃならない理由が二つもある」

言われて――。新八の顔に、不意に笑みがわいた。

「俺《おれ》も二つだ、土方さん。あんたを斬る理由」

「ほう……。君も近藤《こんどう》の首級を狙《ねら》っているのだから一つは分かるが。もう一つはなんだ」

炎越しに問われて――。

新八は、ぐすっと笑い、まるきり悪童《あくどう》の顔で答えた。

「前から気に食わねぇ奴《やつ》だと思ってた」

すでに土方の姿は炎のなかに消えていたが、新八には、あの男が「にやり」笑った顔をありありと想像できた。

どうやら――。

かつての同志・土方歳三《としぞう》と本気で殺し合うことになりそうだ。

近藤勇《いさみ》の首級を巡って。

何故《なぜ》こうなったのだという疑問、もう少しやりようがあったのではないかという後悔《こうかい》。それらも、あるにはある。しかし、今の新八の胸中は、意外に、

（いっそ、すっきりした……）

その想《おも》いが強い。

なんとも殺伐《さつばつ》とした間柄になってしまったが、宇都宮《うつのみや》の戦場で出会ったときより、よほどいい。少なくとも、対等の立場で殺《や》り合える。

一剣客《けんかく》としては、望むところ。

しかし――。

問題は、それでも尚《なお》、両者ともに「新選組」の三文字の呪縛《じゆばく》から完全には逃れられまいとい

う、そのことだった。

　そして、それぞれの背景と、重なり合う幾つもの思惑《おもわく》がもたらす、目に見えぬ激しい「波」。それが、二人をどのような場所へと導くのか。

「……おっと、まごまごしちゃいられねぇ。俺《おれ》たちも逃げねぇと」

　ともかく、今はしのごの考えている場合ではなかった。新八《しんぱち》は、篝炎《かがほ》を促《うなが》し、周囲を見回す。炎《ほのお》の切れ目を見つけ、早々《そうそう》に脱出しなければならなかった。しかし、

「待って」

　篝炎が、炎の輪の只中《ただなか》に立ち尽くし、動かない。

「馬鹿、なにグズグズしてんだ」

「火のカムイの気配がない。それに焼かれる樹々たちの悲鳴も聞こえない」

「あぁ？　なに言ってんのか分から……熱ぇっ!!」

　八方から襲い掛かる炎が、顔や腕に食らいついてくる。このままではすぐに火達磨《ひだるま》だ。そんな、切羽《せっぱ》詰《つま》った状況であるのに、

「全《すべ》て、幻《まぼろし》」

　篝炎はそう断じた。

「はあぁっ!?」

　思わず新八は喚《わめ》いていた。

「この炎の全部が、本物じゃねえって言ってんのか!?」

「そう。全部、あの女が見せた、幻術《げんじゅつ》」

「……まさか……」

目の前でめらめらと踊る炎も、肌《はだ》を刺す熱気も、すべて幻であるという。信じがたいことだが――。

「いや――。おまえが言うなら、そうなんだろうよ」

新八は、篝炎の言葉を信じた。自分自身にそっちの気は皆無《かいむ》だが、アイヌの血をひく篝炎には、「目に見えぬもの」への感応《かんのう》の力がある。なにより、「相棒《あいぼう》」の言うことだ。

「心を空《から》にして」

篝炎は、胸の前で印《いん》を結び、目を閉じた。

「さらっと難しいこと言ってくれるねぇ」

苦笑しつつ、新八も目を瞑《つぶ》った。手にした刀を正眼《せいがん》に構えて。結局、新八にとって、精神統一にはこれが最も適した方法ということになる。

（……心頭滅却《しんとうめっきゃく》すれば火もまた涼《すず》しというが……さて……）

目を閉じると、長年の性《さが》で、すぐにさきほどの立合いが思い出される。土方の動き、太刀筋、すべてが克明《こくめい》な映像として頭に浮かぶ。しかし、今はそれらも忘れ――。意識的に心を空に近づけてゆく。剣の道においては精神面の鍛錬《たんれん》も重要であるから、新八にもそれなりの心得はある。無念無想《むねんむそう》の域には程遠いが、それでも、瞑目《めいもく》し丹田《たんでん》に気を溜《た》めれば雑念は消え、心が清む。

ほどなく――。

「……!!」

肌《はだ》に感じていた熱気が、消えた。

ゆっくり眼《め》を開けてみると、

「む……」

周囲の景色は一変していた。いや、元に戻ったと言うべきか。四方八方の樹々を飲み込み、荒れ狂っていた炎《ほのお》が、忽然《こつぜん》とかき消えていた。勿論《もちろん》、土方《ひじかた》と尼僧《にそう》の姿もない。

「消えたでしょ」

目を開け、印《いん》も解いた篝炎《かがほ》が声をかけてくる。幻術《げんじゅつ》は解けているようだ。

「ああ、消えた。しかし、それにつけても……」

篝炎の言ったとおり、森を包む紅蓮《ぐれん》の炎、すべてが幻《まぼろし》。いかなる技法か、異能《いのう》の力かは分からないが――。それを成したのが、あの碧《あお》い眼の尼僧、シスター・アンジュであるという、そのことだけは明らかだった。

「恐ろしい奴《やつ》……」

呟《つぶや》いて、新八《しんぱち》は額の汗を拭《ぬぐ》った。

と、そこへ――。

「自力《じりき》で術を破りましたか。お二人とも、たいしたものですな」

低く、それでいてよく通る声。

新八が声のしたほうへ目を向けると、先ほどシスター・アンジュが歩いてきた坂道に、白衣《びゃくえ》と水色の袴《はかま》を身につけた神官《しんかん》が立っていた。

「あんた……神主《かんぬし》の、安倍《あべ》さん……だったよな」

さきほど社務所の前で会った中年の男。髪に白いものが混じる歳《とし》。物静かな雰囲気だが、鋭い眼光を放つ細い目がいかにも頑固《がんこ》そうだ。

「安倍晴清《あべはるきよ》と申します。少々お話したいことがございます故《ゆえ》、社務所へおいで下さいませぬか。永倉新八殿」

静かな微笑を浮かべ――。安部は、新八を本名で呼ばわった。先刻は、偽名《ぎめい》・入布新《いりふあらた》を名乗ったのだが。この京の都では、やはり、誰《だれ》に顔を知られているか分かったものではない。なにしろ、あの新選組の二番隊長なのだから。

「バレてたのか。人が悪いぜ安倍さん」

悪びれず、新八が懐《なつ》こい顔で神官を見上げる。

安倍は、坂の上にある社《やしろ》のほうを手で指し、新八と篝炎を誘《いざな》った。

「どうぞこちらへ。我が土御門《つちみかど》一門宗主《そうしゅ》――『晴明《せいめい》』がお待ちしております」

第三話
晴明

第三話　晴明

一

魅雷《みかづち》神社の社務所の一室。来客用の広間に、四人の男女が座っている。

並んで座る新八《しんぱち》と篝炎《かがほ》。その斜向《はすむ》かいに神主《かんぬし》の安倍《あべ》晴清《はるきよ》が。真向いには、白衣朱袴《びゃくえあかばかま》の巫女《みこ》が正座している。小さくて、いささか可愛《かわい》すぎる巫女ではあるが。

「土御門家《つちみかどけ》宗主《そうしゅ》、八代目『安倍晴明《あべのせいめい》』――土御門メイ様でございます」

安倍に紹介されて、幼い巫女――メイは、少し緊張した表情のままぺこりとお辞儀《じぎ》をした。

「土御門といやぁ、日本の陰陽師《おんみょうじ》の束《たば》ねと聞くが……その宗主が、こんな小さな嬢《じょう》ちゃんだって？」

口に出して、すぐに、新八は失言だったと悔《く》いた。目の前の小さな巫女が、円《つぶ》らな瞳《ひとみ》いっぱいに涙を溜《た》め、今にも泣きそうな顔で怒っているのを見たからだ。

「ああ……悪《わり》ぃ悪ぃ。つまりその、なんだ～、宗主なんてなぁ、もうちょっとこう、歳《とし》食って勿体《もったい》ぶったオッサンてぇのが相場《そうば》だからよ。つい、な」

平謝《ひらあやま》りの新八だったが、メイはまだ機嫌が直らないらしく、口を尖《とが》らせてぷいと横を向いてしまった。

「まいったね、どうも」

頭を掻《か》き掻き、救いを求めて安倍の顔を見る。優《やさ》しげな微笑を浮かべて幼い宗主を見つめた後、安倍は新八にも笑いかけた。

「我々の世界では、生まれ持った資質や天分の才が何よりものを言う。年齢や経験などは二の次。性別すら問題になりません。職務を司《つかさど》る、いわば表向きの宗主は、あなたが言われるような〝勿体《もったい》ぶったオヤジ〟ですが」

「や、真《まこと》に不見識《ふけんしき》であった。許されよ。宗主殿」

ぺこり、新八が頭を下げると、メイはようやく機嫌を直し、今度ははにかんで下を向いた。

くるくるとよく表情が変わる。

「晴明——とは、あの安倍晴明のこと？」

篝炎が、いつもの無表情で問う。

安倍晴明といえば、平安の世に活躍した伝説的な陰陽師である。その子孫は後に土御門家を興《おこ》し、徳川幕府から許されて日本の陰陽師の束ねとなった。現在は、国家神道以外は認めぬ新政府の方針もあって微妙な立場だが。

篝炎は、新八とちがって「そちら」方面の知識があり、また、興味もあるようだった。

「左様。土御門一門のうち、真に優《すぐ》れた力を持つ者のみが、『晴明』の名を襲うことができる安倍《あべ》が答え、慈愛《じあい》に満ちた目を小さな『晴明《せいめい》』に向ける。いかにも頑固《がんこ》で実直そうな男の顔が、メイに向けられるときだけは「ふっ」とゆるむ。

「平安のころから数えて七代目ってこたぁ滅多《めった》なもんじゃねぇ。百年……いや、二百年に一人とかだろ？　たいしたもんだぜ」

感心した新八《しんぱち》が素直に感想を述べると、メイはさっきの涙目《なみだめ》が嘘《うそ》のようににっこり笑い、

「お茶のんで。お菓子たべて」

上機嫌で二人の客人に勧《すす》めた。

メイが機嫌をなおしたので一安心。新八は、供された干菓子《ひがし》をつまみ、茶を飲んだ。

(干菓子か。総司《そうじ》のやつが好きだったよな)

新八は、指につまんだ小さな白い菓子を見つめ、不意に思い出していた。恐るべき剣の達人でありながら、子供のごとく甘《あま》いものに目がなかった、年少の友のこと。

――アハハ。美味《うま》い美味い。新八さんも一つどうです――

菓子が美味くては笑い、

――あれっ。死んじゃった。アハッ。どうしよう新八さん。尋問《じんもん》できねぇって、土方《ひじかた》さんにしかられちゃうよ。アハハハッ――

自分の斬《き》った浪士《ろうし》の死体を指差しては笑う。

なにがそんなに可笑《おか》しいのかしらないが。ともかく、始終《しじゅう》笑っている奴《やつ》だった。沖田《おきた》総司という男は。

思えば、儚《はかな》く散りゆく己《おのれ》の運命を知っていたからこそ、無理やりあんなふうに笑っていたのだろうか。

（おっと……）

干菓子一つで感傷的になっている自分に苦笑して、新八は、すっぱりと頭を切り替えた。

安倍に向かい、

「それで……話とは？」

自分のほうから切り出す。

「あなた様のお捜《さが》しのものに関《かか》わりのある話でございます」

安倍が、微笑を浮かべ、穏《おだ》やかに応《こた》える。

「ほう……それがなんだか、あんた知ってるのか」

「ワカツネだけがその行方《ゆくえ》を知っていた、あるもの」

話し口はそれらしくないが、やはり安倍も京都人であるらしい。単刀直入に「これ」という言い方はしなかった。

「あんた……何をどこまで知ってるんだい？」

と――。問う新八の声に、僅《わず》かながら、冷たいものが混じる。事と場合によっては目の前の

神官《しんかん》を、

(斬《き》らなきゃならねぇ……)

元新選組の新八《しんぱち》を京都へ送り込むにあたり、岩倉具視《いわくらともみ》も、警護当局――篠山《ささやま》・膳所《ぜぜ》・亀山藩《かめやまはん》――にそれ相応の「根回し」をしていよう。しかし、具体的な任務については現段階では秘密のはずだ。「岩倉具視が近藤《こんどう》の首級《くび》を捜《さが》している」ことを公《おおやけ》にしたくないからこそ、新八のような食いつめ者を使う。都合《つごう》が悪くなったとき、簡単に切り捨てられるよう。

問題は、秘密であるべき任務の内容を、安倍《あべ》のような一民間人がなぜ知っているのかということだ。どこからか情報が漏《も》れているのか――。だとすれば、早めに手を打たなければならない。どこからどのような妨害があるか知れないし、何より、岩倉から秘密漏洩《ろうえい》の責任を被《かぶ》らされるのが怖《こわ》い。

己《おのれ》の首にかかわることだ。安倍から、情報の出所《でどころ》を聞き出さねばならなかった。やりたくはないが、剣にかけても。

と――。そんな新八の思いを見透《みす》かしたように、

「お考え違いをなさいますな」

安倍は、微笑《ほほえ》んだままで、そう言った。口調は慇懃《いんぎん》だが、どこか新八を哀《あわ》れむような気配がある。

「陰陽師《おんみょうじ》たる私どもが、この京へ迫る災厄《さいやく》について知るのは、鍛《きた》えぬいたる異能《いのう》の力をもって

してのこと。どこからか伝え聞いたということではなく、それゆえ、誰《だれ》が秘密を漏らしたわけでもございません」

安倍は、童子《どうじ》を諭《さと》すかのように説明した。言外に、「おまえたち俗人《ぞくじん》の物差しで我らを計るな」と言っている。

しかし、そう言われておいそれと納得《なっとく》できるものではない。それに、安倍の顔に浮かぶ微妙な驕《おご》りの表情も気に食わない。新八は一寸《ちょっと》ムッとした。

新八が何か言いかけるのを制し、安倍が続ける。

「私どもは、あなたさまが、何処《どこ》の何方《どなた》のご下命《かめい》で〝それ〟を捜しているのか、存じているわけではないのです。ましてや、新政府や松前藩《まつまえはん》のお考えなど、到底《とうてい》、私どもの知るところではない」

さらに、

「我らが知るのは、一つ。あ、の、御方が目覚めるとき、京の街は火の海と化すという、その一事のみ」

真っ直ぐに新八の目を見て、安倍は、笑みを消し、静かにそう告げた。

「畏《かしこ》くも——天朝様より仰《おお》せつかり、平安の昔から、京の霊的守護《れいてきしゅご》を司《つかさど》る我ら土御門《つちみかど》一族。それだけは防がねばなりません」

「…………」

安倍《あべ》のいう「あの御方」が誰《だれ》かは、新八《しんぱち》にも理解できる。しかし、言われたことの内容は俗《ぞく》人《じん》の理解を超えた。頭が真っ白になって、何を言って良いかわからぬ。たっぷり時間をかけて後、ようやく言えたのは、

「死人は目覚めねぇよ」

という、ありきたりの台詞《せりふ》。

しかし、言ってから、新八は自分で、

(いや、待て……)

思い直す。

(土方歳三《ひじかたとしぞう》は……)

目覚めたではないか。函館《はこだて》で戦死したと伝えられた、あの男は。

(馬鹿な。戦死の報が間違ってたというだけのことだ。つまり、ハナから死んでなかったってことだ)

頭をふって、新八は、心中に湧《わ》きおこる疑念《ぎねん》を払拭《ふっしょく》しようとする。そこへ、

「そうとも限りませぬなぁ」

やんわりと——。あくまで柔らかな口調で、安倍が反駁《はんばく》する。

「人知を超え、自然の理《ことわり》をも超えることなれど——。死人が蘇《よみがえ》ることも、時には、ございます。そもそも、我ら土御門《つちみかど》一門の〝お家芸〟ともいうべきものこそ、死人を蘇らせる秘術《ひじゅつ》にて」

安倍の説明によれば——。土御門家の秘伝には、人の生死を司《つかさど》る神・泰山府君《たいざんふくん》を祭る術があるという。通常、「やんごとなき」身分の方の天寿全《てんじゅまっと》うを祈願《きがん》するため修するが、本質は、生者と死者の魂《たましい》の入れ替え——すなわち、黄泉帰《よみがえ》りの法。

「我らの流派では泰山府君祭と申しますが——。名や形こそ違えど、死人帰《しびとがえ》りの法というものは、陰陽道《おんみょうどう》にのみあるというわけではございません。陰陽の元たる清国《シン》の道教《どうきょう》は勿論《もちろん》、耶蘇《やそ》の異端《いたん》、南方の邪教《じゃきょう》にも、同じ類《たぐい》のものはございます」

死人帰りはいずれの宗派においても高度の密義《みつぎ》であり、並の術者の手に負えるものではない。それを「お家芸」とする土御門でも、実際に法を修することができる者は、百年、二百年に一人。晴明《せいめい》の名を継ぐ者が、その能力を磨《みが》きぬいて、はじめて可能となる。

「メイさんになら、できる？」

篝炎《かがほ》が聞くと、メイは少し悔《くや》しそうな顔をして俯《うつむ》いた。代わりに、安倍が答える。

「十年の修行の後には、必ず」

「じゃあ、あの異人の女——シスター・アンジュは？」

「……『晴明』の結界《けっかい》を破り、あまつさえ、その内で自在に妖《あやかし》の業《わざ》を為《な》す——彼《か》の女魔道士《おんなまどうし》であれば、あるいは……」

安倍は、腕を組み、一呼吸おいてから、

「死人の眠り、覚ますやもしれません」

低く呟《つぶや》いた。

「……なんだかよく分からねぇが……」

と――。今まで黙っていた新八《しんぱち》が、いかにも億劫《おっくう》そうに口を開いた。

彼なりに、安倍《あべ》の言うことを聞き、考えてはみたのだろうが――。やはり、「その道」の素人《しろうと》には理解しかねるし、頭から信じられる類《たぐい》の事でもない。

「俺《おれ》ぁ、ただの剣術使いさ。本題聞かずに悪いけどよ。結局のところ、あんたのいう話とやらは、俺の専門外の事らしいぜ」

投げやりにそう答えたのも無理からぬことだろう。考え続けるのが面倒くさくなっていた。江戸の者のせっかちさで、もう腰を上げかけている。

しかし、安倍のほうは、

「相手が、あの女魔道士《おんなまどうし》だけならば――あるいは、目に見えぬ悪霊《あくりょう》の類が相手であれば、そうでしょう。しかし」

粘《ねば》りに粘る。

「さきほど、あなたさまと剣を交えた――肉体を持ち、剣を振るう、現《うつつ》の鬼《おに》が相手であれば、いかがですかな」

「鬼」

その一言が、浮きかけた新八の腰を引き止める。

肉体を持ち、剣を振るう、現の鬼。それならば、この目で見た。

「話というのは他《ほか》でもございません。近藤勇《こんどういさみ》の首級《くび》求め、京に集《つど》う鬼どもを――。あなたさまに斬《き》っていただきたいので」

あくまでも静かな声、穏《おだ》やかな表情で、安倍は言った。

「さきほどお手並みを拝見したときに、心に決めました。我らの手助けをしてくださる方は、あなたさましか居《お》らぬと。やはり、鬼を斬るのは鬼にしかできぬと」

――土方歳三《ひじかたとしぞう》を斬っていただきたい――

そう言ったのに等しい。

いくら京都を守るのが代々の役目とはいえ――。顔色も変えず、このような台詞《せりふ》を吐くことができようとは。安倍と、その横でしかつめらしい顔をしているメイを眺める新八の目に、驚きの色が浮かぶ。

「覚悟があって、言ってるのかい？　相手は、あの土方歳三だぜ」

湧《わ》き上がる興味を抑《おさ》え、わざと冷淡な口調で、新八が聞く。敢《あ》えて安倍でなく、小さな当主――メイの顔を見ながら。

少女は、形のいい唇《くちびる》を「きゅっ」と結び、こくり、頷《うなず》いた。なんの迷いもない澄《す》んだ瞳《ひとみ》で、真っ直ぐに新八の目を見返しながら。

（驚いたね！　こいつぁ、本気だよ）

メイの顔を見て、新八《しんぱち》はそう感じた。幼い子供のそれではあるが、強い意志を秘めた瞳《ひとみ》の輝きは、かつて自分の周りや敵方にいた漢《おとこ》たちとなんら変わらない。己《おのれ》の信念のためには命を惜しまぬ――奴《やつ》らと同じ目をしていた。

京に住まう者であれば、たとえ子供であっても、土方歳三《ひじかたとしぞう》の恐ろしさは知っている。敵である浪士《ろうし》は勿論《もちろん》、身内《みうち》である隊士も容赦《ようしゃ》なく粛清《しゅくせい》・処分した冷血漢。血も涙もない、文字通りの『鬼《おに》』。それが、京洛《けいらく》の人々の、一般的な土方観であろう。

しかも、今の土方は、京を護る立場に立つ者ではない。その逆だ。

――薩長《さっちょう》が作り出した維新《いしん》の世、その全《すべ》てをぶち壊す――

新八に、そう宣言した。蝦夷《えぞ》で死んだはずの男は、維新の世の破壊者として蘇《よみがえ》ったのだ。

そんな男と事を構えるなど、並の覚悟でできるものではない。

「なんでだ」

新八は、真剣な顔でメイを見つめ、

「何故《なぜ》、そこまでできる」

と尋《たず》ねた。

答えはすぐに返ってきた。

「だって、メイは『晴明《せいめい》』やもの」

メイは、さも「当たり前やん」といった顔をしている。

「一族の総領《そうりよう》としての使命感か」

「それだけやのおて……ん～と……むつかしいこと、ようわからんけど～……」

続けて問われると、メイは小首を傾《かし》げて考えた。

「京が、好きなん。街も、川も、山も。うち、京で生まれ育ったし。そやしね……んと……えーと……」

胸の内の想《おも》いを、どういう言葉にするか、一生懸命《けんめい》考えている。

やがて、

「……こころ……ざし……？」

まるで「なぞなぞ」でもやっているかのように、上目遣《うわめづか》いに新八を見て、おそるおそる答えた。

「むむむ……？」

ちょっと意外な少女の答えに、新八も首を傾げた。二人して同じように首を傾げている様《さま》は、仲の良い兄妹みたいで微笑《ほほえ》ましい。

「つまり」

と、宗主《そうしゆ》の言葉を補おうと口を開いた、安倍《あべ》の顔にも笑みが浮かぶ。

「大切なものを守ろうという志は、武士も陰陽師《おんみようじ》も変わりはない。そういうことでありますな」

「んっ」

安倍の補足に、メイがすました顔で頷《うなず》く。実は考えすぎて自分でも何が言いたいのか分からなくなっていたのだが――。

（なるほど）

メイのような少女が何故《なにゆえ》ここまでの「覚悟」をもてるのか。新八《しんぱち》にも、なんとなく、分かるような気がした。

――志――

それならば、自分にも在った。

――俺《おれ》たちの手で、この国を護る――

美しい山河。愛する人たち。穏《おだ》やかな日々の暮らし。それら大切なものを、夷狄《いてき》の侵略から護るため、闘う。徳川の侍《さむらい》として。命を懸《か》けて。

青臭《あおくさ》くて、空回《からまわ》り気味ではあったけれど、これまで自分を突き動かしてきた、想《おも》い。

数え切れぬほどの修羅場《しゅらば》を潜《くぐ》り、戦塵《せんじん》にまみれるうち、いつか磨《す》り減っていったけれど――。

それでも決して消えることのない想いが、今も胸の内にある。

「そうか。志か」

眩《まぶ》しいものでも見るように目を細めて、新八は呟《つぶや》いた。

「うん。こころざし」

にっこり笑って、メイが言う。

「そうか、そうか」

新八も上機嫌に笑った。

と、これを承諾《しょうだく》のしるしと見たのか、

「ところで、謝礼に関してですが」

安倍《あべ》が、さりげなく切り出す。が――。

「待った」

新八は安倍に向かって掌《てのひら》を突き出してみせた。

「鬼《おに》のこと、引き受けたとは言わねえ。ただし――」

何か言いかけたメイにも掌を向け、「にゃっ」と笑う。

「俺は、俺が生き延びるために邪魔《じゃま》な奴《やつ》は、遠慮なく叩《たた》っ斬《き》るつもりさ。人であろうと、鬼であろうと」

言ってから、いかにも照《て》れくさそうに頭を掻《か》き、付け足す。

「なんにせよ、手前《てめえ》自身のためにやることった。どうせ、土方《ひじかた》とはやりあわなきゃならねぇ。謝礼だのなんだのは筋違いってものだぜ」

安倍は微笑を浮かべたまま軽く頭《こうべ》を垂《た》れ、メイは無邪気《むじゃき》に笑った。

「お侍《さむらい》はん、やっぱり、ええひとやね」

「よせよ。照れるぜ」

意気投合というかんじで笑いあう新八とメイ。そんな二人は置いておき、篝炎《かがほ》が安倍に、

「気になることがあるのだけど」と尋《たず》ねた。

「ワカツネという男は、首級《くび》の在《あ》り処《か》を知っていたの？」

「おそらくは」

と、安倍《あべ》の答えはやや曖昧《あいまい》だ。

「なんでぇ。すっきりしねぇなぁ。ちゃんと、身体《からだ》に聞いたんだろ」

「そのような荒い事は」

乱暴な口をきく新八《しんぱち》に、安倍が苦笑混じりに答える。「壬生狼《みぶろ》と一緒にしてくれるな」というところだろう。

メイまでも、

「そんな酷《むご》いことようせん！　やっぱりキライや！」

ぷりぷり怒る。新八は首をすくめた。

「あの者が口を閉ざしてさえいればよかったのですよ。それゆえ手元——結界《けっかい》の内におき、鬼《おに》どもの目から隠《かく》しておりました。ところが——」

「奴《やつ》らに、嗅《か》ぎつけられた」

「ごく短い間のことではありましたが、よもや、この社《やしろ》の結界が破られようとは。いかなる魔《ま》道《どう》の業《わざ》か。恐るべきは、あの異国の女魔道士《おんなまどうし》」

（ワカツネって奴を、とっとと斬《き》っとかねぇからさ）

という台詞《せりふ》を、新八は飲み込んだ。余計《よけい》なことを言ってこれ以上メイを怒らせたくない。代わりに、

「ワカツネを殺《や》ったのは誰《だれ》だ。俺《おれ》たちが駆けつけたとき、稚児《ちご》の姿をした物《もの》の怪《け》がいやがったが——」

そう聞いた。まるで熊に食われたかのようだった、ワカツネの死体。とても人間の仕業《しわざ》とは思えない。

「ああ、『狐《きつね》』のことをおっしゃっているのですな。あれは、我らの式神《しきがみ》——使いの妖《あやかし》にて。童子《どうじ》の姿にもなれば、狐火《きつねび》にも姿を変えられます」

安倍に説明されて、新八は「へぇえ」と唸《うな》った。シスター・アンジュという異国の尼僧《にそう》に襲い掛かっていた、二匹の狐火を思い出す。そういえば、陰陽師《おんみょうじ》は妖の類《たぐい》を僕《しもべ》として自在にこれを使役《しえき》すると聞いたことがある。

「だったら、あの異人の尼《あま》が殺《や》ったのかい」

「いえ、あの女は、いわば囮《おとり》。結界に妖力《ようりょく》をぶつけ、我らの気を逸《そ》らせておいて、別の者が」

「土方《ひじかた》の口ぶりじゃあ、他《ほか》に仲間がいるようだったな」

「鬼や」

震える声のしたほうへ視線を転じる。と——。また、メイの表情が変わっていた。

「人の姿しとらん、喩《たと》えやなしの、ほんまの、鬼。小屋から逃げるとこ、『狐』の目ぇ通して

視《み》たん……」

どこか、鋭い痛みに耐えているかのような——そしてそれを覚《さと》られまいと、つとめて無表情を装《よそお》っているかのような。この活発な少女には似つかわしくない顔だった。

「熊みたいに大きうて、角《つの》がある……ほんまの鬼《おに》……バケモンや!! あいつが、あのかわいそうなおっちゃんを……」

円《つぶ》らな瞳《ひとみ》に涙が溜《た》まっていた。

「バケモンか——。相手にやしたくねぇが。しかし、そいつを捜《さが》しだすしか、今のところ、首級《くび》を捜す手立てはねぇ。悪《わり》ぃが、そいつの姿かたちを詳《くわ》しく教えてくれるかい」

新八《しんぱち》は、つとめて優《やさ》しい声を出して、メイに尋《たず》ねた。

メイが語るところによれば——。その『鬼』、身の丈《たけ》七尺（約二一〇センチ）あまり。額から二本の角が突き出し、大きく裂けた口には獣《けもの》のような牙《きば》が並ぶ。爛々《らんらん》と光る二つの目。長い手足の先には鋭い鉤爪《かぎつめ》。破れたボロ布を身体《からだ》の所々に纏《まと》いつかせてはいるが、ほぼ裸体《らたい》で、肌《はだ》は赤黒い。

その道の玄人《くろうと》が言っている事だ。デタラメではあるまい。しかし、はたして『鬼』なぞというものが実在するのか。

「この世にそんなバケモノが本当に居るってえなら、捜すのはさほど難しくはなかろうよ」

半信半疑——新八の呟《つぶや》きに、安倍《あべ》が「しかしながら」と言葉を挟《はさ》む。

「妖《あやかし》のものなれば、姿を変える、ということもございます。人の姿をして、人の中に紛《まぎ》れれば、探索《たんさく》も容易《ようい》にはいきますまい」

「人に化《ば》けるのか！　そいつぁ難儀《なんぎ》だぜ。なんせ、手がかりが少な過ぎる」

回り道になるが、やはり、土方《ひじかた》と尼僧《にそう》の線で探るしかないのか。地道《じみち》な聞き込みを覚悟した新八だったが――。

「だいじょぶや。手がかりなら、うちが視したげるし」

不意に、メイがそんなことを言い出した。同時に、安倍がすっと立ち上がって、奥へと消える。

「視したげるって……どういう意味だい」

なんだなんだという顔の新八に、メイはきっぱりと宣言した。

「お侍《さむらい》はんの〝捜し物〟、今、どんな場所にあるんか、うちの力で探ってみる」

「できるのか⁉　そんなことが……」

ほどなく、安倍が、両手に、底の深い盆《ぼん》のようなものを抱えて戻ってきた。そっと「それ」を下ろし、メイの前に置く。朱塗《しゅぬ》りの、一抱《ひとかか》えほどの大きさの盆――。そのなかには水が満たされており、水底には、方位《ほうい》やさまざまな記号の記された八角形の占盤《せんばん》が沈められている。

「なんでぇ、これぁ」

「『水占鏡《すいせんきょう》』――。こっち来て、上から覗《のぞ》いて。お姉ちゃんもや。そうして、念じて。自分の、捜し物のこと」

メイに誘われるまま、新八《しんぱち》と篝炎《かがほ》は一度顔を見合わせてから水盤《すいばん》ににじり寄った。よくは分からないが、陰陽《おんみょう》の術かなにかで首級《くび》に繋《つな》がる「手がかり」を視《み》せてくれるらしい。メイがそうしているように、上から水面を覗《のぞ》き込む。新八、メイ、篝炎、三人の額がほとんどくっつきそうになっている。

「おーい。俺《おれ》らの顔しか見えねぇぜぇー」

新八が喚《わめ》いている間に、メイがぶつぶつと呪文《じゅもん》のようなものを唱え、小さな白い指で空《くう》に複雑な図形を刻《きざ》んでゆく。

「トホカミエミタメ、トホカミエミタメ……」

鼻先で唱えられる呪文を聞いているうち、

「おっ!?」

水面を見つめる新八の顔に驚きが浮かぶ。

それは、不思議としかいいようのない現象だった。水面に映りこんでいた三人の顔が、ゆらり……

ゆらめき、再び像を結んだときには、この場にいる誰《だれ》の顔でもない、ぼんやりとした影のようなものが映っていた。水面に落とした墨《すみ》が渦巻《うずま》いて、中央で固まってゆく——そんなふうに見えなくもない。じっと見ているうち、その黒い影が形を成してゆく。

「顔……?」

新八《しんぱち》には、そう見えた。そして、そう思った途端《とたん》、黒い影はその輪郭《りんかく》を明確なものにしてゆき、水面に浮かんだ。

「近藤《こんどう》さん……!!」

思わず、呻《うめ》いた。水面に映る像は鮮明《せんめい》とは言いがたいものではあったが――。彼《か》の人をよく知る新八にとっては、一目でそうだと思えた。角ばった輪郭、左右に張り出したエラ――。あの見慣れた顔に、似ている。

「馬鹿な。とっくに腐《くき》って、骨になってるはずだぜ!?」

息を呑《の》む新八の側で、メイの、囁《ささや》く声が聞こえる。

「『水』が……霊視《み》えるよ……」

「水……!?　水の中にあるのか!?」

水鏡に映る像を見ているのだからややこしいのだが。言われてみれば――。解けた髪が水草のごとく揺らめく様《さま》は、それが水中にあることを思わせる。「ごぼごぼ」と、無数の泡《あわ》らしきものも確認できた。

「濁《にご》った……水の中に……浮かんでる……」

神がかりというやつだろうか。囁いたメイの目は、水面に映った銀月のように妖《あや》しく輝いている。

「呼んでる……首が……誰《だれ》かを……呼んでる……!!」

同じ水盤《すいばん》を見ているが、メイには、新八や篝炎《かがほ》とはまた違ったものが霊視《み》えているらしい。

「おい、なにが見えてる!?　近藤が、誰を呼んでる!?」

「お侍《さむらい》はんとおんなし……血の臭《にお》い……」

呟《つぶや》いた、メイの手が、新八の手へと伸びる。指と指が触れ合った瞬間――。

「!!」

新八の脳裏《のうり》に、強烈な鮮明《せんめい》さで、ある一つの映像が閃《ひらめ》いた。

暗闇《くらやみ》に浮かぶ、三人の侍の背中――。

顔は分からないが、三人とも、その背中、立ち姿に見覚えがある。

そして、その中の一人が振り向き、にやり、笑った。

「土方《ひじかた》……!!」

三人のうち、一人は、間違いなく土方歳三《としぞう》だった。

しかし、残る二人は振り向かず、そのまま、土方とともに、
ごうっ……!!

突如《とつじょ》噴き出した紅蓮《ぐれん》の炎《ほのお》のなかへと消えてゆく。

「うおっ!?』

炎に己《おのれ》の身を焼かれた気がして、新八は思わず声を上げた。同時に炎は消えうせ、元通り、自分を見つめるメイと篝炎の顔が眼《め》に映る。

「何が見えたの？」

篝炎《かがほ》が尋《たず》ねた。ということは、彼女には「三人の侍《さむらい》」の幻視《げんし》は顕《あらわ》れなかったようだ。メイの指に触れた、新八《しんぱち》にだけ霊視《み》えたということか。

「……土方《ひじかた》と……あと二人……」

じわり噴出《ふんしゅつ》していた汗を拭《ぬぐ》い、新八が答える。術は解けたらしく、水盤《すいばん》には何も映ってはいない。

「顔は見えなかったが……多分、新選組……」

呻《うめ》くように言って、新八はメイの顔を見た。

「今見たものは、どう解釈すりゃいい？」

「捜《さが》し物と深い関《かか》わりのある、モノとか、ヒトが、霊視《み》えたんや。でも……首級《くび》に呼び寄せられた、あれは……多分、もう、『人』やない」

術の影響か、少し疲れた様子だったが、メイは、荒い息のままにそう答えた。

「人でないとは？」

「死人――」

ぽつり、呟《つぶや》いたきり、メイは黙った。小さな肩を上下させ、必死に、息を整えようとしている。

新八も、押し黙った。もっと詳《くわ》しく聞いてみたいとも思ったが、メイの身体《からだ》を気遣《きづか》い、控えている。

「おかしいな……うち、いつもは……遠視《とおみ》くらいで……こんなこと……ないのに……」

それが強がりにしか聞こえないほど、メイの消耗は激しかった。息はなお荒く、顔もどこか熱っぽい。

「お嬢《じょう》ちゃん？」

新八が声をかけると、メイは気丈《きじょう》に「へいき」と言うが——。すぐに安倍《あべ》が近寄ってきてメイの背をさすり、

「申し訳ございませんが、今日のところは、これで——」

新八と篝炎に向かって頭を下げた。メイの具合は、あまりよくないらしい。心配ではあるが、こうなれば早々《そうそう》にこの場を辞すのがメイのためでもあろう。「では」と、腰を上げた。

「だが、お嬢ちゃん、ほんとに大丈夫かい」

新八が、腰を折り、メイの顔を覗《のぞ》き込む。すると、少女は無理に笑い、

「しばらく寝といたら、こんなん、すぐようなる」

言って、新八の頬《ほお》を小さな手でそっと触《さわ》った。呼吸はだいぶ穏《おだ》やかになってきているようだった。

「うちのことより、お侍はんこそ気ぃつけて」

新八の頬を撫《な》でながら、メイが、不意にそんなことを言う。

「『星宿《ほし》』に、出てるん。あの首級のお侍と深い縁《えん》のあるヒト、続けざまに、たくさん死ぬ、て」

「ふうん……。ま、気をつけるよ」

と、その場はそう答えて、新八《しんぱち》は篝炎《かがほ》とともに辞した。心中では、

（いまさら……。近藤《こんどう》と縁《えん》のある者なんざ、もうあらかた死んじまってる）

皮肉っぽくそう思い、さして気にもとめていなかった。

しかし――。

結局、メイの予言は、たった一日の後に的中することとなる。それも、新八の意表をつく形で。

その日――。八木邸《やぎてい》からほど近い光縁寺《こうえんじ》で、新八は篝炎の報告を聞いた。

「近藤勇《いさみ》の愛人だった、〝醒ヶ井《さめがい》のおわか〟という人が殺されたわ」

二

おわかは、もとは美雪太夫《みゆきだゆう》という、島原《しまばら》でも名の通った遊女だった。これに近藤勇が惚《ほ》れこみ、三百余両という大金を払って身請《みう》けをし、醒ヶ井・木津屋橋《きつやばし》のとある寺院の別邸《べってい》へ住まわせた。いわゆる妾宅《しょうたく》であり、新選組幹部はこれを休息所と称した。

近藤の愛妾《あいしょう》はおわかだけでなく、木津屋の金太夫《きんだゆう》、三本木の芸者《げいしゃ》・駒野《こまの》――。さらには、おわかの実妹であり、やはり遊女であった御幸太夫《ごこうだゆう》・おこうにまでも手をつけ、これも身請けす

るという――。まさしく、手当たり次第《しだい》。「英雄色を好む」の典型といえよう。

一新後、これら近藤の愛妾たちへの風当たりは強く、いずれも隠《かく》れるようにひっそりと暮らしていたというが――。

その中の一人、醒ヶ井のおわかが何者かによって殺害されたという。

魅雷神社《みかづち》から帰ってきた、その翌日。

篝炎の報《しら》せを聞いたとき、新八は、八木邸近くの光縁寺で墓前に額《ぬか》ずいているところだった。

かつての同志の墓。探索《たんさく》から帰ってきた夕暮れ時、ふと思いたって寄ってみたのだ。

今日は、篝炎と二手に分かれて京都中を聞き込みしてまわった。土方歳三《ひじかたとしぞう》と、異人の尼僧《にそう》、そして無駄《むだ》とは思いつつも身の丈《たけ》七尺のバケモノについて。往来《おうらい》では編笠《あみがさ》を被《かぶ》っているが、旧《きゅう》知《ち》の店者《たなもの》などには顔を見せ、

「松前藩《まつまえはん》に帰参《きさん》して、今は中央政府の御用の筋で京都へ来ている」

情報を求めた。

が、これといった手がかりもなく、

（どうしたもんかね山南《やまなみ》さん）

元新選組総長（局長付きの相談役）・山南敬助《けいすけ》の墓に手を合わせ、心中でぼやくことになった。

無論《むろん》、答えなどなかったが――。故人の、生前に見せてくれた温和な笑顔を思い出すと、胸

中の焦《あせ》りも和《やわ》らいでゆくような気がした。

「そっちは何か手がかりあったか」

手を合わせ、瞑目《めいもく》したまま、新八《しんぱち》は声に出して言った。その背後に、いつの間に現れたのか、町娘姿の篝炎《かがほ》が立っている。

「首級《くび》については何も。だけど……」

言いよどんだ篝炎のほうへ、新八が振り返る。

「だけど、どうしたィ」

「近藤勇《こんどういさみ》の愛人が、殺された」

そう告げた篝炎の顔はいつものように無表情だったが、聞いたほうの新八は、目を剝《む》いている。

「なんだと!?」

「――道々、詳《くわ》しく話してもらおうか」

すぐさま、新八は篝炎とともに「現場」へ向かった。微妙な立場ゆえ役人に直接話を聞くのは憚《はばか》られるが、周囲での聞き込みで何かしらの情報を得ることはできよう。何より、心情的に、居ても立ってもいられなかった。死んだのは赤の他人ではないし、何より、「近藤に縁《えん》のあった者が死ぬ」というメイの予言が当たったことに衝撃《しょうげき》を受けていた。

「骸《むくろ》が見つかったのは、四条橋近くの小さな貸家」

歩きながら篝炎が説明する。おわかは半年ほど前からそこに住んでいたのだという。世間の風当たりは強いが、それでも京を去りがたかったのだろう。おわかは、醒ケ井《さめがい》の妾宅《しょうたく》を引き払った後も京洛《けいらく》を転々とし、遊女時代のつてで件《くだん》の家へ落ち着き、そして——。今夕、全身を刃物で滅多《めった》刺《ざ》しにされた死体となって発見された。およそ半刻《はんとき》（一時間）前のことだ。

「見つけたのは、通いで家事の世話をしていた老婆《ろうば》だそうよ」

短時間のうちに、篝炎はかなり詳《くわ》しく聞き込みをしている。説明を聞きながら、新八は、篝炎の有能さに改めて驚き、また、嬉《うれ》しくなった。

ほどなく、現場に到着。高瀬川《たかせがわ》沿いの、間口の狭《せま》い京風の一軒家が並ぶ界隈《かいわい》だ。

「あそこよ」

篝炎が指差した先に人だかりがあった。そこが、おわかの住んでいた家なのだろう。表には篠山藩《ささやまはん》の同心が数名。小者《こもの》たちに命じ、野次馬《やじうま》を押しのけさせている。

新八は、編笠《あみがさ》を目深《まぶか》に被《かぶ》って顔を隠《かく》し、周囲の噂《うわさばなし》話に耳を傾けた。

「なんや惨《むご》い死に方らしいで」

「包丁で滅多刺しやて」

「滅多刺しどころやない。手足なんぞバラバラや」

「お役人はん言うてたで。こら、死んだ後もねちねち切《き》り刻《きざ》んどる、て」

「誰《だれ》にやられたんやろ」

「壬生狼《みぶろ》恨《うら》んどる者ならぎょうさんいてるしのぉ」

「坊主《ぼうず》憎《にく》けりゃ袈裟《けさ》まで憎いか」

「前も、家に押し入って、どついたり髪の毛切ったりしたんがおったし」

新選組に恨みを持つ者のしわざであろうというのが大方《おおかた》の見方だった。死体は、全身を刃物で刺された上、身体《からだ》の各所を切《き》り刻《きざ》まれている。その猟奇的《りょうきてき》な所業《しょぎょう》は恨みによるものであろうと。

噂話《うわさばなし》の聞きとりで分かったのはこんなところだ。これ以上は、検分がすんだ後、担当の与《よ》力《りき》なり同心なりから聞き出すしかない。そのさいは、篝炎《かがほ》を通して松前藩《まつまえはん》へ協力を申し込むことになるだろう。上層部には岩倉《いわくら》の根回しが効いていようが、末端の役人にまでそれが行き届いているとは考えにくく、元新選組の新八《しんぱち》が表立って動けば無用な摩擦《まさつ》が生じる。

（とりあえず、引き上げるか）

目で篝炎に合図して、新八は歩き出した。

「ふん。いつかこうなるんやないかと思うとったわ」

人波から抜け出るとき、町衆《まちしゅう》の一人が呟《つぶや》く、そんな声が聞こえた。

新八は、なんだかとてつもなく悲しくなってしまった。

自分たちはともかく、その家族までもが責《せ》められる——。自分たちは「罪人」なのだ。殺されたおわかも哀《あわ》れだが、我が身もまた哀《かな》しい。

（俺《おれ》の小常《こつね》も、生きてりゃ辛《つら》い目にあったのだろうか）

埒《らち》もなく、想《おも》いを巡らす。

（左之助の家族も無事だといいが）

試衛館《しえいかん》の頃《ころ》からの付き合いであり、新選組を抜けてからも行動を共にした、盟友《めいゆう》、原田《はらだ》左之助《さのすけ》。十番隊隊長であった彼は、京都にいるころ町人の娘・おまさと所帯《しょたい》を持っていた。他の幹部とちがい、妾《めかけ》を囲うのでなく、正式に妻《めと》を娶り、家庭を持ったのだ。確か子供もいたはずだ。鳥羽《とば》伏見《ふしみ》の戦《いくさ》の前には二人目ができたと聞いた。

（あいつ……よっぽど家族に会いたかったんだろうな……）

ある日、ひっそりと姿を消した友の心情に想いを馳《は》せていた、そのとき——。

「!!」

視線を感じた。剣気、殺気といってもよいほどの、鋭く強烈な意識の収束《しゅうそく》。

振り返った、新八の手が刀の柄《つか》にかかっている。

その視線の先——町衆の群から少し離れたところに、ぽつんと、虚無僧《こむそう》が一人、立っていた。天蓋《てんがい》と呼ばれる深い円筒形の編笠《あみがさ》を被《かぶ》っているので顔は見えない。黒衣《こくい》に手甲脚絆《てっこうきゃはん》。やたらと体格のいい虚無僧で、手にはお決まりの尺八。そいつが、真っ直ぐにこちらを向いて、そのまま動かない。

（何者だ？）

意識しつつも、新八《しんぱち》は、編笠《あみがさ》をぐいと深く被《かぶ》りなおし、虚無僧《こむそう》に背を向けた。そのまま歩き出す。

「心当たりは？」

横から篝炎《かがほ》が聞いてくる。篝炎も虚無僧の視線に気づいたようだ。

「さて……」

歩きながら、新八は後方を見やった。あの虚無僧が、ゆったりした足取りでついてくる。歩き方、身のこなしは、明らかに武家のもの。

「俺《おれ》の客だってこたぁ間違いねぇな」

四条通りへ出る手前で、

「様子を見よう。おまえは、ほかにも仲間がいるかどうか探ってくれ」

篝炎に指示した。篝炎は狭《せま》い路地へと姿を消し、新八はそのまま四条通りへ出て、西へ。行き当たった寺町《てらまち》通りを南に下がり、仏光寺《ぶっこうじ》通りを西へ。そのまま真っ直ぐ西へ歩いて行けば壬《み》生《ぶ》だが、すぐまた北へ上がり、四条を今度は東へと戻った。ぐるり、一周して歩いたわけだが、それでも、例の虚無僧は新八の後にぴったりとくっついてきている。新八を尾行《びこう》しているに違いなかった。尾行というにはあまりにあからさますぎる感はあったが。

（素人《しろうと》か、あるいは、わざとか……）

判断に迷うところではある。

「よし」

四条大橋の袂《たもと》で、新八は立ち止まって後ろを振り返り、

（手っ取り早くやるか）

大胆《だいたん》にも、虚無僧に向かって近寄っていった。

虚無僧も立ち止まっており、その背後には、祇園《ぎおん》へ向かう大勢の通行人の影に紛《まぎ》れ、篝炎の姿がちらつく。目が合うと小さく頭を振った。他の尾行者はいないようだ。

新八は、虚無僧の目の前まできて「にゃっ」と笑った。

「俺になんか用かい」

新八に問われたが、虚無僧は答えない。代わりに、何を思ったか、手にした尺八を、
ぷおおーっ
吹きだした。

「お布施《ふせ》がほしいのか？」

にやにや笑いながら新八が問う。

ぷおっ　ぷおおおっ
しかし、虚無僧は答えず、尺八を左右に振りながら吹き鳴らすばかり。お道化《どけ》ているというか、馬鹿にしているというか。なんにしろ、新八の問いかけにまともに答える気はないらしい。

「そうかそうか。そんなにお布施が欲しけりゃ——」

笑った顔のまま、新八《しんぱち》の手が刀の柄《つか》にかかる。そして、

「くれてやる」

一瞬、稲妻《いなずま》のごとく、腰間《ようかん》から剣光が疾《はし》り、
パチリ……

鍔鳴《つばな》り。

往来《おうらい》の誰《だれ》も、新八が何をしたか、分かりはしない。一瞬の刃の煌《きらめ》きを視認できた者も皆無《かいむ》。

分かっているのは、新八と篝炎《かがほ》、そして、中央から真っ二つにされた尺八を持つ虚無僧《こむそう》だけ。

新八がやったのは、居合《いあい》の技。抜き打ちに斬《き》りつけ、尺八を持つ虚無僧の右手と左手の合間
——ほんの僅《わず》かな隙間《すきま》へ、寸分違《たが》わず刃を通した。まさしく「抜く手も見せず」という早業《はやわざ》。

そして、抜くのと同じく、刃を納める速さもまた瞬《まばた》きする合間に満たぬ。

「ほう……」

と、これは新八の声。感心している。

虚無僧が、動かなかったからだ。

動けなかったのではない。動かなかったのだ。

目の前で抜き打ちをしかけられ、手にした尺八を真っ二つにされた。虚無僧の正体《しょうたい》が武士であれ、本物の僧であれ、なんらかの反応があるのが普通だ。前者なら、斬られると思った瞬間に身体《からだ》が動いていようし、後者なら尺八を切られた後に喚《わめ》くなり腰を抜かすなりしていよう。

ところが、目の前の虚無僧は微動だにしなかった。新八の剣が、尺八を切るだけで、自分の身にはかすりもしないことを予《あらかじ》め知っていたかのように。今も、二つになった尺八を新八に掲《かか》げて見せ、肩を揺すっている。笑っているのだ。

そして、虚無僧は、両断された尺八を放り投げ、天蓋《てんがい》に手をかけながら声を出した。

「相変あらずだなぁ、八《ぱ》っつぁん」

「!!」

新八は我が耳を疑った。底抜けに明るく、やたら大きな、その声を知っている。一年前、上野で死んだはずの、ある男の声。

「気が短《みじけ》ぇとこも、剣の腕の凄《すげ》ぇとこもよう」

その男が天蓋をとり、顔を見せて「ぎゃはは」と笑った。

「ま、気の短さなら俺《おれ》のが上だけどなっ!!」

「さっ……左之助《さのすけ》!?」

耳の次は目を疑う番だった。新八は、思わず袖《そで》で目をこすった。

髪は女のように長く伸び、左目は怪我《けが》でもしているのか包帯が巻いてあって見えなかったが――。間違いない。

二重瞼《ふたえまぶた》の、ドングリみたいに円《つぶ》らな目。きりりとした眉《まゆ》。少し厚めで形の良い唇《くちびる》には不敵《ふてき》な笑み。ちらりと覗《のぞ》く犬歯は他人《ひと》より長く、鋭く、犬神《いぬがみ》さながら。

甘《あま》く端正な顔立ちに浮かぶ獰猛《どうもう》な野性。

目の前に立つ僧形《そうぎょう》の男、確かに、原田左之助《はらださのすけ》。

新選組十番隊隊長――。

その勇猛と義侠《ぎきょう》を買われ、殿軍《しんがり》の将を任された、豪腕《ごうわん》の槍遣《やりつか》い。

新選組の同志のうち、もっとも気が合い、いつも一緒にいた、親友。

共に興《おこ》した靖共隊《せいきょうたい》から何故《なぜ》か突然姿を消し、最期《さいご》は上野で戦死したと聞く――。

そいつが、今、目の前に立ち、笑っている。

あの頃《ころ》と変わらぬ、ふてぶてしくも愛嬌《あいきょう》たっぷりの笑顔を浮かべて。

「本当に、左之助なのか!?」

「あたぼーよ。こんな男前が他《ほか》にいるかい」

「…………!!」

言葉が出ず――。新八《しんぱち》は、両手を「がっし」と旧友の肩に置いた。同じように、左乃助も両手でがっちり新八の肩を摑《つか》む。見詰め合う目と目が、互いに少しだけうるんでいる。

「彰義隊《しょうぎたい》にいたんだろ? 蝦夷《えぞ》へ行ったたって話も聞かねえし、てっきり上野で死んじまったと……」

彰義隊は、最後まで江戸に残り徹底抗戦《てっていこうせん》した佐幕《さばく》集団だ。上野山に立て籠《こ》もったが官軍の総攻撃を受け、潰走《かいそう》。その後、残存勢力は榎本武揚《えのもとたけあきひき》率いる旧幕艦隊と合流。蝦夷へと向かってい

る。

この彰義隊《しょうぎたい》に原田左之助《はらださのすけ》が参加していたことは、新八《しんぱち》も陣中《じんちゅう》の噂《うわさ》で伝え聞いていた。宇都宮《うつのみや》への進軍中、靖共隊《せいきょうたい》を抜けた後、江戸へ戻ったのだという。そして、自らも江戸へ戻ってから、「原田は上野で戦死した」と耳にした。

「へ……へへへ……。なんの因果《いんが》かね。死に損《ぞこ》なっちまって」

言って、左之助は照《て》れくさそうに目を伏せた。そういう仕草《しぐさ》も昔のままだ。

「しかし、驚いたぜ～。〝醒ケ井《さめがい》のおわか〟が殺されたって聞いたもんだから、居ても立ってもおられず飛び出してきたら、そこで八《ば》っつぁんと出くわすなんざ。いってぇ、なんでまた京都に？」

「いろいろあってな。話せば長くなる」

「聞こうじゃねぇか。話せば長くなるのはお互いさまだろうし。どうだい、俺《おれ》のねぐらで、一杯やりながら」

「そいつぁ、いい」

答えて、新八は周囲を見渡した。篝炎《かがほ》に左之助を引き合わせようと思ったのだが、姿が見えない。虚無僧《こむそう》が新八と顔見知りのようなので警戒を解き、現場に戻りでもしたか。

(それにしても、一言くらい声かけてけってんだ)

「どうした？」

「いや、なんでもねぇ」

「心配すんな。まさか、新選組の幹部が二人雁首並《がんくびなら》べて京の都を歩いてるなんざ、誰《だれ》も思やしねぇって」

天蓋《てんがい》を被《かぶ》りなおし、左之助は東へ向かって歩き出した。新八も編笠《あみがさ》を目深《まぶか》に被り、左之助の後を追う。

二人は四条大橋を渡った。このまま真っ直ぐ行くと祇園《ぎおん》の花街《はなまち》だ。ここで新八もピンときた。

「なるほど。『借力亭《しやくりきてい》』か」

「おうっ。こういうとき頼りになんのは、やっぱ同郷の者だ」

左之助は四国の伊予《いよ》松山藩《まつやまはん》の出身で、新選組時代、同郷の元遊女《ゆうじよ》が女将《おかみ》を務める茶屋《ちやや》を贔屓《ひいき》にしていた。その縁《えん》で、追われる身となった今も匿《かくま》ってもらっているらしい。

「祇園の街も久しぶりだな」

灯が入り、活気に満ちる祇園の通り。編笠をちょいと上げ、道行く妓《おんな》たちの姿に新八は目を細めた。

左之助に案内され、迷路のような京の路地へと入ってゆく。借力亭へは裏口から入る約束になっているのだという。

しばらく狭《せま》い路地を歩くと板塀《いたべい》に行き当たり、その一角に設けられた木戸を開ける。と、そこは緑深い庭園になっていて、左之助に誘われるまま、中へずんずん入って行く。すでに借《しやく》力亭《りきてい》の敷地内であるらしい。正面には母屋の厨房《ちゆうぼう》が見え、料理人の声が聞こえてくる。左之《さの》助《すけ》は、天蓋《てんがい》を脱《ぬ》いで厨房に顔を出し、一言二言、店の者と話してから、

「こっちだ」

池の側を通り、小体《こてい》で瀟洒《しようしや》な造りの離れ屋へ新八《しんぱち》を誘った。

「へえ。こんな離れがあったのか」

十畳《じよう》ほどの座敷へ上がり、新八は感心した声をあげた。借力亭へは左之助に誘われて何度も来ているが、庭の奥に離れがあるとは知らなかった。

「いい隠《かく》れ家《が》じゃねえか」

大小を抜き、真新しい畳《たたみ》の上に腰を下ろしながら、新八が言った。

「景気の良いとき金を撒《ま》いといたのが役に立ったぜ」

左之助も、袈裟《けさ》を脱いで放り投げ、新八の前へどすんと座る。

と、そこへ、

「ごめんやす」

女中が、酒と料理を運んできた。

「給仕《きゆうじ》はいい。酒だけ、切らせねぇように持ってきてくれ。あと、女将《おかみ》によろしく」

と、原田《はらだ》は早々《そうそう》に女中を下がらせ、

「ま、一杯いこう」

新八の杯《さかずき》に酒を注ぐ。

「一杯と言わず、十杯でも、二十杯でも」

嬉《うれ》しそうに笑って、新八も左之助の杯に注いだ。

「ん」

「む」

あまり意味のない呻《うめ》き声のようなものを発しつつ互いに杯をかかげ、一気に干した。

「美味《うめ》ぇね、八《ぱ》っつぁん」

「ああ。格別だ」

二人とも、そこからは手酌《てじゃく》で飲んだ。あまり、喋《しゃべ》らない。互いに聞きたいことは山ほどあったろうが――。時間も、酒も、たっぷりある。

「左目ぁ、どうした」

「爆風にやられちまってね。上野じゃあ、大砲の弾が雨みたいに降ってきやがった」

酒盃《しゅはい》を重ねながら、ぽつぽつ話しだした。

「八っつぁん、京都へは、何しに？」

「ん……。これがまた、妙な話なんだが」

そう前置いて、新八は、松前藩帰参《まつまえはんきさん》のため近藤《こんどう》の首級《くび》を捜《さが》すことになったいきさつを話して聞かせた。ただし、岩倉具視《いわくらともみ》のことは伏せ、あくまでも、下国《しもぐに》家老からの命令ということにし

て。生き延びるためとはいえ、かつての敵の首魁《しゅかい》にこきつかわれているとは、

（さすがに、言えねぇ……）

特に、新選組で共に戦った左之助《さのすけ》には、あまり、知られたくはなかった。せめて、古巣《ふるす》である松前《まつまえ》の家老を頼った、くらいのことにしておきたい。下国《しもぐに》が、新政府の命を受け、それを自分に託した、ということにした。

「へぇ～。近藤《こんどう》さんの首級《くび》を、なぁ。なんに使うか知らねぇが、まったく妙な話だぜ～」

「どっかに、近藤勇《いさみ》の名を騙《かた》る奴《やつ》でもいるんじゃねえかな。そいつが、反動勢力の旗頭《はたがしら》になるのを、政府は恐れてるんだろうよ」

「ふうん。まだ居るんだな。そういう奴ら」

「左之は、ちがうのか？」

「俺《おれ》ぁ、ただ、逃げまわってるだけさ。それでも、京へ来ちまったのは……」

押し黙り――。左之助は、酒を喉《のど》に流し込んだ。

「妻子のことが……」

血を吐くように言った左之助から、新八《しんぱち》はふいと顔を逸《そ》らせた。見てはいけないような気がしたから。

「そうさ。靖共隊《せいきょうたい》を抜けたときから、俺にゃ、佐幕《さばく》もクソもなかったさ。頭にあるのは、女房と子供のことだけ……。侍《さむらい》のくせに意気地《いくじ》のねぇ奴と、笑わば笑え」

「笑わねぇ」

しばらく、また、二人とも無言で呑んだ。

左之助が京にいる理由については、新八もなんとなく分かっていた。宇都宮《うつのみや》へ向かう途中に姿を消した、そのときから。

(左之は、家族のとこへ帰りてぇのだな)

そう思っていた。裏切られたとも思わなかったし、侮蔑《ぶべつ》の気持ちもなかった。ただ自分より早く擦り切れた、それだけのことだ。己《おのれ》にも、いつかそういう瞬間がくるかもしれない。笑う理由などなかった。

ただ、江戸へ戻って彰義隊《しょうぎたい》に入ったというのは意外だった。京都を目指す途中、江戸で身動きがとれなくなり、自棄《やけ》になったものか。あるいは、心変わりがあったのか。なんにせよ、新八には今更《いまさら》それを聞く気はなかった。

「おまささんの居所《いどころ》、分かったのか」

「いや……従兄《いとこ》のところにいたまでは分かったが……」

「生きてるさ。どっかで、きっと、お前さんの帰るのを待ってる」

「うん」

少し笑って、左之助は頷《うなず》いた。

「へへ……。久しぶりに会ったってのに、なんだか湿《しめ》っぽくなっちまったな」

「芸妓（おんな）でも呼ぶか」

新八《しんぱち》がお道化《どけ》て言うと、左之助《さのすけ》は悪戯《いたずら》っぽく笑って答えた。

「実は、もう呼んである」

「おいおい。大丈夫か？」

「安心しなって。新選組とは縁《えん》の深い妓《こ》だ。原田《はらだ》と永倉《ながくら》を見たなんて、口が裂けても喋《しゃべ》りゃしねえよ」

と、左之助が自信たっぷりに言った、その直後。

襖《ふすま》の向こうから、女の声。

「原田さま……」

「おうっ。待ってたぜ」

左之助の大声に応じて、艶《つや》やかな衣装の芸妓《げいぎ》が一人、三味線を手にして入ってきた。

「美月《みづき》、と申します」

そう名乗ったのは、二十歳《はたち》そこそこの、若く美しい芸妓だった。切れ長の目元が涼《すず》やかで、肌《はだ》は白く、いかにも京の女という風情《ふぜい》がある。さぞ人気のある芸妓であろう。しかし、心なしか表情が硬《かた》い。

「八《ぱ》っつぁん。美月はね、実は、近藤《こんどう》さんの馴染《なじみ》だった妓《こ》だ。唄も三味線も、若いのにたいしたもんだぜ」

左之助にそう紹介されて、新八はふと小首を傾《かし》げた。初対面ではあったが、美月という名は、最近どこかで聞いた気がする。

「はて……」

と、新八が記憶の糸を手繰《たぐ》っていると、

「おい、美月、どうした？」

左之助が、美妓の肩に手を置き、心配げに声をかけている。

見れば、美月の顔は真《ま》っ青《さお》で、華奢《きゃしゃ》な身体《からだ》が小刻《こきざ》みに震えていた。どうも、ただ事ではない。

「気分でも悪いのかい」

優《やさ》しく尋《たず》ねた左之助の手に、美月が、ひしと、子供のようにしがみついた。そして、

「殺される……」

震える声で、呟《つぶや》いた。

「うち、殺されます。きっと、殺される……!!」

つぶやきは、次第《しだい》、次第に狂気を孕《はら》み、

「殺される!!　殺される!!　次は……三人めは、きっとうちや!!」

ついに、悲鳴混じりの叫び声となってゆく。

「落ち着けよ。何があったんだ」

女の肩を抱くようにして、左之助が聞く。

「……殺されたんどす。うちと同し、近藤はんと縁のあったひとが」

すっかり血の気の引いた顔の美月《みづき》が、唇《くちびる》を震わせながら、答えた。

「おわかのことか」

と、新八《しんぱち》。自分と似た立場の女が殺され、度《ど》を失っているのだろう。無理もない。そう思った。

だが――。事態は、新八の想像を遙《はる》かに上回っている。

「おわかはんだけやない……」

恐怖のあまり、自分でも泣いているのか笑っているのか分からない。そんな顔で、美月は言った。

「つい今しがた、聞いたんどす。二人めが……三本木の駒野《こまの》はんが、殺されたて……!!」

第四話
逢魔《おうま》

第四話　逢魔《おうま》

一

「二人、め、だと？」

呟《つぶや》いた、新八《しんぱち》の眼《め》の色が変わっている。

──近藤勇《こんどういさみ》と縁《えん》のある者が次々に死ぬ──

小さな『晴明《せいめい》』、土御門《つちみかど》メイはそう予言した。その予言は、すでに今夕、的中している。

「一人め」は、近藤勇の愛人であった、醒ケ井《さめがい》のおわか。自宅で、全身を刃物で切《き》り刻《きざ》まれ、死亡。

そして──。

「殺される……殺される……」

左之助《さのすけ》の肩にすがり、歌うように呟《つぶや》く──美妓《びぎ》・美月《みづき》は、「二人め」の死者が出たと言った。

おわかと同じく、愛人として近藤に囲われていた駒野《こまの》という名の元芸妓《げいぎ》が殺された、と。

新八と左之助が、一瞬、眼を見交わす。どういうことか、美月から詳《くわ》しく話を聞かねばならない。まず、左之助は、震える美月の肩をポンポンと叩《たた》きながら、

「まあまあ、一杯飲《や》んな。落ち着くぜー」

杯《さかずき》に酒を汲《く》み、飲ませてやった。

美月は一気に飲み干し、大きく息をついた。

「もう一杯いけ」

左之助に促《うなが》されるまま、もう一杯。今度はゆっくりと、酒を喉《のど》に流し込む。

やや落ち着きを取り戻したのだろう。杯を空《あ》けた後、

「お見苦しいところを……」

美月は形を改め、二人に頭を下げた。

「悪いが、詳しく話してくれるかい。二人め――駒野が殺されたってことについて」

すまなさそうな顔で新八が頼むと、

「うちが自分で見たわけやのうて、伝え聞いた話どすけど、それでよろしおすなら」

そう前置きして、美月は話しはじめた。

美月が「二人め」駒野の死を知らされたのは、この座敷に上がる直前のこと。高台寺《こうだいじ》近くの自宅へ、屋形《やかた》（置屋《おきや》）からの使いの少女が血相《けっそう》を変えて飛び込んできたのだという。そして、聞かされた。駒野の死体が、五条橋近くで見つかった、と。

死骸《しがい》が見つかったのは暮《く》れ六《む》つ（午後六時）。新八がおわか宅周辺を探っていた、ちょうどその頃《ころ》。五条橋で、河に死体らしいものが浮いていると騒ぎがおこり、役人が調べてみたとこ

ろ、あまりにも異常な死体が引き上げられた。

「異常な死体、だと？」

左之助《さのすけ》が呻《うめ》くように問い、美月《みづき》はしばらくの沈黙の後、唇《くちびる》を震わせながら答えた。

「……なにも着とらん、裸《はだか》のまんまの、綺麗《きれい》な死体やったそうどす。せやけど……」

「せやけど、どうした」

「……鳩尾《みぞおち》から、股《また》の間まで……スッパリ、刃物で切り裂かれ……中身は、空《から》やった、て……」

「お呼び」の使いに来た仕込み（見習い）の少女は、「お腹《なか》開いた魚みたい」という表現を使った。もっとも、この少女自身も直接死体を見たわけではない。出入りの男衆《おとこし》から聞いたのだという。たまたま用事で五条橋を通ったその男衆が、野次馬《やじうま》に混ざり、そこで見聞きしたことを聞かせてくれたのだ。

死体が「近藤勇《こんどういさみ》の愛人だった、元芸者の駒野《こまの》」であることは、現場ですでに話題に上っていたという。花街《はなまち》では評判の美女であったし、「あの近藤勇」の愛人でもあったしで、この辺《あた》りでは充分すぎるほど顔が売れている。殺されてから時間がたっていないらしく、美しい顔にも傷一つなく――。それだけに、魚のように腹を割《さ》かれ、臓物《ぞうもつ》をそっくり取り出された死体には、猟奇的《りょうきてき》な犯罪の臭《にお》いが漂う。

――誰《だれ》か、よっぽど新選組に恨《うら》みのある奴《やつ》のしわざやろ――

野次馬の一人が呟《つぶや》いたというその一言を、興奮気味の少女は、そのまま美月に伝えている。

配慮の足らないことだと新八《しんぱち》などは舌打ちしたくなったが、年端《としは》もいかぬ子供のことなので仕方もない。

「ご近所のおかみさんらから、おわかさんのこと聞いてすぐやったし……なにより、駒野さんとは知らん仲やなかった……せやから、うち、怖《こお》うて、怖うて……」

呟いて、美月はまた少し肩を震わせた。

「そうか……。悪かったな。そんなときに呼んじまったりして」

申し訳なさそうな顔で左之助が頭を掻《か》く。と、美月は無理に笑顔を作り、首を横に振った。

「おかあはんも今日は休みぃて言うてくれたけど……」

美月のいう「おかあはん」とは、自分の所属する屋形《やかた》の女主人のこと。一人前になるまでは生活すべての面倒をみ、自前の芸妓《げいぎ》として独立してからも座敷の手配などの世話をする、妓《おんな》たちにとっては文字通りの母親役だ。ゆえに、近藤勇の愛人が揃《そろ》って異常な殺されかたをしたと聞けば心穏《おだ》やかではいられない。次は――「三人め」は、うちの美月の番かもしれない、と。

「せやけど、独《ひと》りで居るより、こうして、お座敷に呼んでもろたほうが……。それに、呼んでくれたんが、他《ほか》でもない、新選組の方々……」

美月は、左之助に返杯《へんぱい》し、にっこりと、さきほどよりもずっと柔らかな笑みを浮かべた。

「お顔見られただけで心強い……。やっぱり、呼んでもろうてようおしたえ」

かつて近藤勇の心を蕩《とろ》かしたのであろう、柔らかく、それでいてどこか憂《うれ》いを含んだ、男のってしまう。

庇護欲《ひごよく》をくすぐる笑顔。関東の女にはないこの種のたおやかさに、坂東武者《ばんどうむしゃ》は「ころり」とい
「そうかそうか。よーし、まかせとけ！　帰りは俺《おれ》と八《ぱ》っつぁんとで家まで送ってやる！」

などと、左之助《さのすけ》も上機嫌で杯《さかずき》を空《あ》ける。

「さ、永倉《ながくら》さまも」

さすがに玄人《くろうと》というべきか。美月《みづき》は平素の落ち着きを取り戻したようだ。艶然《えんぜん》と微笑《ほほえ》み、新《しん》八《ぱち》にも酌《しゃく》をする。

「おう」と応《こた》えて杯を干す新八。心の中ではメイの予言が渦巻《うずま》いている。

――近藤勇《こんどういさみ》と縁《えん》のある者が次々に死ぬ――

醒ケ井《さめがい》のおわか。三本木の駒野《こまの》。近藤の愛人二人が殺された。それも、揃《そろ》って異常な死《し》に様《ざま》で。偶然とは思えない。おそらく、いや、十中八九、

(二つの殺しには、何らかの関《かか》わりがあるに違いねぇ……)

新八はそう睨《にら》んでいる。

おわかは身体《からだ》中を刃物で切《き》り刻《きざ》まれ、駒野は腹部を裂かれて内臓を抜き取られた。似通った手口。同一の犯人である可能性も高い。

(新選組に恨《うら》みのある者、か……。んなもん、どんだけいるか知れたもんじゃねえ)

心中で呟《つぶや》き、思わず苦笑する。新選組時代、どれだけの浪士《ろうし》を斬《き》ったか、その数を新八は覚

えていない。左之助も、土方歳三《ひじかたとしぞう》も、沖田総司《おきたそうじ》も、そうだろう。そして、もはや覚えていられないその数だけ、「怨《おん》」がある。近藤勇の女を、「思い切り無残《むざん》なやりかたでぶっ殺してやらねば気が晴れぬ」——そういう者が出てきてもおかしくはない。それだけのことを、新選組はやってきた。

（この国のため、大切なものを護るために、やった……筈《はず》なんだがな……）

考えるほど、苦笑がますます苦《にが》いものになってしまう。

「おいおい、八っつぁん。なにシケた顔してんだい」

すでに出来上がりつつある左之助が、美月の肩を抱いて「ぎゃはは」と笑う。せっかちな気性《きしょう》そのままの飲み方をする男で、酌をするほうはまるで「わんこ蕎麦《そば》」の給仕《きゅうじ》さながら待ち構えていなくてはならない。美月はそれを楽しんでいるようで、次から次に差し出される杯へ酒を注ぐたびに明るい笑顔を見せた。

新八にも、左之助の屈託《くったく》のない明るさは救いだった。どうも、京都へ来てからこっち、陰惨《いんさん》な出来事が多く、気が腐《くさ》る。だいたい、京都へ来た目的自体、近藤の首を捜《さが》すという、ろくでもないものなのだ。しかも、死んだはずの土方歳三が飄然《ひょうぜん》と姿を現し、あろうことか、首級《くび》を巡り、敵対することとなった。

まさしく、

（敵だらけ……）

状況は厳しく、複雑だ。

だから——。こういうとき、左之助《さのすけ》のような気のおけない「ともだち」といられるのは、正直、ほっとする。

「なあ、左之」

「なんでぇ」

「俺《おれ》ぁ、昨日、とんでもねぇ奴《やつ》と出くわしたぜ」

杯《さかずき》を舐《な》めながら、新八《しんぱち》は、左之助の顔を上目《うわめ》遣《づか》いに見た。

「誰《だれ》だ？　もったいぶらねぇで教えろよ」

「……土方歳三《ひじかたとしぞう》」

その名を聞いて、

「……あぁ？」

左之助の口が大きく開かれたままになる。

「新選組副長、土方歳三」

「馬鹿言えよ。見間違えだろ」

「見間違え？　この俺がか？　目の前で面《つら》付き合わせたんだぜ」

「……だがよ……奴ぁ、宇都宮《うつのみや》の後も……」

言葉に詰まったのか、左之助は、一度、ごくりと喉《のど》を鳴らして酒を喉に流し込んだ。それから、空《から》になった杯をじっと睨《にら》みながら呟《つぶや》いた。

「闘って、闘って……最後は、蝦夷《えぞ》まで行き、そこでもまた闘って……死んだ……そうだろ？」

「おおかた、誤報だったんだろうぜ。替《か》え玉《だま》ってのも考えられる。あるいは、土方は死んだことにしといたほうが都合《つごう》がいい——そんな奴らのでっちあげってこともあるな」

「……どうにも信じられねぇが……」

「俺も最初はそうだったさ。だが、確かに奴は生きていた。それだけじゃねぇ。奴も近藤《こんどう》の首級《くびび》を捜《さが》しているらしく、俺を叩《たた》っ斬《き》ろうとしやがった……!!」

「殺《や》り合ったのか!?　あの副長と……!!」

思わずといった感じで膝《ひざ》を乗り出し、左之助が新八のほうへにじり寄る。

控えめに黙っている美月《みづき》から酌《しゃく》を受け——新八は、己《おのれ》の内に猛《たけ》るものを抑《おさ》えつけるかのごとく、無理やりに白い歯を見せた。注がれた酒に視線を落とし、

「殺り合ったからこそ断言できるのさ。あれが、土方歳三以外の誰でもなかったと」

そう断じた。

「……そうか……あの人と、殺り合ったか……!!」

「相変わらず、キレてたぜ。奴の剣は」

「…………」

「…………」

しばらく、二人とも無言のままだった。左之助《さのすけ》にも、新八《しんぱち》と同種の——あるいは微妙に違うかもしれないが——新選組副長・土方歳三《ひじかたとしぞう》に対する想《おも》いがあり、それが胸のうちで渦《うず》を巻いているように見えた。

やがて、美月《みづき》が、

「あの土方さまが、京に……」

彼女なりの感慨《かんがい》をこめて、呟《つぶや》いた。それがどういった種類の感慨であるか、新八にはよく分からなかったが——。ふと思いついて、軽口を叩《たた》いた。

「あんたの近藤《こんどう》さんが呼んでるのさ」

すると、美月はにこにこ笑ったままで、

「男はんでも、妬《ねた》ましおす」

きっぱり言った。

新八は片目を瞑《つぶ》って「にゃっ」と笑い、左之助も、

「怖《こわ》いねぇ」

いかにも面白そうに言う。

と——。ここで、新八は唐突《とうとつ》に思い出した。「美月」という名を、前もってどこかで聞いたという、そのことを。

「そうだ。八木《やぎ》さんとこで、だ。美月って名前を聞いたのは」

新八が言うと、美月は「ああ」という顔をして、

「一度、お線香上げさせてもらいに伺《うかが》ったことありますけど？」

と応じる。

「自分が近藤勇《いさみ》の墓を建てると言ったそうじゃねえか」

「さぁ……言うたような、言うてないような……」

「俺《おれ》あ、その話を聞いたとき、そんな心意気のある妓《こ》なら、一杯奢《おご》ってやりてえと思ったんだがね」

「そやったら、言うといたことにしときましょ」

おどけた仕草《しぐさ》でしなをつくり、美月は新八に杯《さかずき》を差し出した。新八が注いでやると、美味《うま》そうに「くい」と干す。

「いい飲みっぷりだ」

「今度は、永倉《ながくら》さまの番」

「そうだ。八っつぁんは飲み方が足りねぇ」

二人がかりで囃《はや》され、新八は苦笑しつつも杯を重ねた。

美月が三味線をかき鳴らし、左之助がでたらめの踊《おど》りを踊《おど》る。

そして、夜が更《ふ》けてゆく。

二

美月《みづき》の家は、祇園《ぎおん》からほど近い高台寺《こうだいじ》の側《そば》だという。僅《わず》かな距離ではあったが、左之助《さのすけ》が最初に言ったとおり、新八《しんぱち》と二人で美月を送っていくことになった。

最初、もうだいじょうぶですからと美月は固辞《こじ》していたが、左之助が「いいや」と言って聞かず、結局、美月も苦笑まじりにそのお節介《せっかい》を受け入れた。

近藤《こんどう》の首級《くび》のこともあり、本来ならば他人の世話どころではない筈《はず》の新八だったが、

（どうせ俺《おれ》がじたばたしたところで始まらねぇ）

そういうふうに割り切っている。唯《ただ》一人首級の行方《ゆくえ》を知っていたワカツネが殺された以上、別口の情報源を地道《じみち》に当たっていくしかない。そして、そういう仕事は、新八よりも、四条橋で勝手《かって》に消えた篝炎《かがほ》のほうの専門分野なのだ。そのうち果報《かほう》を持ってきてくれると信じるほかはなかった。メイの霊視《れいし》によって手がかりをつかもうという試みも、不発に終わった形だ。

（それに、美月だって首級とはまるで無関係ってわけでもねぇ）

生前の近藤と深い関係にあった女だ。思いもよらぬ重要な情報を引き出せるかもしれない。美月自身が情報を持っていなくても、そこから派生《はせい》する人脈、情報網は、今後の活動に益《えき》をも

たらすところ大であろうし。恩を売っておいて損はない。

もっとも、「かつて同志だった男」の愛人が心細い思いをしているとなれば、損得も糞《クソ》もなく、なにかしてやりたい――というのが本当のところだ。

左之助もそうなのだろう。いろいろあったが、近藤の女が難儀《なんぎ》しているとなれば放ってはいられない。何かというと二言めには「斬《き》れ斬れ」と言いだす荒くれ者だが、それでいて義理人情には人一倍篤《あつ》いところがあった。

時刻は四つ（午後十時）。夜空を雲が流れ、三日月が見え隠《かく》れしている。

「足元、お気をつけやして」

提灯《ちょうちん》を手にした美月を新八と左之助が挟《はさ》み、人通りのない夜道を歩いてゆく。

左之助の手には、得意《とくい》の槍《やり》の代わりに錫杖《しゃくじょう》があった。身の丈《たけ》よりも長い特別なもので、六尺もある。刀も部屋に隠《かく》し持っているが、僧形《そうぎょう》で二本差すわけにもいかない。そのくせ「夜だからいいだろ」と編笠《あみがさ》は被《かぶ》らず、のん気に鼻歌など歌っている。

新八は懐手《ふところで》。夏の夜のぬるい空気をかきわけながら、さりげなく辺《あた》りに視線を配る。美月を狙《ねら》う者が本当にいるかどうかはわからないが――。いたとしても、女を殺すような奴《やつ》だ。この場で襲い掛かってくるようなことはまずあるまいと踏んでいる。ただ、闇《やみ》に紛《まぎ》れて後をつけるくらいのことはするかもしれない。その気配を捉《とら》えられれば、と、新八は思っていた。

喧嘩《けんか》好きの左之助も、襲撃者に出てきてもらって一暴《ひとあば》れしたいくらいの心境だろうが、自分と新八《しんぱち》が付いているかぎりそれはあるまいと思っているようだ。美月《みづき》もそうだろう。新選組の隊長二人という豪華《ごうか》な護衛だ。よもやこの場で襲われるようなことはないだろうと安心していた。

しかし――。

祇園《ぎおん》からまっすぐ南へ下がってきた街筋《まちすじ》から東へ折れ、高台寺《こうだいじ》方面へと向かう坂を上り始めたころ。

「……なんか居やがるなぁ……」

小さく呟《つぶや》いたのは左之助《さのすけ》だった。

「ああ。居るな」

新八もそう応じる。

二人とも同時にその気配に気づいていた。しかし、歩調を変えることなく黙って歩く。左右を門前茶屋や小料理屋の店々に挟《はさ》まれた坂道を。

店はいずれも固く戸を閉ざし、三人のほかに歩いている者の姿は見えない。風もなく、物音もない。常人《じょうじん》であれば何も感じるところはなかっただろう。しかし、新八には、確かに、何者かの「気配」が感じられた。距離は遠くない。物陰《ものかげ》に身を潜《ひそ》め、じっとこちらの動きを窺《うかが》っている――そいつが放つ、「意識の熱」とでもいうべきものが、じわり、伝わってくる。新選組の巡察ではしょっちゅうだった、「あの感じ」。数え切れぬ死線を潜《くぐ》ることで得た――達人の境地、というより獣《けもの》の嗅覚《きゅうかく》に近い、そんな勘《かん》が働いている。

「右だよな?」

寄ってきた左之助が耳打ちし、

「右だな」

新八も頷《うなず》く。二人とも、右手方向に何者かが潜んでいると感じているわけだ。五間（約九メートル）先、右手方向、家々の間に狭《せま》い路地がある。二人とも、そこへちらりと目を向けた。そこが臭《くさ》いと直感が告げている。

緊張に気づいたのか、美月が、小首を傾《かし》げて新八の顔を覗《のぞ》き込む。

「……あの、どうかしはりましたん?」

「お客さんだ」

笑って言いながら、新八はするり右手の商家へ張りつき、例の路地の手前で柄《つか》に手をかけた。すると、新八の動きに応ずるかのように、左之助も動いて、こちらは美月の前に立つ。路地の手前で立ち止まり、二人で新八の背中を見ている。

「永倉《ながくら》さまは、なにを……?」

「見てな。他の隊なら〝死番《しばん》〟を出し、人数割《さ》いて路地の反対側へも走らせてってところだが——。十番隊《うち》と二番隊《八つあんとこ》じゃ、そういう愚図《ぐず》はやらねぇ」

面白そうに話す左之助の視線の先で——。刀の柄に手をかけたままじりじりと路地の入り口へ近づいていた新八の背中が、ふっとかき消える。

「隊長自身が、いきなりぶっ込む」

左之助《さのすけ》の言葉どおり。新八《しんぱち》は、抜刀するとともに路地の中へと踊《おど》りこんでいた。機先を制し、そこに潜《ひそ》んでいるであろう何者かの喉《のど》もとへ切っ先を突きつける、必殺の呼吸。寸止《すんど》めにして後に捕縛《ほばく》するも、そのまま貫き通すも、こちらの自在。

しかし——。

「!?」

そこに人影はなかった。

狭《せま》い路地の中で、新八は、「突き」の一つ手前の体勢で固まっている。人一人がやっと通れるほどの幅しかない——その路地の先には、黒々とした闇《やみ》がわだかまるばかり。犬一匹、居《お》りはしなかった。

(俺《おれ》もヤキが回ったか……)

今まで外れたことのない勘《かん》が外れた。舌打ちし、新八は納刀しようとした。

その瞬間。

ぶうんっ……!!

頭上で、重い風のうなりがするのを聞いた。一抱《ひとかか》えほどもある樹の幹を持って「素振り」ができたならこんなふうかという、鋭く、しかも、重い音。そして、顔面に叩《たた》きつけてくる烈風。

(——死ぬ)

理屈《りくつ》でない、刹那《せつな》の思考《しこう》の閃《ひらめ》きが、そう告げる。同時に、鍛《きた》え抜かれた五体は動いていた。

目の前に迫った「死」に反応し、勝手《かって》に。

ゴッ!!

凄《すさ》まじい衝撃《しょうげき》と、重い音――。

目の前が真っ白になり、意識は頭蓋《ずがい》の外へ吹っ飛ばされる。

剣を眼前に持ち上げ、左腕を鎬《しのぎ》に押し当てた――「なりふり構わず剣で顔面を防御した」形のまま、新八の身体《からだ》は宙を飛んでいた。凄まじい勢いで後方へ。路地からもとの坂道へ、箒《ほうき》で掃《は》きだされた小石のごとく。

「八《ぱ》っつぁんっ!?」

いきなり眼《め》の前へ新八の身体が投げだされたのだ。左之助は、慌《あわ》てて、倒れている新八に駆け寄った。

「おいっ!! しっかりしろ!!」

呼んだが、意識朦朧《もうろう》として返事はない。左腕には真新しい刀傷があり、血が流れている。握った刀――井上真改《いのうえしんかい》の刀身は中央から曲がってしまっていた。「なにか」が刀身ごと新八を打ち、路地の中からここまで吹っ飛ばしたらしい。

「ちくしょう、いったい何者だ!?」

駆けつけてきた美月《みづき》とともに新八を助け起こしながら、左之助は路地へ目を向けた。

そこに人影はない。黒々とした漆黒《しっこく》の闇《やみ》――その細長い四角の入り口が、ぽっかりと口をあけているだけだ。しかし――。

みしっ……みしっ……

奇妙な「音」だけは、聞こえていた。

みしっ……みしっ……パキッ……

壁板が軋《きし》み、砕《くだ》ける音。それが、頭上――右の建物と左の建物、それぞれの二階の壁の合間から、聞こえてくる。

バキッ……メキッ……!!

音のするほうを見上げた、左之助《さのすけ》の視線の先――本来なら壁と壁の隙間《すきま》に夜空が見えるはずの、その狭《せま》い空間に、

「なんだ、あれぁ……!?」

巨大な影が蠢《うごめ》いていた。

最初は、ねじくれた巨木と見えた。太く長い枝が左右の壁に伸びている、と。しかし、「それ」は動いていた。人間よりも大きな蜘蛛《くも》がいたとすれば、そいつの手足はこんなふうだろうと思わせる、いやらしい動きで。

メキッ、メキッ、メキッ……

左右の壁へそれぞれ伸ばされた長い手足が器用《きよう》に動き、宙に浮いた「胴体《どうたい》」をさらに上へ持

ち上げてゆく。ときおり、手足の合間で、ぴかりと、二つの円《まる》いものが光った。月光を弾《はじ》いて光るそれは「目玉」に見える。

　やがて、壁と壁の間を上りきり、その巨大な影は、商家の屋根に張り付いた。月光を浴び、「そいつ」の姿形が浮かび上がる。

　美月《みづき》の、悲鳴。

　その、恐怖に満ちた甲高《かんだか》い叫び声が、朦朧《もうろう》となっていた新八《しんぱち》の鼓膜《こまく》を突いた。

「……む……う……」

　目を覚まし、新八は左之助の腕の中で呟《つぶや》いた。

「大丈夫か八《ぱ》っつぁん。腕の傷は？」

「自分の刀で一寸斬《ちょつとき》っちまっただけだ。たいしたこたぁねぇ」

　左之助に支えられ、新八は立ち上がった。そのとき、手に握り締めた井上真改《いのうえしんかい》が曲がってしまっていることに気づき、「なんてこった」と嘆《なげ》きの声をあげた。

「刀が曲がったくらいで済《す》んでよかったぜ。あ、あ、あ、あんなでけえ腕で殴《なぐ》られたんだからな」

　そう言った左之助は、かろうじて笑みを浮かべているものの――。微妙に、声が震えていた。

　美月などは、左之助の着物の端を掴《つか》み、

「いや……いやああっ!!」

　幼児のごとく泣き喚《わめ》いている。完全に度《ど》を失っていた。

自らの呟《つぶや》きに反応し、新八《しんぱち》の脳裏《のうり》で、一瞬、映像が閃《ひらめ》く。頭上からいきなり降ってきて、凄《すさ》まじい速さで自分の顔面めがけて迫る、巨大な「手」。節くれだった五本の鉤爪《かぎつめ》。

「でかい……腕……」

その持ち主が——路地へ飛び込んできた新八を頭上からの腕の一振りで吹っ飛ばした「何者か」が、居た。見上げた視線の先。商家の屋根の上に。

「……お……〝鬼《おに》〟……!?」

そうとしか呼びようのないモノが、屋根の上からこっちを見下ろしていた。

四《よ》つん這《ば》いの——立ち上がれば七尺は超すであろう巨体。長い手足の先には鋭い鉤爪。額に二本の角《つの》があり、その下には爛々《らんらん》と光る目。大きく裂けた口には乱杭歯《らんぐいば》が並ぶ。

額に角のある、人型の怪物《かいぶつ》。まさしく——。

「やっぱ、鬼……だよな。へへ……よかったぜ。俺《おれ》の眼《め》がどうかしてるわけじゃやねえ」

強気に笑ってみせてはいるが——。やはり、左之助《さのすけ》の声も震えている。当然だろう。自分たちも「鬼」と呼ばれはしたが、それは喩《たと》えの話。よもや本物の鬼が存在するなど、「明治」となったこの世の中の誰《だれ》もが思うまい。

しかし、今、現実に、三人の目の前に、それは存在している。

(こいつか……。メイが言ってた、本物の鬼……)

ワカツネを殺したのは「本物の鬼」だと、メイは言っていた。式神《しきがみ》の眼を通し、そいつがワ

カツネを殺すところを視《み》たと。話を聞いただけでなく、新八《しんぱち》も、自分の眼《め》でワカツネの無残《むざん》な死体を見ている。五体を無茶苦茶にねじ曲げ、下顎《したあご》をもぎとるという殺し様《よう》は、確かに、人間以外のなにかによる所業《しょぎょう》と思えた。

覚悟はしているつもりだったのだ。頭の中では。そういう危険な怪物《かいぶつ》がいて、しかも、近藤《こんどう》の首級《くび》の情報を得るため、そいつを追わねばならないのだと。

しかし、実際にそのバケモノと対峙《たいじ》した今、自分の覚悟が頭の中だけのことだったと思いしらされた。

恐《こわ》いのだ。どうしようもなく。今すぐにでも声を上げ、逃げ出してしまいたいくらいに。

この数日で、式神《しきがみ》だの幻術《げんじゅつ》だのといった超常現象には免疫《めんえき》ができていたが――。今目の前にいる『鬼《おに》』の存在がもたらす衝撃《しょうげき》は別格だった。その巨軀《きょく》、その異形《いぎょう》、そして、さきほど受けた一撃の凄《すさ》まじさ――。五感の感じとる情報、そのすべてが、死の一文字に直結する。

――やばい。逃げろ――

本能が、そう叫んでいた。

しかし、それでも――。

(クソッタレ……!!)

歯を食いしばり、新八はその場に踏みとどまっている。

今、声を上げてしまえば、逃げ出してしまえば――。もう二度と、この場に立つことはできないような気がする。今まで積み上げてきた「永倉新八《ながくらしんぱち》」そのものが、崩《くず》れ去ってしまうような気がする。だから――。

新八は、曲がったままの井上真改《いのうえしんかい》を握り締め、左之助《さのすけ》と美月《みづき》を庇《かば》いつつ、屋根の上の鬼を睨《にら》んだ。

すると――。そんな新八の心のあやを見透《みす》かしたかのように、

かっ……かかかっ……

屋根の上で、鬼が不気味な声で笑った。実際に笑っているのかどうかは分からないが。少なくとも、新八にはそう思えた。

(こいつ、笑ってやがる)

――と。

やがて、不気味な笑い声が止み、

「……ウ……ウマカッタ……」

代わりに、低い、くぐもった声が聞こえた。屋根の上の鬼が、乱杭歯《らんぐいば》の並ぶアゴを上下させ、人間と同じように喋《しゃべ》っているのだ。

「コマノという、オンナの……ハ……ハラわた……ウマカッ……た……」

不明瞭《ふめいりょう》な発音ではあったが、意味は聞き取ることができた。

――駒野《こまの》という女の腸《はらわた》は美味《うま》かった――

そう言っているのだ。

「お……オワカは……〝チ〟を……すすっタ……。う……うぅウマカッタ……」

ごくり。新八《しんぱち》の喉《のど》が勝手《かって》に鳴る。

「手《て》前《めえ》が……」

屋根の上の鬼《おに》を睨《にら》み、新八は呟《つぶや》いた。掠《かす》れた——自分のものとは思えない声で。

それでも——。

「……手前が殺《や》ったのか。おわかも、駒野《こまの》も……そして、ワカツネも……!!」

叫んだ声には、恐怖や怯《おび》え以外の感情が、確かに、こもっていた。

怒り。罪もない者たちを殺し、その肉を食らった、その残忍《ざんにん》な行状《ぎょうじょう》に対する、怒り。

新八の精神の、恐怖に凍《こお》った「ふつうの人間」の部分に、一点、炎《ほのお》が灯《とも》る。

「ぱ……八《ぱ》っつぁん……!?」

左《さ》之《の》助《すけ》の声を背に、一歩、前に出た。

かか……!!　かかかっ!!

そんな新八を嘲《あざけ》るかのごとく。鬼が、また、不気味に笑う。

「わ……ワカツネというオトコは、〝シタ〟を、く……クッタ」

ぞろり、言い捨てた——次の瞬間。

ぶわっ……!!

鬼の巨体が、舞っていた。軽々と、屋根の上から、新八の頭上遥《はる》か上空へ。三間（約五・四メートル）の距離を、一瞬の跳躍《ちょうやく》で詰めていた。

「!!」

咄嗟《とっさ》に、新八は横っ飛びに跳《と》んだ。左之助も、美月《みづき》を抱え、後方へ跳び退《すさ》る。

間一髪《かんいっぱつ》。さっきまで新八が立っていた場所で重い音が響き、どっと大量の砂礫《されき》が舞い上がった。

濛々《もうもう》と舞い上がる砂塵《さじん》の中。

「く……〝クビ〟のアリカ、シャベッタ。ダカラ……もうイラナイ、〝シタ〟、クッタ」

前傾《ぜんけい》した姿勢から身を起こし、ゆっくりと振り返りながら、鬼が言った。

さらに後退して、五間の間合《まあ》いを取る。じりじりと退《さが》りつつ、新八は思った。

（やはり……）

やはり、こいつは、近藤《こんどう》の首級《くび》の在《あ》り処《か》を知っている。

——首級の在り処を喋《しゃべ》ったから、要《い》らなくなった舌《した》を食った——

鬼は、そう言ったのだ。

理由は見当もつかないが、こいつも、自分や土方《ひじかた》と同じく、近藤勇《いさみ》の首級を捜《さが》している。そして、ワカツネから首級の在り処を聞き出し、殺した。ということは、すでに、首級を手に入れている可能性も高い。

となれば、新八《しんぱち》にとって、ここで鬼《おに》と出会えたのはやはり僥倖《ぎょうこう》といえる。ワカツネが死んだ今、首級《くび》の在《あ》り処《か》を知るのは、目の前にいるこの鬼だけであろうから。

しかし――。

実際の問題として、どうすれば、こんな奴《やつ》から情報を引き出せるというのか。

そもそも、こいつはいったい何者で、何故《なぜ》近藤《こんどう》の首級を捜《さが》しているのか。

おわかや駒野《こまの》、そして美月《みづき》。近藤の愛人を狙《ねら》うのは何故なのか。

いくら考えても答えは出てこない。

だが、一つだけ、はっきりしていることがある。

「お……オマエタチは、シンノゾウを、クウ……」

七尺もの長身をゆらゆらと揺すりながら、鬼は言った。

「ムナニクを、ハギ……ホネを……ぼきぼき……オッテ、ムシッテ……シンノゾウだけ、クラウ」

円《まる》い眼《め》を細め、鬼は、人間たちに向かって宣言した。太く長い足を持ち上げ、ずしり、前へ出る。ゆっくり、新八との間合《まあ》いを詰めようとしていた。

そう。一つだけ、はっきりしている。

目の前の怪物《かいぶつ》は、自分たち三人を「殺して、食らう」つもりなのだ。このまま手をこまねいていれば、待つのは無残《むざん》な死しかない。

——選択肢《せんたくし》は二つ。

逃げ出す。

闘って、バケモノを倒すか、あるいは撃退する。

ならば——。

「八《ぱ》っつぁん……」

左之助《さのすけ》が、美月を抱きかかえるようにして新八の側へ寄る。鬼を中心にして円を描くよう、一定の距離を保ちつつ。

「たす……助けて……!! 原田《はらだ》さま……!! 永倉《ながくら》さまぁ!!」

美月が、ガクガク膝《ひざ》を震わせ、喚《わめ》いている。恐怖のあまり今にもその場へへたりこんでしまいそうだった。

「大丈夫だ。大丈夫だからな」

しっかりと美月の手を握ってやり、呟《つぶや》く。左之助の顔は、しかし、蒼白《そうはく》だった。

「へ……へ……おまえたちと言ったが、やっぱ俺《おれ》も入ってんのかね」

それでも、左之助は笑みを絶やさず、冗談口《じょうだんぐち》を叩《たた》いた。さすがは原田左之助というべきか。

並みの胆力《たんりょく》ではない。余人《よじん》ならばもうとっくに逃げだしているはずだ。

新八は、左之助の冗談口に、ボソリと一言、

「美月をつれて逃げろ」

そう応《こた》えた。

「――あぁ？」

問い返す左之助《さのすけ》の横で、新八《しんぱち》は、右膝《みぎひざ》を大きく前に出して前傾《ぜんけい》し、

ぎっ……ぎぎぃぃぃ……

刀の横腹を太腿《ふともも》に押しつけた。左手を刀身の先端部に添《そ》え、上から力をこめる。曲がった刀身を無理やり真っ直ぐになおしているのだ。

それを見て、左之助にも、新八の決心が読めた。

闘おうというのだ。この、恐るべき人外《じんがい》の怪物《かいぶつ》と。人の身でありながら、正面きって。

そう。新八は、闘うことを選んだ。

相手はでかいだけの木偶《でく》の棒《ぼう》ではなく、美月《みづき》を連れての逃亡自体が困難であろうという、それがまず一つ。

そして、なにより――。

己《おのれ》が己である、「証《あかし》」にかけて。

（ここは、退《ひ》けねぇ）

生き残るために、いろいろなものを捨ててきた。それでも、最後まで捨てられないものも幾らかは残っている。それすら捨てたとき、「自分が自分でなくなる」ことを、新八は承知《しょうち》していた。

だから、逃げない。

磨《みが》きぬいた技と鍛《きた》えあげた胆力《たんりょく》をもって恐怖を制し、一剣《いっけん》をもって、目の前の〝敵〟を倒す。

実際にやれるか否《いな》かは分からないが、まず、「やる」と、そう決めた。

前方より迫る鬼《おに》を睨《にら》みながら黙々《もくもく》と剣を膝《ひざ》に押し付ける——旧友を見やり、左之助は、

（さすがは永倉《ながくら》新八。真剣《しんけん》をとっては新選組最強といわれた男）

心からの感嘆《かんたん》を飲みこんだ。そして、口に出しては、

「逃げろだと？　ふざけんじゃねえ。誰《だれ》に口聞いてんだ」

伝法《でんぽう》にまくしたてた。

すると、新八が、眩《まぶ》しいものでも見たかのように片目を瞑《つぶ》るこの男独特の笑みを浮かべ、

「元新選組十番隊長」

そう答える。

「だろ」

左之助が、いかにも得意《とくい》げに笑う。まるきり悪童《あくどう》の顔つきだ。

「原田《はらだ》さま……？　永倉さま……？」

不安げな表情で、美月が二人を交互《こうご》に見つめる。

左之助は、「大丈夫だから、一寸《ちょっと》後ろに下がってな」と、美月を優しくなだめて背後へ下がらせた。そうしておいて、正面——ゆっくりとこちらへ歩いてくる鬼のほうを向き、隣の新八

の肩を抱いた。

「分かってんなら、他《ほか》になんか言うことあんだろうが」

左之助《さのすけ》に耳元で言われ、新八《しんぱち》は一寸《ちょっと》の間考えていたが——。やがて、一言、

「〝草攻剣《そうこうけん》〟」

ぼそり、呟《つぶや》いた。

「へ……へ……！　鬼《おに》を相手に、あれをやるのか。それも、二人で」

「二人ったって、二番隊と十番隊の隊長が二人だ。これ以上のもてなしはねぇ」

言って、新八は、なんとか真っ直ぐに近くなった井上真改《いのうえしんかい》を正眼《せいがん》に構えた。

「ひゃはは!!　ちげぇねぇや……」

応《こた》えた左之助は、腰を落とし、六尺の錫杖《しゃくじょう》を槍《やり》のように構える。

かか……!!　かかかかか……!!

鬼が、笑っている。ずしり、ずしりと、巨大な足で地を踏みしめ、「獲物《えもの》」との距離を無造《むぞう》作《さ》に縮めてゆく。彼我《ひが》の距離、およそ三間。

「やるぞ左之助」

「おうよ八《ぱ》っつぁん」

新八は、我《われ》から見て右。左之助は左。

鬼に向かって、二人、同時に駆け出した。

第五話 首級《しるし》

第五話　首級《しるし》

一

新八《しんぱち》は右へ、左之助《さのすけ》は左へ。散開しつつ、道の端すれすれを鬼《おに》に向かって走った。三間の間《ま》合《あ》いを一気に詰め、充分に接近して後、左右から挟《はさ》み撃《う》ちにする。

草攻剣《そうこうけん》。一人の敵に複数が左右から次々に攻めかかり、確実に仕留《しと》める。人斬《ひとき》り集団、新選組ならではの集団戦法。副長である土方歳三《ひじかたとしぞう》が考案し、現場の新八らがそれを練《ね》り上げてきた。

数え切れぬほどの志士たちを屠《ほふ》ってきたその必殺剣を、新八は、今、人以外のものに試そうとしている。恐るべき膂力《りよりよく》と跳躍力《ちようやくりよく》を持つ、身の丈《たけ》七尺を超す怪物《かいぶつ》。文字通りの『鬼』に。

強烈な一撃を受けた井上真改《いのうえしんかい》の刀身は、無理やり真っ直ぐに戻したものの、元の切れ味は望むべくもない。そもそも、怪物の赤黒い肌《はだ》が刃を通すものか、それすら定かではなかったが

――。

（やるしかねえ）

それだけを念じつつ、新八は走った。眼前に鬼の巨体が迫る。六歩の間合い。肩に担《かつ》ぐようにしていた井上真改を上段に構え、

「おおおっ!!」

気合とともに、鬼の左腕へ斬撃《ざんげき》を放った。それに合わせ、右腕側からは左之助が錫杖《しゃくじょう》で突きを放つ。両者とも、足は止めず、走りながら。

右を避ければ左を斬られ、左を受ければ右から突かれる。今までの相手なら、迷い、迷っているうちに刃を浴びた。

だが――。鬼は迷わなかった。ぎりぎりまで引きつけた後、
ふわり……

その巨体が急に紙となったがごとく、すり抜けていた。まさに紙一重。斬撃と突きの合間を。

一歩前へ出る動き、それだけで、鬼は、左右同時の攻撃をかわしていた。刃は空《くう》を斬り、錫杖は闇《やみ》を突く。

(こいつ……!!)

手の内を読まれている。鬼の身ごなしを見て、新八はそう感じた。その場に止まらず、走り抜けつつ左之助と顔を見合わせる。並走する左之助の表情にも困惑《こんわく》の色がある。

複数で相手を取り囲んだまま速い動きで幻惑《げんわく》し、間断《かんだん》のない一撃離脱を繰り返す。そうするうちに相手は疲労、失血し、行動不能に陥《おちい》る。それが草攻剣の狙《ねら》いだ。複数が左右それぞれに揃《そろ》って動く様《さま》が、風に揺れる笹《ささ》の葉を思わせるところから、草攻剣の名がついた。「剣士の誇り」なぞとは無縁《むえん》だが――しかし、こちらの損失を抑《おさ》えつつ敵を確実に仕留めるのにこれほど

合理的な戦法もない。さすがにあの底意地《そこいじ》の悪い男が考えただけはあると、皮肉まじりにだが新八《しんぱち》も感心したものだ。

ただ、弱点もある。相手の側《そば》を走りぬけつつの一撃離脱。致命傷《ちめいしょう》でなくてもよいから、数多くの傷を相手の身体《からだ》に刻《きざ》むことを眼目《がんもく》とする。となれば、どうしても踏み込みは甘《あま》くなる。生半《なまなか》な技量でできることではないが——草攻剣《そうこうけん》を知っている、、、ならば、左右同時の攻撃を紙一重の見切りでかわすことも不可能ではない。新選組幹部のうち、武芸で売っていた者ならそれくらいはやってのける。

先刻の鬼《おに》の動き。ケダモノが反射的に危険を避けた、というものではなかった。草攻剣を知っていて、無駄《むだ》のない体捌《たいさば》きでかわした。巨大な腕を振り回しもせず、凄《すさ》まじい跳躍力《ちょうやくりょく》を発揮することもなく。

鬼は、草攻剣を——もしくは、それに類する集団戦法を知っている。驚くべきことだが、新八はそう見た。

(もう一度だ)

美月《みづき》に鬼の意識が向かないよう、すぐさま次の攻撃に移らねばならない。それに、自分の直感も確かめてみたかった。擦《す》れ違い様《ざま》の斬撃《ざんげき》からそのまま四間ほど走り抜けて左に旋回《せんかい》。右旋回してきた左之助《さのすけ》と交差して反転し、再び、鬼に向かって走る。

鬼は、ゆっくりと振り返りつつある。その後方で、蒼《あお》ざめた顔の美月が路地へ身を隠《かく》すのが見えた。幸い、鬼の意識は美月にではなくこちらへ向いている。

全力で走り、間合《まあ》いを詰める。鬼の眼前、五、六歩のところで、並走する左之助と目を見合わせた。転瞬《てんしゅん》、二人の体が交差して左右の位置が入れ替わり、間髪《かんはつ》入れず、第二撃。

「ぬっ……!!」

また、かわされた。先ほどと同じ、見事な見切りと体捌きで。

さっきより踏み込みを深くし、ざっくり、胴《どう》を抜いてやるつもりだったが——。一文字に振り切った刀身は空《くう》を斬《き》った。反対側から突き出された左之助の錫杖《しゃくじょう》も、狙《ねら》った頭に掠《かす》りもしなかった。

さらに——。鬼は、二人の攻撃をかわしただけではない。

離脱する左之助の左手から血が流れていた。手甲《てっこう》が破れ、腕に、獣爪《じゅうそう》でえぐられたような傷が刻《きざ》まれているのが見える。離れ際、鬼の鉤爪《かぎつめ》を食らったのだ。

すれ違い様《ざま》、新八は見た。鬼が、その長い腕で左之助の突き出した錫杖を擦り上げつつ、鉤爪で右腕へ切り裂いた瞬間を。

擦り上げから小手《こて》。剣を手腕《しゅわん》に置き換えただけの、まるきり剣術の動きだった。しかも、その動きに、

（見覚えがあるような……）

気のせいかもしれないが。新八は、鬼が左之助の突きを擦り上げて小手を打つ動きを、いつ

か見た他《ほか》の誰《だれ》かにだぶらせていた。

（鬼《おに》とは人の変わり果てた姿というが……あるいは、こいつも……）

自分のような剣客《けんかく》の成れの果てか。一瞬、そんな考えが脳裏《のうり》をよぎったが、

（埒《らち》もねえ）

思考《しこう》の糸を断ち、行動を起こした。

浅い踏み込みでは傷もつけられない。ならば——。致命傷《ちめいしよう》を与えうる間合《まあ》いまで踏み込むしかない。すなわち、斬《き》るか、斬られるか。命懸《が》けの間合い。

「八《ぱ》っつぁん!?」

一撃離脱が草攻剣《そうこうけん》の定法《じようほう》だ。鬼のすぐ側《そば》で足を止めた新八《しんぱち》を見て、左之助《さのすけ》は慌《あわ》てた。そして、止める間もなく、新八が動く。

間合い三歩。鬼はすでに振り返っていた。

「こいつがかわせるか」

速く、鋭い——まるで時を止めるがごとき、神速《しんそく》の踏み込み。通常の歩法と異なり、後ろ足（左足）を大きく前へ。踏み込んだ新八の身体《からだ》が低く沈み、
ヒュッ
奔《はし》る刃が地表近くで半月を描く。前に出ている鬼の右脛《みぎすね》を狙《ねら》っての、左片手一文字。道場剣法だけをやってきた者にはすこぶる有効な、天然理《てんねんり》心流《しんりゆう》の一手。卑怯《ひきよう》もクソもない、死闘の技。

だが、これもまた――。

鬼は、見切ってのけた。やや前に出ていた右足をすいと引き、井上真改《いのうえしんかい》の切っ先をかわす。さらに、一旦《いったん》引いた足が、刃と入れ違いに再び前へ。下半身の重心移動とともに、「突き」一閃《せん》。剣でなく、長く太い腕と鋭い爪《つめ》を用いた、突き。鬼の腕は、新八の腕と刀身とを合わせた長さにほぼ同じ。一歩踏み込めば、伸びきった新八の身体を貫くのに充分な間合いとなる。

ごっ、と空気が鳴った。

刹那《せつな》――。常人《じょうじん》の動体視力の限界を超えた速さゆえ、繰り出された鬼の右腕が消える。そして、それを受ける新八の身体もまた、瞬間、陽炎《かげろう》のように揺らめいた。

人の目で追えぬほどの一瞬のうち。鬼の抜き手と新八の剣が交錯《こうさく》していた。それも、二度。直後、鬼の腕が眼前の空間を薙《な》ぎ払い、薙ぎ払われた空間に一瞬前存在していた新八の身体は後方へ跳《と》び退《すさ》った。

続けて後方へ跳んで距離をとる。新八の手には、井上真改の大刀でなく、いつの間に抜き放ったのか、脇差《わきざし》の小刀が握られていた。大刀は、三間先、鬼の足元に転がっている。

「すげえ……」

唸《うな》ったのは、新八の背後で見ていた左之助だ。常人には霞《かす》んで見えぬ一瞬の交錯だが、左之助には見えた。月明かりだけが頼りのため朧《おぼろ》にではあったが、見た。鬼が踏み込み様《ざま》に抜き手の突きを放つと同時、新八が、左手の大刀を捨てつつ右手で小刀を抜き打つ瞬間を。それも、踏み込みのさい前に出した左足を戻し、体を後方へかわしながら。

そして、小刀で鬼《おに》の抜き手突きを捌《さば》いた。二度だ。まさしく目にも止まらぬ速さで、鬼は二段突きを繰り出したのだ。一段目は喉《のど》へ。二段目は心臓へ。それを、二度とも、新八《しんぱち》は、鬼の腕にねばりつくような小刀の動きと上体の動きで捌いてのけた。

それら、いくつもの複雑な動作が、一瞬のうちに為《な》されたのだ。瞬《まばた》きする間にも見たぬ、文字通り刹那《せつな》の瞬間に。

三間の間合《まあ》いで対峙《たいじ》する新八と鬼。

血が流れていた。新八の右首筋と左肩。そして、鬼の右腕から。

新八が、完全にはかわしきれていなかった。それほど、鬼の突きは速かった。致命傷《ちめいしょう》を避けはしたが、首も肩も、血止めをしなければ危険なほどの深い傷だ。

「傷は？」

左之助《さのすけ》が隣へ立ち、杖《つえ》を構えつつ聞いてくる。

「たいしたことはない」と答え、新八は微《かす》かに笑った。

相手にも——鬼にも手傷を負わせたのだ。突きを捌いたときの副次的な傷ではあったが、それでも、人ならぬものにも刃で傷を負わせることが分かっただけでも意義は大きい。刀で斬《き》れるものなら、

（なんとかなるかもしれねえ）

そう思えた。鬼だろうが物の怪《もののけ》だろうが、刀で傷を負い、血を流すものならば、あるいは、と。

だが――。鬼の右腕を注視した瞬間、薄れかけた「未知のものへの恐怖」が、再び心の中で首をもたげる。

太く長い腕にザックリと刻《きざ》まれた刀傷。そこから、血液のほかにも溢《あふ》れてくるものが見えた。

赤黒い断面の内から、
ぞろり……

這い出て、のたうつ、無数のもの。

「……蛇《へび》……か……!?」

新八の口から驚きの声が漏《も》れる。

血まみれの、黒い蛇。鬼の腕の傷口から無数に湧《わ》き出、長細い体をくねらせて、ぼとぼとと地に落ちる。それら全《すべ》てが生きた蛇だった。蛇は、ほつれた糸のように、傷口からいくらでも湧いて出る。まるで鬼の腕そのものが無数の蛇を縒り合わせて創られたものであったかのごとく。

いったい、目の前で起こっていることをどう解釈すればよいのか。混乱する新八に向かい、鬼が喋《しゃべ》った。

「ウデは……お……オチテ、ナイ……ようだな……ニバン、タイチョウ……」

「手前《てめえ》……!!　俺《おれ》を……知ってるのか？」

驚きに満ちた新八《しんぱち》の問いに、鬼《おに》は直接答えず、

「ツギが、タノシミ……ダ……」

低く、呟《つぶや》いた。

そして、不意に背を向け、ふわり、跳《と》んだ。二階建ての商家の屋根に向かって。驚くべき跳躍力《ちようやくりよく》で壁面の高い位置に張りつき、そのまま、蜘蛛《くも》のようにするすると屋根の上へよじ登る。

「く……クビは……オレ……オレの……モノ、だ」

屋根の上から新八たちを見下ろして、

「渡サヌ」

低く言い捨て、闇《やみ》に消えた。月が黒雲に呑《の》まれるかのごとく、忽然《こつぜん》と。

「……行ったか？」

左之助《さのすけ》が呟き、新八が頷《うなず》く。

気配はなかった。

(まさか、腕の傷のせいでもあるめえが)

理由は判然としないが、消えてくれた。ともかく、この場は切り抜けたということか。

息を吐き、新八は小刀を鞘《さや》に収めた。

鬼の正体《しようたい》のこと。首級《くび》のこと。心は千々《ちぢ》に乱れた。

「殺される……」

声に振り返る。美月《みづき》の放心した顔。

「殺される!! 今度こそ……本当に……!!」

美しい顔が恐怖に歪《ゆが》み、月光の下、まるで幽鬼《ゆうき》のように見えた。

すぐさま左之助《さのすけ》が美月に駆け寄る。

「原田《はらだ》さま、永倉《ながくら》さま……!! お願いや!! お願いやから助けとくれやす!!」

狂ったように叫び、原田の胸にしがみつく美月。新八《しんぱち》も側へ行き、宥《なだ》めにかかる。途端《とたん》、美月は、血にまみれるのも構わず、新八に抱きついてきた。

「……あの鬼《おに》、きっとまた来ます!! うちを殺しに……きっと……今度こそ本当に、うちを……!!」

「……大丈夫だ。俺《おれ》たちがついてる」

優《やさ》しく囁《ささや》きながらも——。新八は、美月の言葉にひっかかるものを感じていた。

(今度こそ本当に……か)

二

美月の住む家は、高台寺《こうだいじ》の塔頭《たっちゅう》、かの伊東甲子太郎《いとうかしたろう》が拠点《きょてん》とした月心院《げっしんいん》のすぐ側《そば》にあった。

小体《こてい》ながら雅《みやび》やかな造りの屋敷で、庭には枝振りのいい桜《さくら》もある。もとはとある富商《ふしょう》の寮《りょう》だったが、戦後のどさくさで持ち主を転々とし、今は中央から来ている役人の持ち物となっている。つまり、美月は「旦那《だんな》」に囲われている身ということになる。若い芸妓《げいぎ》がこんな屋敷に住んでいるところを見れば新八にもピンときた。旦那が明治の役人だというのは左之助から聞いた。新選組と関《かか》わりのある美月が今の商売を続けていられるのも、そういう後《うし》ろ盾《だて》があるからこそなのだと。今でも近藤《こんどう》の墓《はか》を建てると言っている美月が他の男に囲われている点、いささか苦笑がわかないでもなかったが、

（ま、女ってのはそういうもんだ）

達観《たつかん》してもいる。現実に立ち向かい生きてゆく力というのは、男より女のほうが遙《はる》かに上なのだと。おそらく、美月にとって、過去の近藤勇《いさみ》を愛《いと》おしむのと、現在の旦那に仕えるのとは、なんら矛盾《むじゅん》をはらむものではないのだろう。

そんな美月だが、今夜のことでは、やはり神経を病《や》んでしまったらしい。いくらか落ち着いたが、今は、奥の間で寝ている。

新八と左之助は、美月の寝室から一間を隔《へだ》てた庭向きの部屋で飲みなおしている。酒も、新八の傷の手当てに使ったサラシも、左之助が勝手《かって》に捜《さが》し出してきたものだ。

恐慌状態《きょうこう》の美月を家に連れ帰った後、二人はそのまま留《とど》まることにした。旦那の持ち家に男が泊まるのもどうかと思ったが、やはり、今はそうも言っていられない。いつまた、さっき

の鬼《おに》が現れるか分からないのだ。

それに、美月《みづき》の様子が尋常《じんじょう》でなかった。それこそ物狂《ものぐる》いといった体《てい》で、泣き喚《わめ》く、暴れる。

——鬼が来る。うちを殺しに来る——

幼児のごとく二人にすがり、何度も「助けて」と哀願《あいがん》した。

左之助《さのすけ》が宥《なだ》めてようやく寝付いたが——。

「俺《おれ》ぁ、しばらくここに居ようと思う」

行儀《ぎょうぎ》悪く横になったままぐびりとやり、左之助が言った。

「俺もなるべく顔出すようにする」

「頼む」

二人とも黙然《もくぜん》と酒を呑《の》んでいる。話すべきことはあったが、なんとなく、言葉が出ない。つい さっき遭遇《そうぐう》した、信じがたい出来事——。自分たちが『鬼』と闘ったのだという事実。

「未《いま》だに……」

新八《しんぱち》が呟《つぶや》けば、

「信じられねぇ」

と左之助が返す。

すべては、

(夢だったのではないか……)

そんなふうに思える。だが、夢でないことは、腕の傷が嫌でも教えてくれた。首級《くび》は渡さぬ。と、鬼は言った。その言葉が、新八の心に引っかかっている。あれはどういう意味であっただろう。すでに首級を手に入れていて、それを捜《さが》そうとする自分——新八へ「警告」したのか。だとすれば、目的は美月でなく自分だったのだろうか。そもそも、鬼が近藤《こんどう》の女たちを狙《ねら》う理由は？　分からないことだらけだ。そして、もう一つ、新八の心に強烈に引っかかっている言葉がある。

——また来る。今度こそ本当に殺される——

鬼が、また来る。今度こそ、自分を殺しに。だから助けてと、美月は言った。「また来る」とは——。まるで、鬼と会うのが初めてではないような言い方ではないか。

（どうも、匂《にお》うな……）

そんな感触《かんしょく》がしている。美月は鬼について何か知っている。根拠《こんきょ》はないが、そう思えてならないのだ。あの異常なまでの怖《こわ》がり方にも、ただ異形《いぎょう》の物に襲われたというだけの事でない、別の理由があるのではないか。

（俺もしばらくここに腰をすえてみようか……）

と、新八が考えた、そのとき——。

「おい、八《ぱ》っつぁん……」

左之助が立ち上がり、襖《ふすま》に耳を当てた左之助が、小声で呼びかけてくる。襖の向こうは、仏《ぶつ》間《ま》を隔《へだ》て、美月《みづき》の寝所《しんじょ》。

「どうした？」

「もう目を覚ましたらしい。襖《ふすま》を開けて……外へ出るぜ。厠《かわや》へでも行くのか……」

左之助《さのすけ》は、襖に耳を当て、音で美月の動きを探っているらしい。

「いちおう、見てくる」

言って、左之助は部屋を出た。そして、そのまま戻ってこない。

(厠にしちゃ遅《おそ》いな)

新八《しんぱち》が思い始めたころ、「とんとん」と、ごく小さな音が、雨戸のほうから聞こえた。

「左之助か？」

気配を感じ、雨戸越しに声をかける。果たして、雨戸の隙間《すきま》から、「おう」と返事があった。

「なんだって庭なんぞに」

「ちょいと面白いことになってな。隙間から、見えるかい」

左之助に言われ、雨戸を少し滑《すべ》らせ、隙間から外を覗《のぞ》いた。

板塀《いたべい》に包まれた庭の一角。桜《さくら》の樹の下に、灯《あか》りが見える。地に置かれた提灯《ちょうちん》の灯が、ぼんやりと照らし出す。跪《ひざまず》き、一心不乱に地面を掘る、女の姿を。

「……美月は、何をやってるんだ……」

「見てのとおり、桜の樹の下を掘ってるんだよ」

笑いを含んだ左之助の答えに、新八は絶句した。左之助の言うとおり、美月は、寝間着のまま、髪を振り乱し、桜の樹の下の地面を掘っている。道具は使わず、素手《すで》のまま。土下座するような姿勢のまま、一心不乱に。

「……なんでだ」

満足いく答えは得られまいと知りつつ、問わずにはいられない。

「分からねえよ。なんかがあそこに埋まってるんだろうが……」

口ごもり、そのまま左之助は黙った。新八も押し黙り、息をひそめて成り行きを見守る。

闇《やみ》に包まれた庭に、湿《しめ》った土を掻《か》きだす音と、荒い、女の息遣《いきづか》いが響く。

やがて――。美月は、自ら掘った穴の奥から、何かを取り出し、月光の下に掲《かか》げた。いや、掲げるというより、かき抱《いだ》くといった様子に近い。それは、『桶《おけ》』のように見えた。大きさも形も、井戸端《いどばた》で使う水桶に近い。中には水が入っているのか、それなりに重そうだ。

「なんだろう。桶かなんかみてえだが」

新八が囁《ささや》くと、

「首級桶《くびおけ》だったりしてな」

冗談《じょうだん》めかした声が雨戸の向こうから返ってくる。

（首級桶……）

左之助の冗談が、何故《なぜ》か、心に引っかかった。言われてみれば、ちょうど首級一つがすっぽり入る大きさなのだ。美月《みづき》が土中より掘り出した、その桶《おけ》らしきものは。

美月は、それをしばらく胸に抱いていた。そして、愛《いと》しい者へそうするように、頬擦《ほおず》り――。

土にまみれた、木の桶に。

ぞっ……とした。若く美しい女が、自ら掘り出した桶に頬擦りするという、怪《あや》しげな光景に。

新八《しんぱち》は、我知らずゴクリと唾《つば》を飲み込んでいた。

「よし」

不意に雨戸の向こうで左之助《さのすけ》が呟《つぶや》き、その場を離れる。

「どうするんだ?」

「確かめるのさ。あれがなんなのか」

振り返らずに言って、左之助は、美月のほうへ近づいて行った。新八は息を呑《の》み、成り行きを見守る。

「よう」

いきなり、左之助は、美月の背中に声をかけた。雨戸の隙間《すきま》に張り付いた新八の、三間ほど前方。桜《さくら》の樹の下。土にまみれた桶を抱き、美月が、ゆっくりと、背後を振り返る。

「そりゃ、なんだい。美月」

いつものように優《やさ》しく、左之助は聞いた。美月は黙ったまま。じっと左之助を見つめているようだが、新八のところからは遠くて表情も窺《うかが》えない。

「渡さへん……」

不意に、美月が呟いた。

「渡さへん……このヒトは、うちだけのもんや……」

ゆっくりと、歌うような声音《こわね》。

「駒野《こまの》にも、おわかにも、渡さへん……。そうや……あの鬼《おに》にも……渡すものか……!!」

（なんだ。何を言ってるんだ。この女……）

美月の声は新八の耳にも届いている。だが、どういう理由でそんなことを言っているか、訳《わけ》が分からない。

「隠《かく》さな……隠さなぁ……!!　……誰《だれ》にも盗《と》られんように……隠さんと……」

なおも、美月は意味不明のことを喚《わめ》き続けた。左之助が「任せろ」と、こちらへ手を振っているのが見える。

「隠さなあかん!!　はよ隠さんと!!　鬼に盗られるぅ!!」

「まあまあ、落ち着けって」

左之助はわざと緊張感のない声を出し、ゆっくりと、美月との距離を詰める。

「あんた……!!　あんたもこの首級狙《くびねら》っとるんやろ!?　渡さへん……渡さへん!!」

美月の反応は激烈だった。まるで獣《けもの》のごとく歯を剝《む》き、桶を抱いたまま腰を浮かせる。

「落ち着けったら」

「誰《だれ》かに渡すくらいなら……」

いきなり、美月《みづき》が桶《おけ》を地に置き、
めきっ……

という音が響く。桶の蓋《ふた》を開けたらしい。そして、側《そば》にあった提灯《ちょうちん》を掴《つか》み、

「燃やしたる。中は火酒《ひざけ》でいっぱいや。よう燃える……きっとよう燃えるに違いない……!!

あは……あはは……!!」

蠟燭《ろうそく》を取り出して、その炎《ほのお》を桶の中へ放り込もうとした。その瞬間――。

「ちっ」

舌打ちの音が、はっきりと聞こえた。それにやや遅《おそ》れて、
どすっ……

という、鈍《にぶ》く、湿った音も。

「なんだ……？」

何が起こったのか。雨戸の隙間《すきま》から覗《のぞ》いている新八《しんぱち》には、今ひとつ、状況がつかめない。ただ、美月の声が途絶《とだ》えた。それだけが分かる。

しばらくして――。膝立《ひざだ》ちになっていた美月の身体《からだ》が、ずるりと、横へ倒れるのが見えた。

「おい……」

どうなってるんだと、新八は、左之助《さのすけ》に声をかけた。聞こえていないのか、左之助は、倒れ

た美月を見下ろす位置に立ち尽くしたきり、動かない。やがて、大きな溜息《ためいき》。それと共に、左之助の両肩が落ちた。

「馬鹿な女」

一言呟《つぶや》き、左之助は、倒れた美月のすぐ側《そば》へ。偶発的《ぐうはつてき》な事故か。ともかく、美月の介抱《かいほう》をするのだろうと、新八は思った。が――。左之助は、倒れている美月には手も触れず、その側にあった例の桶を手にとった。

「左之助……」

どうもおかしいと、雨戸を開け、新八は友の名を呼ばわった。しかし、左之助は、その声が聞こえていないかのように、落ちていた蓋を拾い、桶の上に被《かぶ》せる。

「左之助!!」

不安からか、自分で驚くほどの大きな声。しかし、今度は聞こえたであろう新八のその声にも、左之助は返事をしなかった。代わりに、背を向け、桶を抱えたまま庭の隅《すみ》――塀《へい》のほうへ歩いてゆく。そして、ひらり、跳《と》んだ。まるで猫を思わせる身軽さで、薄い板塀の上へと。

「――八《ぱ》っつぁんよう」

と、ここで初めて、左之助は、新八に声をかけてよこした。信じがたいことに、左之助は、ごく薄い板塀の上に立っている。左之助にこんな軽業《かるわざ》じみたことができるなぞ、新八にとっては思いもよらぬ。雨戸を押し広げ、唖然《あぜん》としている新八に、

「悪いこた言わねえ。江戸へ帰《け》えんな」

言い残し、左之助《さのすけ》は、塀《へい》の向こう側へ消えた。

「…………」

絶句。放心。しばらくの間、新八《しんぱち》は無言のまま立ち尽くした。目の前で起きたことの意味が、まったく分からない。

「まさか……」

最悪の想像が脳裏《のうり》を巡る。

「まさか……」

もう一度呟《つぶや》き、新八は外へ出た。覚束《おぼつか》ない足取りで、一歩。

ふと人の気配を感じ、顔を上げる。塀の上に、誰《だれ》かが立っている。そこに、あの屈託《くったく》のない笑顔があればと、本気で願った。しかし、そこに立っていたのは、漆黒《しっこく》と紅蓮《ぐれん》の衣《ころも》を身にまとった、美貌《びぼう》の忍《しのび》。

「篝炎《かがほ》か」

虚《うつ》ろな口調で、忍の名を呼んだ。篝炎は、傷《いた》ましげな瞳《ひとみ》を新八へ向け、無言。

「おまえ、なんでここに……いや、それはいい。ともかく……」

新八は、一瞬、歯を食いしばり――言った。

「追ってくれ。近藤《こんどう》の首級《くび》かもしれん」

こくり頷《うなず》き、篝炎は闇《やみ》に消える。

残された新八は、桜《さくら》の樹の下へ。横たわったまま動かない、美月《みづき》の側《そば》へ跪《ひざまず》いた。

白い寝間着が真っ赤に染まっていた。胸に小さな孔《あな》があき、孔の周囲を真紅《しんく》の華《はな》が飾ってい
る。いったい何が起こったのか――。槍《やり》で貫かれでもしなければ、こうはなるまい。胸に穿《うが》た
れた孔から大量の鮮血を流しながら、しかし、美月は、まだ死んではいなかった。ゆるく胸が
上下している。

「美月……」

呼びかけると、喀血《かっけつ》し、

「なが……くら……さま……」

弱々しく、囁《ささや》いた。

「誰《だれ》に……誰に、やられた」

無益《むえき》なことを聞いている。新八は、自分でそう思った。

「何か、言い残すことはないか」

言い直して、新八は、美月の細い手をとった。

「……聞いて……ください……うち……うちは……」

新八の手を握り、喘《あえ》ぎ喘ぎに、美月が言う。

「あんな……あんな惨《むご》い真似《まね》……しとらん……あのとき、いきなり、鬼《おに》が……出てきて……う

たん……う……うち……確かに……駒野《こまの》さん……おわかさん……殺しち……夢中で……逃げて……」

「惨《むご》い真似《まね》？　なんの話だ？」

「手足、切《き》り刻《きざ》んだり……腸《はらわた》……食らうたり……」

「殺した⁉　おい、それぁ、いったい、どういうことだ。まさか……」

まさか。新八《しんぱち》は、血を失って冷たくなってゆく女の「告白」を聞き、慄然《りつぜん》とした。

「まさか、おわかと駒野を殺したのは、おまえなのか⁉」

思わず、強い口調で問う。新八の腕の中で、美月《みづき》は、小さく頷《うなず》いた。

「何故《なぜ》だ。何故、殺した」

重ねて問うたが——。もはや、美月の瞳《ひとみ》には、新八の顔は映っていない。

「……うちのところへ……帰ってくるて……言うて……くれた……」

その一言を残して、女は事切《ことき》れた。

絶望と混乱とに五体を縛《しば》られた、男の腕の中で。

三

「動いた……」

水盤《すいばん》を覗《のぞ》き込み、土御門《つちみかど》メイは小さく声を上げた。

水底には京の地図が沈められている。灯《あか》りを反射《かえ》す水面と、ゆらめく地図。ふつうの人間にはそれしか見えない。

だが、メイには、水面を滑《すべ》るように動く小さな星のようなものが見えている。消えては現れ、現れては消え――。メイの持つ類稀《たぐいまれ》な異能《ちから》を持ってしても容易《ようい》には追えない、微弱な星。地図上でいう東から西へ。四条通りを真っ直ぐ、祇園《ぎおん》から壬生《みぶ》へと。

「ついに地上へ出てしまったか……」

側《そば》に座る中年の神官《しんかん》、安倍晴清《あべはるきよ》が、沈痛な面持《おもも》ちで呟《つぶや》く。

「むこうも気ぃついたと思う。邪魔《じゃま》してたチカラ、いきなり弱あなったもの」

「メイ。いや……晴明《せいめい》さま」

「わかってる」

少女は、少し緊張した顔つきで立ち上がり、

「京はうちがまもる」

くるり、背を向けた。

炯《けい》と光る瞳《ひとみ》。きゅっと引き結んだ唇《くちびる》。表情に、幼いながらの決意が滲《にじ》む。

「待て、私も……」

言いかけた――安倍《あべ》が、押し黙る。

振り返らず、メイが首を振っていた。

「……分かっているのだ。私のごとき凡愚《ぼんぐ》がついて行ったところで足手まといにしかならぬと」

独り言《ひとりごと》めいた、安倍の呟《つぶや》き。

美しすぎる「巫女《みこ》」の表情が、一瞬、幼い童女《どうじょ》のそれに戻りかけたが――。

振り返らず、小さな背中越しに、メイは言った。

「いってきます。兄さま」

歩き出す『晴明《せいめい》』の左右に、「ぽう」と、狐火《きつねび》が現れ、主《あるじ》に続く。

四十以上も離れた実の妹の背を見つめ、安倍は祈《いの》るように呟いていた。

「永倉《ながくら》さま。どうか……」

四

すでに八つ（午前二時）を過ぎていたが、八木源之丞《やぎげんのじよう》は「御免《ごめん》」の一言で寝間の襖《ふすま》を開けた。

新八《しんぱち》が無礼を詫《わ》びると、

「なんとのう胸騒ぎがしておりました」

笑って言った。

源《みなもと》清麿《ときよまろ》・二尺三寸五分。

同田貫正国《どうたぬきまさくに》・二尺五寸。

その二本の刀を、新八は、八木源之丞から借り受けた。使い物にならなくなった井上真改《いのうえしんかい》の代わりだ。二本とも大刀のみを腰に差す。脇差《わきざし》は長いほど良いというのが新選組流で、大刀二つというのはそれを極端にしたものといえる。乱戦においては刀が折れることなど珍しくもない。大刀が折れれば小刀を抜き放って闘うことになる。なれば、脇差は、大刀の代わりとなり得るものでなくてはならない。ならば、最初から大刀二本を――というわけだ。さすがに大刀二本となると重く、座りが悪い。いざ実戦となれば、一本は鞘《さや》ごと抜き捨てて使うことになるだろう。

幸い、八木源之丞は幾つもの刀剣を所持していた。歴史ある郷士《ごうし》の家であり、しかも、新選組という武張《ぶば》った団体と密接に関《かか》わっていただけあって、当主自身、刀剣の収集に積極的でもあった。無論《むろん》、表立ってのことではないが。

清麿も同田貫も、新八の「虎徹《こてつ》のような、切れ味鋭く、しかも頑丈《がんじょう》なやつが欲しい」という新八の注文に応《こた》え、源之丞自ら選んだものだ。どちらも、反《そ》り浅く、重ねの厚い、剛刀《ごうとう》。

源之丞は、何も聞かなかった。聞かずとも分かる。清麿と同田貫の両方を腰にぶちこんでいるのだ。実戦——それも、そうとう荒っぽい闘いに臨《のぞ》むのだろうとピンとくる。

だいたい、最初から顔つきが違っていた。いつもは屈託《くったく》のない笑みの浮いている童顔なのだが。今夜は、怒ったような、泣きそうになるのを噛《か》みこらえているような——。粋《いき》で快活なこの青年にふさわしくない顔。いつになく余裕《よゆう》をなくしている。

「どうか、お気をつけて」

「かたじけない」

それだけの挨拶《あいさつ》を交わし、二人は別れた。

八木邸を出たところで、篝炎《かがほ》が新八を待っている。

「南門の墓地《ぼち》」

いつも通りのぶっきらぼうさで短く言い、先に立って歩き出す。

「南門——。まさか、壬生寺《みぶでら》のか」

問われて、篝炎《かがほ》はちょっと振り返り、新八《しんぱち》に向かってこくりと頷《うなず》いてみせた。

「目と鼻の先じゃねえか……」

このまま歩けば、すぐに、壬生寺《みぶでら》南門筋向《すじむか》いの共同墓地《ぼち》に行きあたる。ここには、壬生村の農民たちだけでなく、新選組絡《がら》みの死者も多く葬《ほうむ》られていた。隊規違反《たいき》で腹を切らされた者。派閥《はばつ》闘争の過程で粛清《しゅくせい》された者。拷問《ごうもん》の末《すえ》に死んだ捕虜《ほりょ》など。壬生の屯所《とんしょ》から出た死骸《しがい》のうち、ほとんどがここへ葬られた。有名なのは、新選組のもう一人の局長芹沢鴨《せりざわかも》だろう。創立時の中心人物であったが、酒乱からくる異常な言動を重ね、ついには近藤《こんどう》を頭《かしら》とする試衛館《しえいかん》一党の手で粛清される。これ以降、新選組の実権は、名実ともに近藤の手に渡った。

つまるところ、今から向かう場所には、土方《ひじかた》によって命を断たれた人間が揃《そろ》って埋められている、ということになる。背《そむ》けば切腹《せっぷく》という苛烈《かれつ》な隊規を作ったのも土方なら、捕らえた志士《しし》の拷問を指示したのも土方、芹沢暗殺《あんさつ》もまた土方自身が手を下した。

「墓場《はかば》に……何の用があるってんだ、あいつ……」

歩きながら――。新八が呟《つぶや》くと、篝炎が、

「待ち合わせ。相手は、あの異人の女」

こともなげに答えた。

「異人の女だと!? 土方と一緒にいた、シスター・アンジュとかいう尼《あま》のことか」

「そう。あの女に、首桶《くびおけ》を渡してた」

「…………」

やはり、左之助《さのすけ》はあ、ち、ら、側の人間だということか。明治の世の全《すべ》てを「ぶち壊す」と言った、あの土方歳三《としぞう》の仲間だということなのか。信じられない。いや、信じたくなかった。

（左之助とだけは……）

刃を交えたくはないのだ。

「仲間、だった人――なの？」

不意に立ち止まり、篝炎が聞いてきた。珍しく、口調にためらいがある。

思わず、新八は苦笑した。こんなぶっきらぼうな少女に気を遣《つか》われてしまった。

「原田《はらだ》左之助。新選組の十番隊長だった男さ」

「そう……」

呟いて、篝炎はまた歩き出した。何か言いたそうな背中だ。

「左之助が、どうかしたか」

新八が言うと、しばらくの無言の後、篝炎は歩きながら喋《しゃべ》りだした。

「気のせいだと思ったけど……。ウェンカムイの臭《にお》いがした。最初、四条橋で見かけたとき」

「うぇんかむい？」

「悪霊《あくりょう》、怪物《かいぶつ》」

「そいつに、取《と》り憑《つ》かれてるってことか」

「上手《うま》く説明はできないけど」

珍しく、篝炎《かがほ》は下を向き、何事か考えていたようだったが、

「ごめんなさい」

唐突《とうとつ》に、ぽつり、呟《つぶや》いた。

「……ん？」

新八《しんぱち》は首を傾《かし》げた。少女の一言が意外すぎて、またぞろ蝦夷《えぞ》の言葉かなにかと思ってしまったのだ。

「四条橋で、一言注意しておくべきだった」

「あぁあぁ……」

ようやく、篝炎が自分に謝ったのだと気づいた。

「おまえが謝ることたあねえよ。いきなり友達のことをそんなふうに言われても、なぁ」

なんだか、謝られた新八のほうがバツが悪い。

「あのときは、五条橋のほうで人が集まってるのが気になってた」

「五条橋……。そうか。駒野《こまの》の死体が上がったのは暮れ六《む》つだと言ってたが。おまえ、そっちを探ってたんだな」

左之助《さのすけ》が新八の旧知《きゅうち》らしいと分かると、すぐさま、篝炎は南の五条橋へと下った。先刻から、そちらで人が集まって騒いでいるのが気になっていたのだ。中央から出向してきている官吏の

中に岩倉具視《いわくらともみ》の息がかかった者がいて、そちらから情報を吸い上げてもいるが、忍《しのび》である篝炎は自分自身の足による諜報《ちようほう》を重視している。近藤《こんどう》の首級《くび》と関係あろうとなかろうと、市中で事件が起こればすぐさま現場へ向かう。おわかが殺された時と同様。

そして、五条橋で、篝炎は、おわかに続いて駒野が殺されたことを知った。それも、腹を割《さ》いて内臓をぬきとるという猟奇的《りようきてき》な手口。

殺されたのは二人とも近藤勇《いさみ》の愛妾《あいしよう》。篝炎は、おわか・駒野殺しについてもう少し詳《くわ》しく調べてみる気になった。近藤の首級へと繋《つな》がってゆくのかどうかは全くの不確定だが、ワカツネの線が消えた現在、目に見える線は他《ほか》にない。

「調べていくうち、死体が見つかる前日、おわかの家を二人の女が訪ねてることが分かったわ」

事件担当の篠山藩与力《ささやまはんよりき》の調べによれば——。おわかの死体が見つかった、その前日の夜遅《おそ》く、おわかの自宅に入っていく二人の女が目撃されているという。二人とも艶《あで》やかな美貌《びぼう》と洗練《せんれん》された所作《しよさ》。おわかの前職を知っている周囲の住人者には一目で花柳界《かりゆうかい》の者と知れた。

篝炎は丹念《たんねん》に現場周辺の聞き取りを行い、目撃者の証言やおわかの交友関係を探っていった。

結果、二人の女の素性《すじよう》について、目星をつける。

一人は、おわかと同じ近藤勇の愛妾だった元芸妓《げいぎ》、駒野。

そして、もう一人。これも同じく近藤と深い関係あったと思われる現役の芸妓、美月《みづき》。

このところ、おわか・駒野・美月の三人はおわかの家に集まることが多かったらしく、新選組への嫌悪感が未《いま》だ根深い町衆《まちしゅう》に白眼視《はくがんし》されていたという。

女たちが集まってなにをしていたかは定かでないが。おわかの家に三人が集まった次の日に、おわかと駒野《こまの》は死体となって発見された。三人のうち生きているのは美月《みづき》のみ——。

「それで美月の家を張ってたのか」

「ええ」

「ご推察の通り、おわかと駒野を殺《や》ったのは美月だよ」

新八《しんぱち》は、美月の亡骸《なきがら》はとりあえず寝所《しんじょ》に置いてきたことと、息を引き取る直前の美月の告白を篝炎《かがほ》に伝えた。近藤《こんどう》を巡る感情的なもつれから、美月がほかの二人を殺したのはまず間違いない。しかし、血をすすったり内臓を食らったりという行為については否定している。おわかと駒野を殺した直後、衝動《しょうどう》殺人の動揺に震える自分の前に、突如《とつじょ》あの「鬼《おに》」が現れたのだと、美月は言った。恐慌《きょうこう》をきたし、その場から逃げ出したのだと。

「鬼って……土御門《つちみかど》の当主が言っていた、例の？」

「そうだ。美月を家に送る途中、出くわした」

新八は手短《てみじか》に鬼との遭遇戦《そうぐうせん》を報告した。篝炎は別段《べつだん》驚くふうでもなく聞いて、

「殺したのは美月で、腸《はらわた》を食らったのは、鬼……」

呟《つぶや》いた。声に出すことで自分の考えを確認しているかのように。

「そもそも、鬼がなんのためにおわかの家に現れたのかが分からねぇ」

「ワカツネから、首級《くび》は美月が持ってると聞き出したから、美月のあとを追って」

「だったら、なんで逃げる美月を見逃したんだ。目の前にあるご馳走の方が気になったってわけかい」

あるいは、本当にそうなのかもしれないと、新八は思った。ワカツネの殺され方などを見ていると、鬼の異常なまでの残虐性《ざんぎゃくせい》が見てとれる。自分たちと同じく近藤の首級を捜《さが》しているらしいが、その任《にん》と己《おのれ》の欲を満たすこと、どちらを優先させるのか——鬼の基準など、新八に分かろうはずもない。

「ともかく、首級だ。本当にあれが近藤の首級かどうか、確かめなくちゃならねえ」

混乱気味の思考《しこう》を断ち切り、新八がきっぱりと言った。今やるべきことを単純化して口にすることで、迷いを払う。

「もし、首級だったら？」

「ぶん盗《ど》る」

努《つと》めて明快に、新八は答えた。それを為《な》そうとすれば必ず起こるであろう、相手方との衝《しょう》突《とつ》については敢《あ》えて触れず。

二人は、すでに墓地《ぼち》の敷地内へ足を踏み入れていた。足元には茫々《ぼうぼう》と夏草が生い茂り、前方には月光を浴びて薄蒼《うすあお》く浮かび上がる墓標《ぼひょう》の群れ。歪《いびつ》に捻《ね》じ曲がった樹々が疎《まば》らに生えており、それらが巨大な幽鬼《ゆうき》を思わせる。そんな不気味な景色の中を、新八と篝炎は歩いてゆく。

「むっ」

と、新八《しんぱち》は足を止めた。なにかやわらかいものが、ぬらり、足袋《たび》に草鞋《ぞうり》の足先に触れた。足元を見ると、蒼黒《あおぐろ》い、細長いものが下草の合間を這《は》っている。

蛇《へび》――。

それも、一匹ではない。畳《たたみ》半分ほどの空間に十数匹もの蛇が犇《ひしめ》いていた。

「また蛇か」

ペッと唾《つば》を吐き、新八は忌々《いまいま》しげに呟《つぶや》いた。鬼《おに》の腕を斬《き》ったとき傷口からこぼれ出てきた無数の蛇が思い出される。

それにしても、草むらの中を這う蛇の多さは尋常《じんじょう》なものではなかった。見えないだけで、蛇が蠢《うごめ》いているのは足元だけでないらしい。耳を澄《す》ませば、周りの草むらから、数十、数百の蛇が身をよじる、

かさかさかさ……

不気味な音が響いてくる。

「皆、同じ方向を目指してる」

篝炎《かがほ》が言うように、蛇たちは、新八らの進行方向――墓地《ぼち》の中心部へ向かって這っているようだった。

無数の蛇たちが目指す先に視線を向ける。

林立する墓標《ぼひょう》の合間を動く、二つの人影があった。

「あれか」

新八が問い、篝炎が黙って頷《うなず》く。

同田貫《どうたぬき》。腰から鞘《さや》ごと引き抜き、左手にひっさげ歩き出す。

次第《しだい》、次第に、足元の雑草が疎《まば》らになってゆく。墓標が並ぶ中心部は草が抜いてあり、黒く湿《しめ》った土が曝《さら》け出される。下草がなくなったせいで、足元を這う蛇の異常なまでの多さが改めて分かった。文字通り、地を覆《おお》いつくしている。百や二百ではきくまい。数千匹はいるであろう。この狭《せま》い京の都のどこにこれだけの蛇がいたのかと驚くほどの数。

無数の蛇たちが一斉《いっせい》に目指すのは、二つの人影。

「とりあえず、俺《おれ》が左之助《さのすけ》と話す。おまえは隠《かく》れて様子を見ててくれ」

頷いて、篝炎は新八から離れ、闇《やみ》に紛《まぎ》れて姿を消した。

新八は、そのまま真っ直ぐ歩き、墓地の中央部へ。

やがて――。

墓標が建ち並ぶ中、五間（約九メートル）の距離をもって人影と対峙《たいじ》した。

「帰れっつったのに」

ため息混じりの、しかし明らかな笑みを含んだ声音《こわね》。

「帰るさ。近藤《こんどう》の首級《くび》を見つけたら」

殺伐《さつばつ》と言い放った新八《しんぱち》の視線の先に、二つの人影の一つ、原田左之助《はらださのすけ》が立っていた。足元には無数の蛇《へび》たち。そして、茶色い油紙に包まれた『瓶《かめ》』のようなもの。左之助が美月《みづき》から奪った木桶《きおけ》の、それが「中身」であるらしい。油紙の梱包《こんぽう》は半《なか》ば解《ほど》かれており、上部──口の部分が露出《ろしゅつ》している。あるべき蓋《ふた》は取り去られていた。

そして──。封を解かれた瓶の前に、尼僧姿《にそうすがた》の女が跪《ひざまず》いている。あの恐るべき幻術《げんじゅつ》の使い手、シスター・アンジュ。

「ドゥフマ・アンガス。汝蛇《なんじ》よ。汝地を這《は》うもの。禁断《きんだん》の知識と復活を司《つかさど》る闇《やみ》の神……」

蓋を取り去った瓶を前にして、女は、なにやら呪文《じゅもん》のようなものを呟《つぶや》いている。その手には透《す》き通った硝子《ガラス》の筒があり、中に満たされた液体を、ぽたり、ぽたり、瓶の中へと落とした。

「ドゥフマ・ファングス。汝闇の華《はな》よ。地下の草木。骸《むくろ》を糧《かて》とするもの……」

周囲には、蠢《うごめ》く無数の蛇。そして、なんの意味があるのか──地に突き刺した抜き身の刀が十二本。尼僧を取り囲むようにずらりと並んでいた。偶然か必然か、刀は、それぞれ、誰《だれ》のものとも知れぬ墓標《ぼひょう》の前にある。

「アル・ヌン・クルクス・バフォメット。陰《いん》と陰との交わりにより陽《よう》を顕《あらわ》すべし」

蛇と刀とに囲まれ、尼僧は呪文を唱え続けた。瓶の中へ流し込む液体がなくなると、空《から》になった硝子管を捨て、懐《ふところ》から、また新しい管を出し、その妖《あや》しげな行為を続ける。

シスター・アンジュの行動が気にはなったが、新八は、

「まず、確認しときてえ。その瓶の中身がなんなのか」

左之助に、そう切り出した。左之助はこともなげに答える。

「想像通りさ」

——と。

「近藤勇《こんどういさみ》の、首級《くび》。間違いないか」

「間違いなく——。メリケンの火酒《ひざけ》に浸《ひた》された、俺《おれ》たちの大将の首級だよ」

火酒とはすなわち蒸留酒《じょうりゅうしゅ》のこと。強い酒精《しゅせい》が腐敗《ふはい》を防ぐため、切り取られた首級をこれに漬《つ》けこめば長期間保存することができる。純度の高い舶来品《はくらいひん》は非常に高価だが、新政府は、江戸で斬《き》った近藤の首級を京都で晒《さら》したいがため、わざわざこれを用いた。

「美月のおかげで、保存の状態はすこぶるいいぜ。火酒は新しいものに代えてあるし、ギヤマンの壺《つぼ》も舶来品だ」

油紙に包まれており、中身を覗《のぞ》くことはできないが——。どろりとした羊水《ようすい》のごとき液体の中に浮かぶ近藤勇の顔を想像し、新八は慄然《りつぜん》とした。

——水が、霊視《み》える——

土御門《つちみかど》メイの霊視《れいし》は、このことを指していたのか。

「おまえら……今更《いまさら》そんなものを、いったい……何のために……」

このとき、新八は、ついに目的のものをみつけたという喜びとは無縁《むえん》の心境だった。困惑《こんわく》。

それだけが胸のうちに渦巻《うずま》く。

美月《みづき》が近藤《こんどう》の首級《くび》を求めた理由は分からなくもない。火酒《ひざけ》に漬《つ》け、ギヤマンの壺《つぼ》に入れ、身近に埋めた。歪《ゆが》み、常軌《じょうき》を逸《いっ》してはいるが、愛した者を永遠に己《おのれ》だけの物としたいという「気持ち」だけは想像に難くない。人を想《おも》うという感情が、時に、本人にも御《ぎょ》しえぬ怪物《かいぶつ》を生むこともある。

しかし——。左之助《さのすけ》やこの異人の尼僧《にそう》が近藤の首級を求める理由はなんなのか。それが、新《しん》八《ぱち》には分からない。

「答えろ左之助。いったい何をしようとしてる。死人の首級なぞ持ち出して」

新八の問い。しかし、その答えは、一層、新八の困惑《こんわく》を大きなものにする。

太く鋭い犬歯を剝《む》いて笑い、左之助は言った。

「決まってるだろ。近藤さんに帰ってきてもらうのさ」

「帰ってきてもらう？　意味分かんねえよ」

言葉を返しつつ、新八は、胸がどきどきしてくるのを感じている。頭の中には、魅雷《みかづち》神社での神官《しんかん》・安倍《あべ》晴清《はるきよ》との会話が蘇《よみがえ》る。死人は目覚めないと言った新八に、晴清は、術によって死人をこの世に還《かえ》すことは可能だと答えたのだ。『晴明《せいめい》』の名を継《つ》ぐ土御門《つちみかど》メイ、そして、その晴明が張った結界《けっかい》の内で幻術《げんじゅつ》を用いたシスター・アンジュ、その二人であれば——。

「言葉通り。あの世からこっちへ、帰ってきてもらうってんだ。ま、黙って見てろよ。今、このシスター・アンジュが、近藤さんの魂《たましい》をこの首級に」

「付き合ってらんねえ」

左之助の言葉を遮《さえぎ》り、新八は一歩前に出た。

「もう一つ、確認しとくぜ。そこの尼《あま》と土方歳三《ひじかたとしぞう》。おまえの仲間なんだな」

「そういうことになる」

「おまえ、最初から……」

「誤解するな八《ぱ》っつぁん。出会ったのは、たまたまだ。あんたをどうこうしようって気持ちは、い、俺にはねえ。土方とつるんでるのを隠《かく》してたことは悪かったけどよ。友達と一緒に酒を飲みてえと思った気持ちは本当だぜ」

「ああそうかい」

言い捨て、新八は、笑った。笑うしかないではないか。あんなに仲の良かった左之助が、『敵』の側に与《くみ》していたのだ。

「近藤勇の首級、こっちへ渡す気はねえか」

ゆっくりと、左之助に向かって歩き出す。

「ねえな」

「わかった」

呟《つぶや》いた新八の親指が同田貫《どうたぬき》の鍔《つば》にかかる。

「ったく――。あんたとは殺《や》り合いたくなかったってのに」

苦《にが》く笑いつつ、左之助《さのすけ》も前へ。地に刺した刀の結界《けっかい》から抜け出て、シスター・アンジュを新《しん》八《ぱち》の視界から隠《かく》すように。ぶらり、両手は下げたまま。錫杖《しゃくじょう》は美月《みづき》の家に置いてきている。刀も差しておらず、無手《むて》。

「やめとけ左之助。無駄《むだ》だ。得意《とくい》の槍《やり》があるなら話は別だが、丸腰じゃ俺《おれ》は止められねぇ」

退《ひ》いてくれと言ったつもりだった。いくら自分が生き残るためとはいえ、左之助だけは斬《き》りたくない。

しかし――。左之助は新八の警告を容《い》れようとはしなかった。

代わりに、

「槍かい？　それなら――」

いきなり背を向け、威勢《いせい》よく諸肌《もろはだ》を脱いだ。

「此処《ここ》に有る」

ばっと大きく両腕を広げ、逞《たくま》しい背を露《あらわ》に。

「む……!?」

思わず、新八は呻《うめ》いていた。三間（約五・四メートル）先に浮かび上がる左之助の背中。そこに異常が起こりつつあるのを、見た。

ごりっ……

湿《しめ》った音とともに、それが、うねる。

ごりっ　ごりっ

筋肉の束とは別の、太くて長いもの。背中に張り付いているかとも思えたが、そうではない。そいつは、人体の内側——皮膚《ひふ》の真下に居《お》り、しかも、動いている。不自然に盛りあがった皮膚の動きで、右に、左に、くねるのが分かる。その動きは、まさしく「蛇行《だこう》」。

(身体《からだ》の中に……蛇《へび》……だと……!?)

またしても、蛇。それも、かなりの大きさ。胴《どう》の太さは、大人《おとな》の手で摑《つか》みきれるか、やや足りぬかといったところ。長さは判然としない。それほど、長いのだ。左之助の腰の辺《あた》りから脇腹《わきばら》へと上り、菱形《ひしがた》の頭の部分が、背中から右肩のあたりで蛇行しているのが分かる。さらに、

みちっ……みきっ……

右肩から上腕へ。巻きつきながら、腕の先へと伸びてゆく。

「久しぶりに見せてやる。種田《たねだ》流《りゅう》の槍捌《さば》き」

背を向けていた左之助が、ゆっくりと向き直る。身の内くねる大蛇《おろち》に巻きつかれた右腕をこっちへ向けながら。

「シスター・アンジュより授かった、この『蛇神《じゃしん》ノ槍《やり》』で」

突き出された掌《てのひら》から、爆《は》ぜるように、血潮が噴《ふ》き出した。転瞬《てんしゅん》、舞い散る血の華《はな》を突き破り、ぎらり、白銀の閃光《せんこう》が奔《はし》る。

ごっ!!

空気を裂く音。重く鋭い衝撃《しょうげき》。

咄嗟《とっさ》に首を振り、ぎりぎり、かわしたはずだった。左之助《さのすけ》の掌《てのひら》から突き出され、己《おのれ》の顔面に向かって迫ってきた、なにか。掠《かす》っただけ——それでも、新八《しんぱち》の頬《ほお》は裂け、顔半分にビリビリと痺《しび》れるような衝撃が残った。

(銃で撃たれたのか?)

最初、新八はそう思った。あまりに凄《すさ》まじい衝撃と、三間という遠い間合《まあ》いのせいで。

だが、違った。弾丸ならば、元の軌道《きどう》を戻ったりはしない。

繰り出されたのと同等の速さで光条《こうじょう》が引き戻される。ずしり、低く構えた、左之助の手の内へ。

「流石《さすが》、八《ぱ》っつぁん。そうこなくちゃな」

太く逞《たくま》しい牙《きば》を剥《む》き、左之助が笑う。その手にあるのは、六尺ほどの、白銀の槍《やり》。いや——槍の形をした大蛇《おろち》というべきか。先端の穂先《ほさき》にあたる部分をよく見れば、それが、刃物ではなく、蛇の頭だということが分かる。菱形《ひしがた》の頭部には二つの目があり、刃物さながら鋭く尖《とが》った口先からは、ちろちろと赤い二股舌《ふたまたした》が伸びていた。だが、柔らかであるはずの長大な胴《どう》はピンと真っ直ぐに伸び、一本の棒と化している。その中央を、前に出した左手が握り、後端——通常の槍でいう石突《いしづき》の部分は、後ろへ引いた右手のなかにすっぽりと包まれて、見えない。

「左之助、おまえ……」

柄《つか》に手をかけた抜刀の姿勢のまま、新八は固まったように動かなかった。

（有り得ねぇ）

蛇が槍になるなど。しかも、六尺ほどの長さのそれが伸び、三間先の自分に襲いかかるなど。

この世の理《ことわり》の外のこと。

「どうだい。いい槍だろ？　身体《からだ》の内に巣食《すく》う大蛇が、掌から槍となって外へ出る。御覧《ごらん》のとおり――」

言いつつ、
しゅっ!!

左之助が槍をしごく。半歩も前へ出たとも思えなかったが、

「くっ……!!」

新八は、切羽詰《せっぱつま》った動きで後退せざるを得なかった。六尺ほどにしか見えなかった槍の穂先――鋭く尖った白蛇の鼻先が、三間の距離を瞬時《しゅんじ》に詰め、再び眼前に迫ってきたのだ。

「長さは、自由自在。便利なもんだろ」

新八に見せつけるためなのか、左之助は、さっきよりゆっくりと大蛇の槍を引き戻した。通常の槍を引く動作とはあまりに違う。左手も右手も、前に突き出したままなのだ。それなのに、三間もの長さに伸びた槍が、ずるり、ずるりと、手元へ引き戻されてゆく。いや――。根元方

向から、右手の掌《てのひら》のなかへ吸い込まれてゆく。そして、掌から体内へと入った大蛇《おろち》が、皮膚《ひふ》の下でくねる。手首から腕へ、腕から肩へ、螺旋《らせん》を描きつつ。

「身体《からだ》ン中をこいつがゴリゴリ動いてく感触《かんしょく》がたまらねえ」

くすぐったそうに身をよじりながら笑う、かつての友へ、

「……おまえ、本当に原田左之助《はらださのすけ》なのか……⁉」

新八《しんぱち》は、硬《かた》い表情でそう問うた。問わずとも、目の前にいるのがこの世のものでないと分かってはいる。しかし、問わずにはいられなかった。何かの間違い、性質《たち》の悪い冗談《じょうだん》、悪夢《あくむ》、なんでもいい。自分の友達が人でないモノになってしまったのだという事実を否定する材料が欲しかった。

そんな「人の心」を、左之助が嘲笑《あざわら》う。

「俺《おれ》が本当に俺かって？　おいおい、あんまややこしい事聞くなよ。もともと頭のできァ良くねえんだ。それに――」

頭の包帯を荒々しく引きちぎり、左之助は、「上野でやられた」と言っていた左目を顕《あらわ》にした。

「今、頭ン中こんなだからワカンネエ」

言って、げらげら笑う。左之助の、左目。いや、左目があった場所。そこから、ずるり、這《は》い出てくるものがある。

蛇《へび》――。右手と同じように、左の眼窩《がんか》からも白蛇《はくじゃ》が顔を出し、鎌首《かまくび》をもたげ、ちろちろと赤い舌《した》を蠢《うごめ》かせていた。外へ出ているのは頭から一尺ほど。ならば、その長い胴体《どうたい》のほとんどは、左之助の頭蓋《ずがい》の中、ということになる。

「ともかく、原田左之助は一度死んだ。それだけは確かだな」

あっけらかんと言い放ち、また、笑う。その左目があるべき場所からは白蛇が這い出、鎌首をもたげている。

ここは地獄《じごく》か。悪夢のごとき光景が、まさしく、眼前に在る。

「……迷うたか、左之助」

長い絶句の後、ようやく、新八はそれだけを呟《つぶや》いた。心の揺らぎを抑《おさ》えこみ、腹の底から声を搾《しぼ》り出す。

「迷わねえ」

成仏《じょうぶつ》できずに迷い出たのかという新八の問いに、左之助は、少しずれた答えを返した。「あのとき、決めた」と。

「……地獄《じごく》と化した上野……砲弾の雨の下、仲間たちの死骸《しがい》と血の海の中で、心に決めた。あいつらに、同じ地獄を味わわせてやる……！　薩長《さつちょう》のクソどもが作り上げた、この明治の世ってやつ、その全《すべ》てを」

笑っている――左之助の独眼《どくがん》に、炎《ほのお》が宿る。

「劫火《ごうか》の中に叩《たた》っこんでやる」

狂気という名の、蒼《あお》き炎《ほのお》。

「近藤《こんどう》さんの復活は、そのための第一歩だ。だから──」

右手一本、槍《やり》の先を新八《しんぱち》へピタリと向ける。

「邪魔《じゃま》させねえ。たとえ、親友《とも》と呼んだ男でも」

「………」

黙ったまま、新八は、狂気に満ちた視線を真正面から受けた。

(そうか……)

驚きは、もう、過ぎ去った。

(やはり、原田左之助《はらださのすけ》は上野で死んだのだ)

そんな、妙な「納得《なっとく》」が心中にある。

妻子への恋慕《れんぼ》から靖共隊《せいきょうたい》を去り、京都へ向かう途上《とじょう》の江戸で立《た》ち往生《おうじょう》し、ついには、自暴《じぼう》自棄《じき》となって、上野での挙兵《きょへい》に加わり──死んだ。官軍の砲火によって、虫けらのように。そして、今。いかなる魔道《まどう》の業《わざ》によるものか。魔人《まじん》として蘇《よみがえ》り、新しい世への呪詛《じゅそ》を吐く。かつての親友《とも》の浅ましい姿を目の前にして、驚きが過ぎ去った後の新八の心境は、

「哀《あわ》れ」

その一言につきた。

「せめて――」

手にした同田貫《どうたぬき》を、目の高さに。

「俺《おれ》の手で」

抜刀。鞘《さや》を捨て、正眼《せいがん》に構えた。

せめて、自分の手で引導《いんどう》を渡してやる。怨念《おんねん》深く、成仏《じょうぶつ》できずに現世《うつしよ》へ迷い出た――かつての親友《とも》にしてやれるのは、それしかない。奇妙な責任感じみたものが、新八の心に芽生《めば》えていた。

「おもしれぇ」

笑って、左之助は、槍を両手で高々と頭上へ。霞《かすみ》の構え。

「真剣勝負じゃどっちが強いか。口にこそ出しゃしなかったが、お互い、気になってしかたなかったはず。そいつを、今、確かめようじゃねぇか」

正眼と霞。間合《まあ》いは三間。両者動かず、固着《こちゃく》する。

左之助の槍の間合いに入っていることは、さきほどの攻撃で明らかだ。今は六尺程度の長さだが、ひとたび繰り出せば、戦国の大長槍《おおながやり》さながら、その穂先《ほさき》は三間先の敵を貫く。槍の居合いとでも言おうか。間合いがはっきりしない分、攻めにくい。しかも、闇雲《やみくも》に突きを繰り出すこともなく、どっしりと霞に構えて必殺の突きを狙《ねら》う。

（見事なもんだ。一分の隙《すき》もねぇ）

感心しつつも、新八《しんぱち》は、頭の中で考えを巡らせている。槍《やり》の長さを自在に変えられるとなれば、通常の槍のごとく「間合《まあ》いの内に入れば勝ち」というわけにもいくまい。それでも、五分五分にもちこむには、やはり、接近するしかない。このままでは、あちらの槍は届いても、こちらの剣は掠《かす》りもしないのだ。

まずは――。

「篝炎《かがほ》。首級《くび》を奪え」

揺さぶりをかける。

周囲の闇《やみ》に紛《まぎ》れ、篝炎が様子を窺《うかが》っているはずだ。実際に首級を奪えれば良し。奪えずとも、篝炎が動けば左之助《さのすけ》の気を散らせられる。

シスター・アンジュは、左之助の後方二間のところで跪《ひざまず》き、相変わらず怪《あや》しげな呪文《じゅもん》を唱えている。その背後へ、不意に篝炎が姿を現す。今までどこに居たのか、忽然《こつぜん》と。実体のない夢《む》幻《げん》のごとく。

篝炎の手には、寸の短い、しかし小刀というにはあまりに太く無骨な刃《やいば》がある。いわゆる忍《しのび》刀《がたな》であり、間合いを眩《くら》ませるため、逆手《さかて》に握り、刀身を腕で隠《かく》す。腕を下げ、一見すると無手《むて》にも見える構えで、するすると、篝炎はシスター・アンジュの背後に忍《しの》び寄って行く。しかし、例の、地に刺した刀の結界《けっかい》に近づいた瞬間、

「!?」

後方へ跳《と》び退《すさ》った。なんらかの危険を察知し、咄嗟《とっさ》に退《さ》がった。そんなふうに見える。

「どうし——」

どうした、と最後まで言えず、新八も、右へ左へ、せわしなく体をかわさねばならなかった。

左之助の槍が次々と繰り出されてきたのだ。気をとられたのは新八のほうだった。

「余所見《よそみ》は困るね」

再び霞《かすみ》に構え、左之助が笑う。その背後——シスター・アンジュの周囲で、異変が起こりつつあった。

逆手に握った忍刀を顔の前へ構え、篝炎が、前方を凝視《ぎょうし》している。先刻、直感的になんらかの危機を察知し、跳び退った場所。それは、抜き身の刃が突き立つ、十二の墓標《ぼひょう》のうちの一つ。その墓前《ぼぜん》の、本来ならば花や線香が供えられる場所が、
ぼこり……

盛り上がっていた。さらに、ぐぐっ……と、見る間に、黒々とした地面が盛り上がり、小山のようになる。盛り上がった土の山が激しく震え、墓標が倒れる。あたかも、何者かが、土中より地上へ、這《は》い出てこようとあがいているかのように見えた。

（まさか……）

とてつもなく嫌な予感がしている。新八は、ここが何処《どこ》だか改めて思い出し、慄然《りつぜん》とした。

そして、すぐさま、新八の嫌な予感は現実のものとなる。

ぼこっ……!!

湿《しめ》った音をたてて土くれが飛び散り、土中より、這《は》い出てきた。それは、人間の上半身の形をしていた。しかし、形が同じだとしても、それが人間とは到底《とうてい》思えない。あきらかに、それは、人の形をしてはいるが断じて人ではない、異界《いかい》のもの。

蛇《へび》。大小さまざま、数百匹の、蛇。それらが集まり、絡《から》み合い、人型を成したもの。そいつが、地を割り、墓標《ぼひょう》を押しのけ、現世《うつしよ》へと這い出てくる。それも、一体だけではない。シスター・アンジュを囲む十二の墓、そのうちの一つを除く全《すべ》てから、人型をした「蛇の塊《かたまり》」が這い出てくる。見る間に、十一体の怪物《かいぶつ》が、そのおぞましい全身を地上へ現した。

「おう。成功か。骨だけでも再生できるとなりゃあ、もはや何も問題はねえな」

と、左之助《さのすけ》がシスター・アンジュのほうを向き、上機嫌で言った。尼僧《にそう》もまた呪文《じゅもん》の詠唱《えいしょう》を止め、立ち上がって左之助に笑みを返す。

「ええ。これで、私たちの夢に一歩近づきましたわね」

「肝心《かんじん》の首級《くび》は?」

「秘薬《ひやく》が吸収されるまでには、もう少し時間が」

「そうか。じゃあ、あいつらを八っつぁん《ば》がどう料理するか、じっくり見物といこうかい」

尼僧に笑いかけ、左之助は槍《やり》を自分の肩に担《かつ》いだ。がら空《あ》きのその背中に迫ることもなく、

「こいつらは……」

新八《しんぱち》は呻《うめ》いた。

「察しの通り。壬生《みぶ》の屯所《とんしょ》で腹ァ切らされた連中さ。拷問《ごうもん》で死んだ浪士《ろうし》なんぞもいるが、どれがどれやら分かりゃあしねぇ」

左之助が応《こた》え、げらげら笑う。

その笑い声を背に、甦《よみがえ》った死人たちは、ゆらり、ゆらりと、動き出した。骨格をくるみ、密集する蛇の束が、筋肉や腱《すじ》そのものに見える。手足の指も、その一本一本が蛇の頭や尾なのだ。

「レザレクティオ・シムラクルム・ラルヴァ。剣を手にし、我が敵を屠《ほふ》るべし」

シスター・アンジュの唇《くちびる》が呪文を紡《つむ》ぐ。と、その声に反応し、人型たちが動いた。のそり、それぞれの足元に転がる剣を取る。先刻まで自分たちの「頭上」に刺さっていた、抜き身の刀身。それを手に、怪物たちは全員篝炎《かがほ》へ向かってにじり寄る。剣を持つ腕も、すり足で歩む脚も、すべてが無数の蛇を縒《よ》り合《あ》わされたものであるのに、全体としての動きは、剣の修行《しゅぎょう》を積んだ者のそれである。

「くそったれ」

死人を弄《もてあそ》びやがって。怒りをこめて呟《つぶや》き、新八は走り出した。左之助を中心にし、円を描くように、篝炎の側《そば》へ。左之助は動かず、にやにや笑って新八を見ている。

「離れるな。二人がかりで突破して、首級を奪う」

篝炎の側に並び、新八はそう声をかけた。少女は頷《うなず》き、忍《しのびがたな》刀を低く構える。

怪物《かいぶつ》どもの群れを抜け、一刻も早く、近藤《こんどう》の首級《くび》を奪わねばならない。信じ難いことながら、シスター・アンジュがなんらかの秘術《ひじゅつ》を用いて死人を蘇生《そせい》させ得る点、間違いはない。このま尼僧《にそう》の儀式《ぎしき》が続けば、おそらく――。

(考えたくもねえが……)

首級が、ただの首級であるうちにカタをつけてしまいたい。

「気をつけろよ八《ぱ》っつぁん。生きてるときはたいした腕じゃなかったが――」

左之助《さのすけ》が言い終わらぬうち、人型の一体が新八《しんぱち》に斬《き》りかかってきた。なんの変哲《へんてつ》もない、上段からの面《めん》。だが、

(なにっ!?)

「力だけは倍以上だ」

打ち下ろされた剣の速さは尋常《じんじょう》なものではなかった。引き落とし、返す刃で首を断つつもりであったが、それどころない。

がちっ……!!

受け止め、鍔迫《つばぜ》り合《あ》いに持ち込むのがやっとだ。相手は、さらに、牛か馬のような勢いで押してくる。

(なんてぇ馬鹿力だ……!!)

膂力《りょりょく》も、全体的な押しの強さも、人間のそれとはまるで比べ物にならぬ。ずるり、足裏が滑《すべ》

り、新八の身体《からだ》そのものが後ろへ押されていた。

が、その強烈な押しが、不意に、ゆるんだ。

「!!」

新八の視界の端に、一瞬、篝《かが》炎《ほ》の無表情な美貌《びぼう》が映る。まるで通行人が擦《す》れ違うような、なにげない動き。篝炎が、怪物の側をすり抜けた。転瞬《てんしゅん》、怪物の首が落ちる。振り上げた同田貫《どうたぬき》の切っ先が月光を弾《はじ》き、首を失った怪物がどうと倒れる。

「にゃっ」と片目を瞑《つぶ》るこの男らしい笑みを浮かべ、新八は相棒《あいぼう》の背を眺めた。絶妙《ぜつみょう》というべき、篝炎の援護だった。新八が鍔迫り合いとなるや、すぐさま篝炎は怪物に接近し、擦れ違い様《ざま》に胴《どう》を抜いたのだ。そして、すかさず新八が首を落とした。組んだのは初めて、しかもなんの打ち合わせもなかったが、阿吽《あうん》の呼吸。

篝炎は、すでに、次の敵に向かい、動いている。怪物が三体密集しているところへ、無造作《むぞうさ》に、するりと入り込んでゆく。たちまち、怪物たちの剣が篝炎へ殺到《さっとう》する。しかし、そのことごとくを、篝炎は流れるような動きでかわしてのけた。怪物たちの振るう剣が次々と空《くう》を斬り、作り出された隙《すき》に新八の同田貫が滑り込む。瞬く間に、三体の怪物が斃《たお》れていた。

「ほう」

と、感心して声をあげたのは左之助だった。蛇槍《じゃそう》は体内にしまい、腕組みして見物している。

「忍《しのび》か。なかなかの腕だ。だが……」

もぞり、何かが動く気配に新八《しんぱち》が振り返り、

「ちっ」

　舌打ち。同時に、横っ飛びに飛んで、背後からの突きをかわした。突きを繰り出したのは、首のない人型。篝炎《かがほ》との連携で最初に首を落とした奴《やつ》だ。

　構わず、新八と篝炎は、襲い掛かってくる人型を片《かた》っ端《ぱし》から斬《き》っていった。が、一向《いっこう》に、目指す首級桶《くびおけ》に近づけない。斬っても斬っても、人型が進路を阻《はば》む。

「死なねぇ奴を相手に、どこまで持つかねぇ」

　左之助《さのすけ》の言うとおり。首を落とされ、胴《どう》を二つにされても、人型の怪物《かいぶつ》は死にはしなかった。首のないまま、あるいは、地を這《は》って上下半身を接合させて、起き上がる。一体が斬られれば一体が甦《よみがえ》り、三体を斬れば三体が甦る。

（キリがねぇ……）

　追い詰められ、背中合わせに防御の構えを取る新八と篝炎。それを、遠巻きに、十一体の怪物が取り囲む。

「まだ固まってねぇんだ。刀で斬ったって無駄《むだ》なんだよ」

　左之助が言う間にも、八方から間断《かんだん》なく人型が襲い掛かってくる。相変わらず、技術的にはなんということはない。一体ずつなら、篝炎との連携で難なく斃《たお》せる。しかし、突進力は牛馬並みで、同時に複数でこられると防戦一方になってしまう。さらに、斬っても斬っても無限に

起き上がるとなれば――。

（このままじゃ何時《いつ》かこっちが力尽きちまう）

二対十一でも不利だというのに、実際は、五十、百、いや、一軍を相手にするのと等しい。

さらに――。

「駄目《だめ》だ駄目だ。そんな奴らにてこずってるようじゃあ、真打《しんうち》にゃ手も足も出ねえぜ」

左之助が嘲笑《ちょうしょう》まじりに言い、その隣で、シスター・アンジュがなにやらあやしげな動きを見せる。懐《ふところ》から硝子《ガラス》の管を取り出し、その中身を地に落とす。その妖艶《ようえん》な眼差《まなざ》しが、乱戦の只《ただ》中《なか》にある新八へ、ちらと向けられる。篝炎の背後に忍《しの》び寄る一体の胴《どう》を払いつつ、新八も尼僧《にそう》に視線を返した。

「うふふ。ここに誰《だれ》が眠っているか、覚えてらっしゃいます？」

その言葉と、尼僧の目の前に建つ、石造りの墓標《ぼひょう》。新八の記憶に、何かが引っかかる。他とは異なり、それ一つだけ石でできた、先端の尖《とが》った墓標。神式《しんしき》の、そう……確か、「墓《はか》」ではなく「奥都城《おくつき》」というのだと、物知りの山南敬助《やまなみけいすけ》が教えてくれた。

ぼごっ……!!

不気味な音をたてて石柱の根元の土が盛り上がり、爆《は》ぜる。地を割り、現れたのは、天を摑《つか》もうともがく、五本の指。いや、正確にいえば、それは人間の手指ではなかった。互いに絡《から》み合うことで人間の手指を形造った、無数の蛇《へび》の集合体。それが、周囲の土を盛り上げながら、ずるり、ずるり、地表へと這《は》い出てくる。

「そういやあ、あんたにとっちゃ〝先輩〟ってことになるんだったな」

そう言った左之助《さのすけ》のすぐ側《そば》で、石造りの墓標《ぼひょう》が横倒しになる。そして、頭上の邪魔《じゃま》な墓標を、そいつは、手荒に、そして軽々と、片手で跳《は》ね飛ばした。思い石柱を、まるで木《こ》っ端《ぱ》のごとく。

おおっ!! おっ!! おおおあああっ!!

地の底から、獣《けもの》の声に似た、おぞましい叫び。両手で上半身を引っ張り上げるようにして、声の持ち主が地の底から這い上がって来る。

「知ってるだろうが、強いぜぇ。あの夜も、俺《おれ》と総司《そうじ》と副長、三人がかりで殺《や》ったんだ」

左之助の言う「あの夜」が具体的に何を指すか、新八《しんぱち》には分かっていた。隊内のある重要人物を粛清《しゅくせい》した、あの夜のことだ。その男は、道場は違えども、確かに神道無念流《しんとうむねんりゅう》の先輩ではあった。

やがて、そいつは墓《はか》の下から全身を現した。身の丈《たけ》はそれほどでもないが、胴《どう》の横幅は厚く、巨大な酒樽《さかだる》を思わせる。猪首《いくび》。三百匁《もんめ》の鉄扇《てっせん》を軽々と扱うに相応《ふさわ》しい、尋常《じんじょう》でなく太い両の腕。蛇《へび》たちは故人の肉体的特徴を見事に再現しており、それが誰《だれ》の蘇生体《そせいたい》なのか、一目で知れた。

「……芹沢《せりざわ》……鴨《かも》……!!」

言いようのない戦慄《せんりつ》が新八を襲う。足元に転がる刀を拾い、無造作《むぞうさ》に片手で振ってみせた、その動き。まさしく、あの芹沢鴨に間違いない。

芹沢鴨。水戸《みと》脱藩《だっぱん》の激烈な攘夷家《じょういか》で、新選組創立期は近藤《こんどう》と並んで局長を務めた。名家の出ゆえ血縁者《けつえんしゃ》を通じて幕閣《ばっかく》にも顔が利き、剣を持たせればまた一個の豪傑《ごうけつ》。だが、極度の酒乱であり、その異常かつ破壊的な言動は、新選組の存続すら危《あや》ういものにした。

酒が心を狂わせるのだとしても、芹沢の行動は常軌《じょうき》を逸《いっ》していた。商家から強引《ごういん》な押し借りをし、断られれば蔵《くら》に大砲を打ちこむ。気に食わぬ者は斬《き》り捨てる。気に入った女は犯《おか》す。それも、寄宿先の八木邸《やぎてい》で、だ。斬られても仕方のない男ではあった。そして、結局、土方歳三《ひじかたとしぞう》自身が手を下した。沖田《おきた》総司、原田《はらだ》左之助らとともに、八木邸の一室に眠る芹沢一派を、その愛妾《あいしょう》もろともに惨殺《ざんさつ》したのだ。

「おおおおおっ!!」

雄《お》たけびを上げ芹沢の形をしたものが肉薄《にくはく》してくる。目の前にいる他の人型たちを蹴散《けち》らしながら。ぞくり、新八の背に冷たいものが走る。

生前の芹沢なら、一対一で負けるとは思っていなかった。酒色に溺《おぼ》れ、鍛錬《たんれん》を怠《おこた》れば、振る業《わざ》も鈍《にぶ》って当然。真剣勝負では、ごく僅《わず》かな差が生死を決する。互いに対応を知り尽くした同門対決ではなおさらに。

だが――。今、眼前間近へ迫る、魔人《まじん》・芹沢と闘えばどうか。平隊士《ひらたいし》ですら、甦《よみがえ》った後は常人《じょうじん》をはるかに超えた力を出すのだ。芹沢の豪腕《ごうわん》は、人間であった頃《ころ》から尋常なものではなかった。平素《へいそ》紙のごとくひらひらさせていた鉄扇は三百匁。薙刀《なぎなた》を作り変えた二尺八寸の太刀を片手で軽々と扱う。大阪で相撲《すもう》取りと喧嘩沙汰《けんかざた》に及んだときは、力自慢《じまん》の力士を子ども扱いだったというから、その剛力《ごうりき》、推《お》して知るべし。それが魔道《まどう》の力によって甦《よみがえ》ったとき、どのように途方《とほう》もない力を生むのか。見当もつかなかったが、

(受ければ、死ぬ)

直感的に、新八《しんぱち》はそう断じた。迫る芹沢《せりざわ》の剛刀を避《よ》ける、というより、その場から跳ぶように逃げる。

ぶおっ!!

剣風が、唸《うな》りを上げ、新八の髪を弄《なぶ》る。それだけで、横面《よこつら》を張られたような衝撃《しょうげき》。

(有り得ねえ……)

立て続けに跳《は》ね飛びながら、新八は、自分の勘《かん》が正しかったことを知った。自分の身代わりに、芹沢にとっては仲間であろう人型が一撃をくらい、バラバラになりながら宙に飛んだ。それも、二、三体まとめて。あんな一撃を受けていたなら、常人《じょうじん》の身では無事にすむまい。相手を「剣士」と思うのは危険だ。あの鬼《おに》と同じだと考えなくてはなるまい。攻撃は、全《すべ》て、受けずにかわす。それでなくては、一撃で終わる。

「おいおい。逃げてばっかりじゃ、首級《くび》は手に入らねえぜ」

左之助《さのすけ》の言うとおりではあったが、正直、芹沢の猛攻をかわすので精一杯。さらには、四方八方からの人型の攻撃。かわしきれずに食らった傷も少なくない。じわり、じわり、新八と篝《かが》

炎《ほ》は消耗しつつあった。

（どうするの？）

人型の斬撃《ざんげき》を右に左にかわしつつ、目で、篝炎が聞いてくる。少女も五体の所々に傷を受け、息も荒い。

「くそったれ」

呟《つぶや》いて、新八は、人型たちの垣《かき》の向こうで笑っている左之助とシスター・アンジュを睨《にら》んだ。芹沢を避け、人型の群を突破しえたとして、首級の前にはなお左之助がいる。現実的に考えれば、この状況での首級の奪取《だっしゅつ》は無理とせざるを得ない。

（ここは逃げるしかねぇ）

悔《くや》しいが、手立てはそれしかない。近藤《こんどう》の首級を前にして退《ひ》くのは無念だが、このままでは犬死だ。逃げのびて、次の機会を待つしかなかった。次の機会が与えられれば、だが。

しかし、先のことを考える前に、まずは、この場をどう切り抜けるかだ。周囲を十二体の怪《かい》物《ぶつ》に囲まれている。逃げるだけでも至難《しなん》の業《わざ》だ。しかも、

「おっ。もうお帰りかい？」

すぐさま、左之助が新八の意図《いと》を察知して声をかけてくる。

「ゆっくりしていきなよ。ここであんたに帰られると、副長に叱られる。この場所で合流する手筈《てはず》になってんだ」

「遠慮しとくぜ。土方《ひじかた》とは昔からソリが合わねぇ」

「そう言うなって。もう一人いるんだよ。会わせてぇ奴《やつ》が」

もう一人いる。この状況下、新八《しんぱち》にとってなんと不吉《ふきつ》な台詞《せりふ》だろうか。死なない十一人の隊士と、おるべき豪腕《ごうわん》の魔人《まじん》・芹沢鴨《せりざわかも》、そして蛇《へび》の槍《やり》を身中に巣食《すく》わせる原田左之助《はらださのすけ》。これに、土方と、さらにもう一人。

（そういやあ、メイのところで見た幻《まぼろし》じゃあ三人いやがった……）

土御門《つちみかど》メイの霊力《れいりょく》に導かれ、新八は、近藤《こんどう》の首級《くび》に関《かか》わる三人の侍《さむらい》の姿を幻視《げんし》した。そのうち、一人は土方歳三《としぞう》。もう一人、今となってはそれが原田左之助であったと分かる。ならば、最後の一人は？　夢幻《むげん》の中、後姿しか見えなかったが、見覚えはあった。女であってもおかしくはないくらい、華奢《きゃしゃ》で、線の細い、後姿。

「てぇか、実はもう、一回、顔を合わせてるがな」

「なんだと？」

「そいつぁひどく悪食《あくじき》でね。女の腸《はらわた》だの血だのと、そんなのばっか食ってるから、姿形まで、まるきりバケモノになっちまった。おっと。噂《うわさ》をすればなんとやら、だ」

顎《あご》をしゃくり、左之助が左手側へ視線を向けた。見れば――。

無数の墓標《ぼひょう》を掻《か》き分け、こちらへと歩み寄る、赤黒き巨体。額に角《つの》。大きく裂けた口の端に覗《のぞ》く牙《きば》。この国に生きる者ならば、その全《すべ》てが『鬼《おに》』と呼ぶであろう、そいつが、再び、新八の目の前に現れた。新八が負わせた腕の傷はまだふさがっておらず、そこから、無数の蛇《へび》が這《は》い出ては地に落ちる。まるで、傷に涌《わ》くウジさながら。

ぐるるる……

獣《けもの》じみた唸《うな》りを発し、凄《すさ》まじい速さでこちらへ向かってくる。両腕を地につき、蜘蛛《くも》のごとく。林立する墓標を踏み潰《つぶ》し、さらには、死人たちを踏み潰しながら。

「逃げろ!!」

一瞬、篝炎《かがほ》と視線をかわし、新八は、四足の鬼の足元を転がりまわるようにして逃げた。周囲では、次々、鬼の巨体に跳《は》ね飛ばされた人型たちが宙を舞う。

片膝《かたひざ》をついた姿勢で周りを見、突破口を捜《さが》す新八。と、その目に、信じがたい光景が映った。

ごあああっ!!

芹沢が、食われていた。今やってきた鬼に。

(こいつ……!?　共食いだと!?)

背後から襲い掛かってきた人型を処理しつつ、新八は、凝然《ぎょうぜん》と、恐るべき「共食い」を見つめた。

「に……ニグ……!!　ぐらう……!!　にぐ……!!」

なにか言いながら、鬼は、その巨大な四肢《しし》で芹沢を抑《おさ》え付け、でっぷりとした腹部へ牙をたてた。芹沢が獣の咆哮《ほうこう》を上げ、刀を振り回して抗《あらが》う。だが、七尺もある鬼の巨体は、必死の抵《てい》抗《こう》をものともせず、がつがつと芹沢《せりざわ》の腹へ食らいついた。仮初《かりそ》めの肉体を形作る蛇《へび》たちが、腸《はらわた》さながらに引きずり出される。痙攣《けいれん》する芹沢を押さえつけたまま、鬼《おに》は美味《うま》そうにそれらを食らった。時折、骨を嚙《か》み砕《くだ》く「ぼきっ」という音が不気味に響く。

「あ〜あ。芹沢さんまで食っちまった。これじゃあ、俺《おれ》らも危ねえな」

危ないと言いつつ、左之助《さのすけ》はげらげら笑っている。

何が何やら――。新八《しんぱち》は混乱に立ち尽くした。鬼は、土方《ひじかた》や左之助の側《がわ》に与《くみ》する者ではないのか？　そして、その混乱にますます拍車をかける者が現れる。

「悪食《あくじき》も大概《たいがい》にしねぇか」

低い声に、わずかな苛立《いらだ》ちが混じっていた。

「土方《ひじかた》……!!」

呟《つぶや》いた新八の視線の先。芹沢の肉を食らうことに夢中な鬼の背後へ、すたすたと歩いてくる、黒衣《こくい》の武士が一人。役者のような美男でありながら将の風格を漂わせる男。土方歳三《としぞう》に間違いない。この前会った時とは異なり、今夜は野袴《のばかま》をつけ足袋《たび》に草鞋《ぞうり》と厳《きび》しい足拵《あしごしら》え。

ぴくり、鬼が、土方の声に反応した。手足以外のほとんどを食いつくされて動かなくなった芹沢をうち捨て、振り返る。

「……と……と……とし……ぞ……」

歳三。大きく裂けた口が、土方の名を呼んだように聞こえた。鬼は、その視界に土方の姿を認めるや、すぐさまそちらへ走り出した。次の獲物は土方であるらしい。

ずしっ……!!　ずしっ……!!

二本足で走る鬼の上体に変化がある。異常なまでに筋肉が膨張《ぼうちょう》していた。肩や腕が二まわりほど膨《ふく》らみ、さらに膨張し続ける。そのまま破裂しそうなほどに。さらに、異常膨張した筋肉の周囲から、わらわらと、無数の蛇が噴《ふ》き出してくる。赤黒い皮膚《ひふ》を突き破り、内側から這《は》い出てくるのだ。明確だった肉体の輪郭《りんかく》が崩《くず》れ、次第《しだい》に、周囲にいる人型たちと同じ「蛇の塊《かたまり》」に近くなる。

「おおおおおっ!!」

それでも、鬼は、雄《お》たけびをあげ、土方を摑《つか》もうと手を伸ばした。しかし、その巨大な両手は空《くう》を摑《つか》んだのみ。

「手間《てま》かけさせやがって」

土方の呟きに、パチリ、鍔鳴《つばな》りの音が重なる。一歩も動いていない。それなのに、突進してきた鬼に跳《は》ね飛ばされることも捕まることもなく、土方歳三は飄然《ひょうぜん》とその場に立っていた。

鬼は、まるで土方の幻影《げんえい》に突っ込んですり抜けたかのごとく、一歩、二歩、つんのめって、突《とつ》如《じょ》、がくりと膝《ひざ》をついた。

(斬《き》った……!!)

と、新八にはそう見えた。土方が、抜き打ちに、鬼の腹部を斬り上げた。最小限の動きで鬼れていた。

の突進をかわし、同時に、低い構えから一閃《いっせん》。鬼《おに》の股間《こかん》から鳩尾《みぞおち》の辺《あた》りまで、一気に。新八《しんぱち》の目が確かだった証拠《しょうこ》に、跪《ひざまず》いた鬼の股間から腹部までが、ざっくり、縦一文字に割られていた。

(いったい、何がどうなってやがる!?)

次から次へと変化する状況の複雑さに、新八の思考《しこう》は全く追いつけていない。もとより、間断《かんだん》なく襲い掛かってくる人型を処理するだけで手一杯。今目の前で起こっている事の意味など、考えている暇《ひま》はない。よしんば、考える暇があっても理解できまい。そういう異常な事ばかりが起こっている。次に新八が目にしたのも、あまりに異常な光景であった。

どろっ……

鬼の、引き裂かれた腹から、大量の血と臓物《ぞうもつ》がこぼれ出る。いや、臓物と見えたが、実は蛇《へび》。ちょうど人間の腸《はらわた》ほどの太さ、長さの、血まみれの大蛇《おろち》が、腹圧によってひり出され、だらり、垂《た》れ下がる。腸に似た大蛇だけではない。腹いっぱいに詰め込まれていたのであろう、大小さまざまの蛇たちが、どっと吐き出されていた。中には、さきほど食らわれた芹沢《せりざわ》の骨と思《おぼ》しきものもある。

そして――。

血にまみれた無数の蛇に混じり、

ずるり……

奇妙なものが地に吐き出された。白く透《す》き通った肌《はだ》と、黒く長い髪。線の細い、華奢《きゃしゃ》な背中が、絡《から》みつく無数の蛇の隙間《すきま》に見えた。鬼の腹から生まれ出た——それは、確かに、裸身《らしん》の人間。

(女か?)

夜目にも白い肌と華奢な線を見て、新八はそう思った。が、違う。ゆっくりと立ち上がった——そいつは、確かに男だった。女と見紛《みまが》うほどの美貌《びぼう》の持ち主だが、しなやかに引き締まった肉体は、あきらかに男性のそれ。それも、鍛《きた》えられた剣士の身体《からだ》と見える。

美しい男だった。月光を浴び、茫《ぼう》と夜空を見上げる裸身は、地上に舞い降りた天の使いを思わせる。蛇が犇《ひしめ》き、死人が蘇《よみがえ》る、地獄《じごく》そのもののこの場に、これほど不釣合《ふつりあ》いな美しさもない。

男の間近で、ずしり、地響きをたて、鬼が仰向《あおむ》けに倒れる。鬼はそのまま抜《ぬ》け殻《がら》と化したかのごとく、動かない。

「おまえは……!!」

鬼の腹から産み落とされた男を凝視《ぎょうし》し、新八が呟《つぶや》く。

「沖田《おきた》……総司《そうじ》……!!」

新八に名を呼ばれ、そいつは振り返り、にっこり笑った。あの頃と同じ。人を惹《ひ》きこむ、無邪気《むじゃき》で透明《とうめい》な笑顔。

沖田総司。天然理心流《てんねんりしんりゅう》史上最強と謳《うた》われた天才剣士。新選組の「人斬《ひとき》り」といえばまず第一に名の挙がる、文字通りの金看板《きんかんばん》。新八《しんぱち》を虎《とら》とするなら、龍《りゅう》。実力随一《ずいいち》はどちらか、そんなふうに比べられた、もう一人の『新選組最強』。

一年前、結核《けっかく》の療養中に江戸で死んだはずの——。その男が、今、新八の眼前に立っていた。

顔かたちは、確かに、沖田総司《おきたそうじ》。見紛《みまが》うはずもない。試衛館《しえいかん》時代からずっと共に暮らしてきた新八だ。

「やあ。久しぶりですね。新八さん」

夢でも見ているような目つき、口調で、裸身《らしん》の青年が声をかけてくる。

「総司……なのか……?」

応《こた》える新八。いつしか、人型たちは攻撃を止め、新八と篝炎《かがほ》を取り囲むだけになっている。

「さぁ。どうでしょ」

言って、くすくす笑った。そういうお道化《どけ》た態度は、まさしく、新八の知っている沖田総司のものに他《ほか》ならぬ。

土方《ひじかた》、左之助《さのすけ》と、驚きには慣れているはずだったが。やはり、驚愕《きょうがく》は並大抵《なみたいてい》のものではない。死んだはずの人間が、甦《よみがえ》り、今、自分の目の前にいるのだ。

「まちがいなく、私たちの同志、沖田総司さま。さっきまでの醜《みにく》い姿は、いわば蛹《さなぎ》のようなもの」

と、これは、あらかじめ用意しておいたらしい衣服と二刀を捧《ささ》げ持ってきた、シスター・アンジュ。子供のように裸《はだか》でじっとしている総司に母親のごとく世話を焼き、着物を着せてやる。

「肉欲を満たすのも程々《ほどほど》にと、あれほど申しましたのに」

「アハハ。だって、美味《うま》いんだもの。新鮮な臓物《ぞうもつ》。特に、綺麗《きれい》な女の人のはさ」

どこか母子の会話に聞こえなくもない。鬼《おに》の母子、ではあろうが。

「……おわかの臓物を食らった……あの鬼は、おまえなのか？」

そろり、新八は、探りを入れた。沖田総司が甦り、鬼の姿になっていたということには驚きを禁じえない。だが、驚きだけでなく、新八の心には疑問も生じている。あの鬼が総司の変わり果てた姿であり、総司が土方らの仲間であったというならば——。

「ええ。生き返ってからこっち、食べ物の好みが変わっちゃいまして。食いすぎると『肉』がついてあんなふうになっちゃうから、止められてるんですけどね」

快活な調子で言った、総司の着物は、道場着《どうじょうぎ》のような白っぽい上下に浅葱色《あさぎいろ》の羽織《はおり》。

（あれは……）

かつて新八も身に着けていたものに違いなかった。袖《そで》のところを白いダンダラ模様に染め抜いた、新選組の象徴。浅葱色の隊服。

「じゃあ、ワカツネをあんなふうに殺したのもおまえなんだな」

「そうでーす。首級《くび》の在《あ》り処《か》を聞き出した後、つい、ノリで。あははっ」

あっけらかんと笑い、総司は答えた。

「……分からねぇな。首級《くび》を美月《みづき》が持ってると聞いたのなら、なんで、最初から美月の家を捜《さが》さねえんだ」

そこが、気になる。美月がほかの二人を殺したときも手は出さず、祇園《ぎおん》からの帰り道を襲ってきたときも脅《おど》しただけ。わざわざ、美月が首級桶《くびおけ》を掘り出すのを待った理由はなんなのか。

「ああ。だって――」

「ワカツネが喋《しゃべ》ったのは、首級は芸妓ふうの小娘に金で売っ、たったってえ、そんだけだったからさ」

総司《そうじ》が言いかけたのを、左之助《さのすけ》が代わる。

「近藤《こんどう》さんの首級を欲しがりそうな、それなりの金を持ってた芸妓《おんな》。近藤さんが別れ際に金を渡した女は、全員、副長が知ってた。そんなかで小娘って歳《とし》は、美月だけだ。と、ここまでは調べたが、こいつが首級をどこに隠《かく》したかはとんと分からねえ」

「引《ひ》っ攫《さら》って拷問《ごうもん》にでもかけりゃいいじゃねえか。それこそ、そこにいる男の得意芸《とくいげい》だろ」

そこにいる男、土方《ひじかた》は、首級桶を覗《のぞ》きながらシスター・アンジュとなにやら話しこんでいた。が、新八《しんぱち》の声を聞き、

「俺《おれ》が得意だったのは拷問じゃない。必要な情報を的確に引き出すこと、だ」

やれやれ、とでも言いたげな顔を新八に向ける。そんなことも分からないのかと、明らかに人を見下《みくだ》した表情。昔から、こいつのこういう表情が死ぬほど気に食わない新八が、

「ああ？」

たちまち、沸騰寸前《ふっとうすんぜん》となる。それを見てまたフンと土方が笑い、呟《つぶや》く。

「女は責《せ》めても吐かん。特に、惚《ほ》れた男のいる女は」

それは、土方の持論の一つであった。女を拷問にかけても、情報を吐く前に体力の限界がきて死ぬ。ならば――。

「女を吐かせるには、心を揺さぶることだ。泳がせ、揺さぶりをかける。不安になり、動きだしたところを探れば、案外簡単に目当ての情報へ辿《たど》り着くことができるものだ。特に、今回は、美月が他の二人を殺害するという奇貨《きか》があった。そいつを利用しない手はない」

「俺と総司とで美月を見張ってたわけだが。驚いたぜ。駒野《こまの》と一緒におわかの家へ集まり、何やら相談してると思ったら、いきなり、あんなことになっちまうんだからよ」

土方の後をとって左之助が言う。美月によるおわか・駒野殺害は、左之助らの監視下で起ったらしい。

「あの人たち、最初は、三人で金を出し合って勇《いさみ》さんのお墓《はか》を建てようって話してたのに」

そこまで言って、何が可笑《おか》しいのか、いきなり、総司が笑い出す。

「アハハハッ!! 結局、みんな、自分が一番だったってことを主張しないと気がすまないんだもの。たわいもないことで、たちまち大喧嘩《おおげんか》さ」

自分がどんなふうに近藤に愛されたか、おわかと駒野は、それを生々《なまなま》しく具体的に話す。美月は俯《うつむ》き、ただ黙って唇《くちびる》を噛《か》む。なぜなら、彼女には、他《ほか》の二人のように、近藤に抱かれたことがなかったから。

「手付かずのまま、だったんだよ。美月《みづき》だけは。政情はどたばたしてたし、なにより、近藤《こんどう》さんが伏見《ふしみ》で撃たれてそのまま、だからな」

左之助《さのすけ》の言うとおり、近藤は、伏見で鈴木三樹三郎《すずきみきさぶろう》ら御陵衛士《ごりょうえじ》残党《ざんとう》による狙撃《そげき》を受け、そのまま大阪へ落ちている。美月を口説《くど》き落としたのはその直前のことであったのだろう。

「近藤さまは、うちのところへ帰ってくるって言うてました……って、あの女性《ヒト》、何度も言ってたなぁ」

美月の言葉を思い出し、総司《そうじ》が呟《つぶや》く。確かに、近藤は美月にそう約束したのかもしれない。が、使いの者が金をよこしてきたきり、美月は、再び近藤と会うことはなかった。そのことを、おわかも駒野《こまの》も知っていたのだろう。若く美しい美月をなじるのに、

——せやけど、美月ちゃんは、ちゃんと抱いてもろうてないんやろ。結局——

それくらいのことは言ったであろう。となれば、若い美月も黙っていられない。

——もうええ。あの人の墓《はか》はうち独《ひと》りで建てる。うちはあの人の首級《くび》持ってるんや——

二人に、切り札を叩《たた》きつけた。すべて、ぶちまけた。金でワカツネから首級を購《あがな》い、火酒《ひざけ》(蒸留酒《じょうりゅうしゅ》)に漬《つ》けて今も保存していること。近藤勇《いさみ》は、今や自分だけのものなのだという、事実を。

「それを聞いたときの二人の顔ったら……そりゃあ、すごかったですよ。私が言うのもなんで

すけどね。鬼《おに》です、鬼」

首級を美月がもっていると知ってから、おわかと駒野は「首級を渡せ」の一点張り。悔《くや》しい。

そして、認めたくなかったのだろう。近藤が、自分のところではなく、こんな小娘のところへ帰って来たのだという事実を。

——うちらがきちんと供養《くよう》するし、首級渡しぃ——

——近藤はんは英雄《えいゆう》や。あんたみたいな子供のとこに置いとけんわ——

詰め寄られた美月も「はいそうですか」と首級を出すわけもなく。激しい揉《も》み合《あ》い。

「最初に刃物を持ち出したのは、おわかってヒトでしたよ」

常人《じょうじん》の感覚からすると理解に苦しむのだが、総司は、話しながら思い出し笑いをしている。

「駒野ってヒトも止めなかったもんなぁ。はやく首級の在《あ》り処《か》を言え、なんて。美月さんを羽《は》交《が》い締《じ》めにしてた」

「ここで美月に死なれでもしたら大事だってんで、俺《おれ》らも慌《あわ》ててな。屋根裏から飛び降りようと思ってたら……」

左之助が介入を決意した、その瞬間、悲劇はおこった。

「なにかのはずみに、としか言いようがねぇ。揉み合ってるうちに包丁が美月の手に渡ったと思ったら、ブッスリ」

駒野の鳩尾《みぞおち》へ、刃の切っ先が滑《すべ》り込む。

「はずみってのは恐ろしいもんだな。ありゃあ、ほとんど即死だったぜ」

一瞬の沈黙。そして、恐慌《きょうこう》。

「おわかは狂ったように〝人殺し〟と叫び、よしゃいいのに、美月《みづき》から包丁をもぎ取ろうとした。美月もまともじゃねえから……」

最初の殺人は偶然だったが、二人目は、必然。美月が正気《しょうき》を取り戻すころには、座敷はすでに血の海と化《か》していた。

そして、二人の人間を殺してしまい、呆然《ぼうぜん》としている美月の前に、異形《いぎょう》のものが現れる。

『鬼《おに》』としかいいようのない異形が、突如《とつじょ》として。

「〝見たぞ〟なんて、一応、それらしいこと言っときましたけど」

「単に、血の匂《にお》いにつられて出てきただけのこったろうが」

左之助《さのすけ》の指摘通り、総司《そうじ》は、目の前の美味《うま》そうな匂いに我慢《がまん》できずに姿を見せただけだ。だが、殺人を犯《おか》して直後という異常状況下にある美月にとって、その衝撃《しょうげき》は凄《すさ》まじいものがあったろう。殺人という最悪の罪を誰《だれ》かに見られた。それも、人ではない。自分が死後赴《おもむ》くことになるであろう地獄《じごく》に住まう者。しかも、その鬼は、目の前でおわかの死体を抱え込み、傷口から滴《したた》る血をすすりだす。

「そのあたりかな。美月さんが逃げ出したのは。私はおわかさんを切り刻《きざ》んで血をするのに夢中で」

「いい加減《かげん》にしろと叱ったら、こいつ、犬みてえに唸《うな》って、あげくは駒野《こまの》かついで消えやがった」

「あはは!! すみません。あの姿でいるときは頭がボーっとしちゃって」

持ち去った駒野を鬼が——総司がどうしたかは、五条大橋のあたりで上がった死骸《しがい》が語っている。

「しかし、女ってのはしたたかなもんだな。二人を殺した美月が、次の日には座敷に上がってたのは八《ば》っつぁんも知ってのとおりさ。しかも、まるで自分が被害者のように振るまっていやがった」

次は自分が殺される。美月がことさら怖《こわ》がってみせたのは、無論《むろん》、偽装《ぎそう》のためであったろう。

しかし、次は自分が殺されるという恐怖は本物ではなかったか。殺人という罪を犯した自分を、地獄から来た鬼が連れ去る。美月にとって、鬼は、己《おのれ》の罪悪感《ざいあくかん》の象徴そのものであったろう。

「表面上は平気な顔をしていても、私の姿を見れば思い出さずにはいられない。自分の罪を、ね」

さらに、そこで近藤《こんどう》の首級《くび》の話を出す。〝近藤の首級は俺《おれ》のものだ〟と。それが、土方《ひじかた》のいう「揺さぶり」。

「しばらくは美月の家へ住み着いて、美月が動くのを待とうと思ってたが。その日のうちに動きやがったもんなぁ。まったく、鬼謀《きぼう》というべきだろうぜ」

「そりゃあ、なんてったって鬼《おに》副長の考えたことですから」

言って、総司《そうじ》は、傍《かたわ》らの「鬼副長」に笑いかけた。鬼副長、土方《ひじかた》は、首級桶《くびおけ》を覗《のぞ》き込みながらシスター・アンジュと何やら話していたが、

「もう充分だろう。冥土《めいど》の土産《みやげ》としては」

にこりともせず、新八《しんぱち》に言った。

「そろそろ死ね。俺《おれ》たちは勇《いさみ》さんを迎える準備で忙《いそが》しい」

土方が片手を上げる。と、人型どもが、じわり、包囲の輪を狭《せば》めてゆく。

「……忙しいからそろそろ死ねだぁ？」

腹の底からの怒りとともに、新八が言葉を吐き出す。背中合わせに篝炎《かがほ》が刃を逆手《さかて》に構え、にじり寄る死人たちを警戒する。

「あ、トシゾーさん。私がやりますよ」

と、前に出たのは沖田《おきた》総司。

「鬼の姿のとき、腕が鈍《にぶ》ってないとこ見せてもらいましたからね。こっちの姿で、改めて、勝負」

いかにも嬉《うれ》しそうな顔で笑い、抜く。月光を白々と弾《はじ》く刀身は、細身で腰反《こしぞ》りの古風なもの。銘《めい》は分からないが、古刀の業物《わざもの》と見える。構えは、これ見よがしの平正眼《ひらせいがん》。

「おっ。こいつは面白《おもしれ》ぇ」

左之助《さのすけ》が手を叩《たた》き、

「勝手《かって》にしろ」

土方は言い捨ててシスター・アンジュとの会話に戻る。新八の事など眼中にない、といったふう。それでいて人型たちを止めはしない。そういう「えげつなさ」を、新八は、いかにも土方らしいと思った。

「じゃ、やりましょう」

無邪気《むじゃき》に笑う総司と、

「……」

苦虫《にがむし》を噛《か》み潰《つぶ》した顔の新八。三間の距離で対峙《たいじ》する。篝炎は、やや離れたところで新八の背後を護る。逆手に握った忍刀《しのびがたな》一本で人型たちの攻撃を受け、捌《さば》く。

「あれっ？　もしかして、あまり楽しくない？」

新八の表情を覗《のぞ》き込み、総司が意外そうな顔をした。

「あたりめぇだろ。同じ釜《かま》の飯《メシ》を食った者同士で殺し合うのが楽しいなんざ、どうかしてる」

じり、と。ほんの僅《わず》かずつ、両者の間合《まあ》いが詰まってゆく。

「そうかなぁ。私はすごく楽しいですよ。真剣《しんけん》であなたとやり合うのは、昔からの夢でしたからね」

「だからおまえはどうかしてるってんだよ」

「でも、新八《しんぱち》さんだって、本当は少しくらい思ってたでしょ。私と、真剣《しんけん》でやりあってみたいって」

「………」

一度も思ったことはないと言えば嘘《うそ》になる。真剣でやりあえば――。その夢想《むそう》は、剣士という生き物の業《ごう》といってよい。

「で、やっぱり、真剣なら自分のほうがちょっぴり上だなんて思ってたなら……」

にっと笑う、総司《そうじ》の爪先《つまさき》が、大きく前へ。間合《まあ》い、二間。平らに寝かせた刃がくるりと下を向き、

「それって、大きな勘違《かんちが》いですよ」

悪意に満ちた笑みとともに、白銀の切っ先が躍《おど》る。

ぎゃりっ……

一瞬、二つの刃が絡《から》み合い、

パーン!!

凄《すさ》まじい音とともに、一方の刃が砕け散った。

爽《さわ》やかに微笑《ほほえ》む、総司は上段の構え。眼前、一間という至近で、新八が刀の柄《つか》に手をかけた抜刀の姿勢のまま、ぴくりとも動かない。新八の手の内にあるのは、予備として差してあった

源 清麿《みなもときよまろ》。先刻まで手にしていた同田貫《どうたぬき》は粉々に砕《くだ》け、その破片が足元に散らばっている。

総司《そうじ》は上段からの面狙《めんねら》い。新八《しんぱち》は抜き打ちからの胴《どう》狙い。互いに必殺の間合《まあ》いのまま、固着《こちやく》。

一瞬前。まさしく瞬《まばた》きする間に、幾重《いくえ》もの攻防があったのだ。

一気に間合いを詰めつつ、総司が飛び込みざまの面を狙う。それと察した新八が擦《す》り上げるが——総司の攻めが、瞬時《しゅんじ》のうち、面から小手《こて》へ変化する。変化を追って新八の刃が加速し、さらに小手から跳《は》ね上がるように突きへと変化、さらに、さらに——。無限ともいえる変化の連続と対応。それが一瞬のうちの前半分。

後半分で、総司は、得意《とくい》の突きを放った。無論《むろん》のこと、素直に一発突いただけではない。俗《ぞく》に「沖田《おきた》の三段突き」といわれる。常人《じょうじん》の目には一突きと見える呼吸で三度の突きを繰り出す。が、ここでは、五段。それも、すべて違う太刀筋、異なる狙点《そてん》。余人《よじん》であれば、五回、死んでいる。

その必殺の突きを、新八は全《すべ》て凌《しの》いでみせた。恐るべき手練《てだれ》の業《わざ》というほかはないが、本人としてはそれでも満足のいく打ち回しとは言い難い。無我夢中《むがむちゅう》で受け止めただけなのだ。反撃の糸口も摑《つか》めぬまま、ただ受けるだけ。しかも、いかなる魔剣《まけん》の威力《いりょく》か、剛刀《ごうとう》同田貫を易々《やすやす》と打ち砕かれてしまった。

(有り得ねぇ!!)

驚愕《きょうがく》しつつも咄嗟《とっさ》に腰の源清麿へ手を伸ばし、抜刀の姿勢を取ったが——。

「……くっ……!!」

右の肩口から、とめどなく、鮮血が滴《したた》り落ちる。五段突きの最後の一発。同田貫が砕けた直後に放たれた最後の一撃を避《よ》けきれず、食らった。

(不覚《ふかく》)

新八は唇《くちびる》を噛《か》んだが、一息で五度の突きを繰り出すなど、もはや人の技ではない。天才・沖田総司といえども、人間であった頃《ころ》には成し得なかった、「神の領域」。かわし得ぬとしても、人の身が恥《は》じることもない。しかし、それでも。

(悔《くや》しい……)

その思いを、新八は拭《ぬぐ》い去ることができなかった。

「悔しいですか?」

にっこり笑い、総司は、わざわざ新八に聞いた。

「…………」

新八は、低く抜刀の構えを見せたまま、動かない。いや、動けない。総司が一歩でも踏み込めば抜き打ちに胴を払う、という構えを見せてはいる。だが、抜刀術は専門外である上、利《き》き腕に手傷を負っている。抜き打って胴を払うより、こちらの頭蓋《ずがい》を断ち割られるほうが先だ。

実際には、一歩動いて斬《き》られるのはこちらの方ということになる。

「でもね。私が療養所の天井《てんじょう》を見上げながら抱いてた悔しさは、そんなものじゃない」

一瞬――。労咳《ろうがい》で死んだはずの天才剣士の顔に、深刻《しんこく》な憎悪《ぞうお》の表情が浮かぶ。生きとし生けるもの全《すべ》てへ向けられたような、そんな、底無しの憎悪。

長い間一緒に暮らして来た新八《しんぱち》だが、ついぞ、総司《そうじ》のそんな顔は見たことがなかった。どんなときでも笑っていた男だから。己《おのれ》の身を死病に蝕《むしば》まれても笑っていられた、強い男だと思っていたから。

「ま、それはおいといて」

言って、また、笑う。

「はやいとこ決着をつけましょう。近藤《こんどう》さんの魂《たましい》が――」

総司の背後から、異国の尼僧《にそう》が唱える例の呪文《じゅもん》が聞こえてくる。

「メテン・ベリエル・パラ・デウス。メテン・ベリエル・パラ・デウス。甦《よみがえ》りたまえ。帰りたまえ」

さきほど聞いたときよりも、高く、熱っぽい声。首級桶《くびおけ》の周囲には、心霊《しんれい》の類《たぐい》には勘《かん》の利《き》かないはずの新八が、

（むっ……）

と身構えるほどに濃《こ》い瘴気《しょうき》が立ちのぼり、渦《うず》を巻く。

「もうすぐそこまで来てる」

囁《ささや》いた、総司の爪先《つまさき》が、するり、滑《すべ》り出る。

（打つ手なし、か）

すでに、幾度も幾度も、頭の中で思い描いている。相手がこう来たら、こちらはこう受け、こう返す——という、流れの予測を。いずれも、こちらの死。

相手が並の剣士であれば。無傷でこちらを倒そうと欲を出すこともあるだろう。面《めん》からの変化で、抜刀中のこちらの腕を狙《ねら》う、など。それを読んでいれば、最初から全力で下がり、虎口《ここう》を脱することもできよう。しかし、相手はあの沖田《おきた》総司なのだ。下がろうという色を見せた途《と》端《たん》、得意《とくい》の突きが来る。すでに刀を抜いていて、しかも無傷であっても受け切れなかった五段突きが。

（ならば……）

抜き打ちで胴《どう》を払うことに全力を注ぐ他《ほか》はない。結果は、おそらく変わるまい。死。それだけは動かない。良くて相打《あいう》ち。それが、今の新八が考え得る限り最高の死、ということになる。

数知れぬ戦《いくさ》を闘い抜き、血と泥《どろ》にまみれて生き延びてきたのは、つまるところ、こういう死《し》に様《ざま》を得るためだったか。そう思えば苦笑したくもなるが。これもまた剣士の性《さが》というべきだろう。新八の脳裏《のうり》を占《し》めるのは、人生の悔恨《かいこん》とか、これからの日本の行く末とか、そんなものでは決してなく——。いかに、この一撃を生涯最高の一撃とするか。その一事のみ。

だが——。

「危ないなあ」

不意に、総司《そうじ》のほうから下がり、間合《まあ》いを外す。転瞬《てんしゅん》、

ピイン！

と風が鳴り、新八《しんぱち》の腰間《ようかん》から走った光が闇《やみ》を裂いた。ずしり、音をたて、胴《どう》を真っ二つに両断された人型の化《ば》け物《もの》が、新八の傍《かたわ》らで崩《くず》れ落ちる。横合いから襲い掛かったところを、抜き打ちで、胴一本。

「今のは、かわせませんよ。この沖田《おきた》総司にも」

あっけらかんとした口調で言って、総司は、後ろへ——仲間たちのところへ退《さ》がった。追おうとする新八の前へ、すぐさま人型たちが割って入り、行く手を阻《はば》む。

「肩の傷がまた開きましたね。その出血だと、もう少しで気持ちよくあの世へ行けますよ」

総司の言うとおりだった。だいたい、鬼《おに》の姿のときに闘ったときも左腕をやられ、相当量の血を流しているのだ。このまま人型の相手をしていれば、四半刻《しはんとき》も経ずして失血死するだろう。

「待て」

新八は、総司に向かってそう言ったが、聞こえていないのか、あるいは無視しただけか。総司は、妖気《ようき》漂う首級桶《くびおけ》を見据《みす》え、動かない。代わりに、

「ついに、大将、お帰りのようだぜ」

原田左之助《はらださのすけ》が、首を伸ばし、人型の垣根《かきね》越しに隻眼《せきがん》を向ける。

「俺《おれ》らの御大将がよう」

左之助が呟《つぶや》いた、次の瞬間。

「おぉ……!!」

歓喜の声を上げ、シスター・アンジュが首級桶の中へ両手を差し入れた。そして、「桶の中のもの」を、目の高さにまで、持ち上げる。

黒々とした濡《ぬ》れ髪《がみ》。がっちりとエラの張った、特徴的な顎《あご》。月光を浴び、闇に浮かび上がったのは、まさしく――。

(近藤勇《こんどういさみ》の、首級……!!)

一年あまりもの間、火酒《ひざけ》の中に漂っていた、そいつの目が、開いている。

「近藤さん!!」

土方《ひじかた》が、首級に向かって叫んだ。常に冷静なこの男が珍しく興奮している。

「近藤さん、教えてくれ。あんた、なんであのとき――」

と、そこまで言って、土方は口を閉ざした。唇《くちびる》が、動いたのだ。首級だけの、近藤勇の唇が。

そして――。

「……と……シ……」

その声を、新八も、はっきり聞いた。戦慄《せんりつ》と、いくばくかの懐かしさをもって。

「……やるか……トシぃ……!!」

虚《うつ》ろな――しかし、その場にいる男たち全《すべ》ての魂《たましい》を震わせるほど力強い、『声』。

近藤勇《こんどういさみ》の、声。

土方歳三《ひじかたとしぞう》が叫んでいた。

沖田総司《おきたそうじ》も、原田左之助《はらださのすけ》も。

そして、永倉新八《ながくらしんぱち》もまた――。

叫びながら、剣を振るっていた。彼らと自分とを隔《へだ》てる、醜悪《しゅうあく》な怪物《かいぶつ》たちの垣根《かきね》。それらすべてを薙《な》ぎ倒さんと、阿修羅《あしゅら》のごとく、剣を振るう。

(どけ)

斬《き》っても斬っても起き上がる怪物たち。体重を乗せ、凄《すさ》まじい力で押してくるそいつの足を蹴たぐって倒し、前へ。続けざま、横合いからの斬撃《ざんげき》をかわして、突き。動くたび、血が流れ出、血とともに力もまた軀《からだ》の外へ吐き出されてゆく。

「どけよ……!」

叫び、前へ出る。背中が、がら空《あ》きだった。斬られたばかりの人型が、ぬっと起き上がり、新八の背中へ手を伸ばす。と――、その醜怪《しゅうかい》な腕を、篝炎《かがほ》の忍刀《しのびがたな》が撥《は》ね上げ、切断。そのまま体をくるりと反転し、少女は、自分の背を新八の背に合わせた。息が、荒い。

「あたしが退路《たいろ》を開くから」

逃げろと、少女が言いかけた、そのとき――。

ずおっ……!!

灼熱《しやくねつ》の炎《ほのお》が逆巻《さかま》き、天へ向かい、龍《りゆう》のごとく駆《か》け登った。

「むう……!?」

唸《うな》り、思わず後ずさった新八の眼前に、炎の柱とでもいうべきものが忽然《こつぜん》とそそり立つ。

おおおおおっ……!!

雄《お》たけびは、尼僧《にそう》の手にある近藤のものだった。大きく開かれた口から、獣《けもの》のような声と、そして、炎。

おがああああああああああっ!!

西洋の悪龍《あくりゆう》さながら——。近藤勇の首級《くび》は、天に向け、炎を吐いていた。

赤い光が闇《やみ》を裂き、周囲の地獄絵図《じごくえず》を照らし出す。火を吐く生首《なまくび》と、それを捧《ささ》げ持つ尼僧。天を見上げ、歓喜の叫びをあげる、死んだはずの三人の男たち。腹を割《さ》かれ、仰向《あおむ》けに倒れた、鬼《おに》の骸《むくろ》。その鬼に腸《はらわた》と四肢《しし》とを貪《むさぼ》り食われ、白骨を晒《さら》す、かつて芹沢鴨《せりざわかも》と呼ばれたもの。斬られることと再生することを無限に繰りかえす人型の群。そして、その只中《ただなか》で必死にあがく二人。

さらに——。

「幻《まぼろし》じゃない。本物の、炎……」

呟《つぶや》いた、篝炎の足元を、炎が走る。下草が、燃えているのだ。近藤の首級は、相変わらず、凄《すさ》まじい勢いで、天へ向け、炎を吐き続けている。その、「こぼれ火」が、足元の草を焼き、その炎が周囲へ燃え移っているらしい。だが、草から草へ燃え移る炎の動きは、あきらかに自然なものではなかった。ある所では異常に早く、またある所にはなぜか炎《ほのお》が移らない。

もし、この場を鳥のように上空から俯瞰《ふかん》できたとするならば、炎によって地に描かれてゆく『魔法陣《まほうじん》』を認めたであろう。近藤《こんどう》の首級《くび》を中心に、直径十二間の円。その内に六芒星《ろくぼうせい》を取り囲んだ、魔法陣。近藤が吐き出した魔炎《まえん》を借り、シスター・アンジュが創《つく》り出した、結界《けっかい》。

(囲まれた……)

直感的に、新八《しんぱち》はそう覚《さと》った。見れば、背後は一面火の壁。それは、炎の魔法陣の外壁の部分にあたる。物理的にはもちろん、呪的《じゅてき》にも、円の外と内とを遮断《しゃだん》する、外壁。

そして——。円の中心。天へ伸び、空を焦《こ》がす、炎の柱。上空遙《はる》か、近藤の口から吐き出された炎が虚空《こくう》へと消えゆくその辺りに、『光』が——。

「おお……!　近藤さまの魂《たましい》が……!!」

歓喜に満ちた声で囁《ささや》く、シスター・アンジュの見上げる先。頭上遙かの天空に、巨大な『光の輪』が浮かんでいた。ちょうど、地上の魔法陣と同じ大きさ。虹色《にじいろ》に輝く、光の輪。地上から噴《ふ》き上がってくる炎の柱を中心に、その光の輪が回転しているのが見える。

「帰って来るのです。もう一度、現《うつつ》の世へ。成し得なかった、成すべきことを、成すために」

女のその声に引き寄せられるがごとく。光の輪が、次第《しだい》に、次第に降りてくる。目を見開き、炎を吐き続ける、近藤の首級に向かって。

新八は、ゆっくりと降りてくるその光の輪を、ぼんやりと眺めていた。地に膝《ひざ》をつき、刀を

杖《つえ》にして。血が流れすぎたせいだろうか。意識がぼんやりしている。

「立って」

篝炎《かがほ》に言われて初めて、自分が跪《ひざまず》いていることに気づいた。

「おまえは、逃げろ」

正面から斬《き》りかかってきた人型の胴《どう》を抜きながら、新八《しんぱち》は、篝炎に言った。

「江戸へ……下国様《しもぐに》に、報告を頼む」

「……嫌よ。あたしは、あなたの補佐《ほさ》を……」

「そうだよ。この大事を伝えなきゃならない。俺《おれ》の補佐だ」

岩倉具視《いわくらともみ》の思惑《おもわく》なぞ知ったことではない。しかし、家老の下国には、この恐るべき事実を伝えなければならない。新選組の幹部たちが次々に魔人《まじん》として蘇《よみがえ》り、明治の世を転覆《てんぷく》せしめんと暗躍《あんやく》を始めつつある。そのことを、世話になった下国にだけは伝えておきたかった。一見したところ、篝炎に深刻《しんこく》な傷はない。あの炎《ほのお》の壁さえ消えれば、この場から逃げ去ることも可能と思える。

(あの異人の尼《あま》に一太刀……)

それで、なんとか突破口を開けはしないか。新八は、その一点に狙《ねら》いを絞《しぼ》った。立ち塞《ふさ》がる人型たちの垣根《かきね》に向かい、八双《はっそう》の構え。中央、シスター・アンジュらのいる場所まで斬り込むには、十一体の人型の、せめて半分を一瞬にして斃《たお》さねばなるまい。もはや、体力も気力も極限。しかし、それゆえに、これ以上「守り」は不要。八双に構えた刀身が、さらに、すうっと上へ。八双というより、それは、示現流《じげんりゅう》の「トンボ」であった。守りは一切《いっさい》なし。ただひたすら攻撃のためだけに存在する構え。

「頼んだぜ」

何か言いたげな篝炎へ一言。そして、新八は、前へ出た。

と——。

ざわっ……

不意に、人型たちが、一歩、後方へ退《しりぞ》いた。今までになかったことだが。まるで、何かに脅《おび》えるように、後ろへ。

「ん？」

妙な気配を感じ、新八は、ちょっと振り返った。さきほどと同じく、そこには炎の壁があるだけだったが。その、炎の壁に、ゆらり、巨大な『影』が、写っていた。

「!?　何者かが、私の結界《けっかい》を……!!」

悲鳴にも似た、シスター・アンジュの声。同時に、そいつは、ゴリゴリと、強引《ごういん》に、双《ふた》つの頭をねじこんできた。シスター・アンジュの創《つく》り出した、炎の結界の内側へ。

「なっ……!?」

驚き、声をなくす新八の背後へ。この場にいる全《すべ》ての人間の視線が注がれていた。

ハッ……フッ……

荒い呼気《こき》を漏《も》らす、二つの顎《あぎと》――。そいつが、鼻先をゴリゴリねじこんでくる。炎《ほのお》の壁を突き破り、さらに内側へ、内側へと。

「狐《きつね》……か……!?」

新八《しんぱち》は、自分のすぐ後ろに現れたものを『狐』と見た。それも、とてつもなく大型の――人間など一呑《ひとの》みにしてしまいそうなくらい巨大な、二匹の白狐《びゃっこ》。しかし、新八は、炎の壁を破り、飛び込んできた「そいつ」を見て、自分の認識が少し違っていたことを知った。一匹だったのだ。二つの頭と九つの尾を持つ、一匹の、白狐。体高八尺。馬より大きな、双頭九尾《そうとうきゅうび》の白狐。

そいつが、炎の壁を食い破り、新八の背後に立っていた。

(新手《あらて》か!?)

混乱しつつも反射的に飛《と》び退《すさ》る新八。しかし、巨大な白狐は新八に襲い掛かることはなかった。

くわっ!!

牙《きば》を剝《む》き、白狐が飛び掛かったのは、足元に群がる人型たちだった。二つの顎に頭を噛《か》み砕《くだ》かれ、強力な前足で跳ね飛ばされ、十一体の人型たちが木《こ》っ端《ぱ》のごとく宙《ちゅう》に舞う。

(なんだなんだ?)

戸惑《とまど》う新八の目が、ふと、一点――白狐の背中へと注がれ、見開かれる。

「おまえ……!!」

白狐の背には、白衣《びゃくえ》を纏《まと》った、小さな人影があった。紅蓮《ぐれん》の炎に照らし出された、その幼くも美しい顔を、新八は知っていた。

「魅雷神社《みかづち》の……メイ……!!」

名を呟《つぶや》くと、少女は、白狐の上から新八へ視線を返し、

「メイちがう。晴明《せいめい》や」

にこっと笑った。

「うちも、お侍《さむらい》はんと一緒に闘う」

こんな幼い少女がともに闘うと言う。常識的に考えれば素直に頷《うなず》ける申し出ではない。だが、新八は、

「かたじけない」

短く言って、篝炎《かがほ》とともに駆け出した。振り返りもせず。

少女は『晴明』と名乗ったのだ。晴明の名は決して軽いものではなく、それを名乗る覚悟もまた――。

子供扱いは礼《れい》を欠《か》く。だから、背中を預け、前に出る。人型たちは白狐に蹴散《けち》らされて混乱している。敵中深く斬《き》り込むなら今をおいて他《ほか》にない。

「おう……!?」

走り出してすぐ、新八は、上段に構えた清麿《きよまろ》から『光』が発せられるのを感じた。見れば刀

身に梵字《ぼんじ》の呪《しゅ》が浮き出し、蒼《あお》く光っている。それは、

「《ナウマクサラバタタギャテイビャク》——」

白狐《びゃっこ》の背でメイが唱えているのと同じ呪文《じゅもん》だ。少女の唱える呪が梵字となり、新八《しんぱち》の剣に浮かび上がっている。いや、新八だけではない。ともに走る篝炎《かがほ》の忍刀《しのびがたな》にも同じ呪文が浮かび、光を発していた。

「こいつぁ……!?」

「強い呪力《じゅりょく》が流れ込んでくる。これなら——」

走りながら、篝炎が刃を振るう。と、横合いから飛び掛かってきた人型が、
ぼっ——!!

爆《は》ぜる。斬《き》られたのではない。爆裂《ばくれつ》し、灰となったのだ。

「天魔外道皆仏性《てんまげどうかいぶっしょう》、四魔三障成道来《しまさんしょうじょうどうらい》、魔界仏界同如理《まかいぶっかいどうじょり》、一相平等無差別《いっそうびょうどうむしゃべつ》」

「メイの……いや、晴明《せいめい》の力か？」

新八の問いに篝炎が頷《うなず》き、さらに刃を一閃《いっせん》。またしても人型が弾《はじ》け、砕《くだ》け散る。さすがに、灰となっては再生できぬらしい。背後では、メイの操《あやつ》る白狐が手当たり次第《しだい》に人型を食らっている。瞬《また》く間に半減し、残る人型は、新八の正面に立つ六体のみ。

「意鋭《いえ》～っ!!」

裂帛《れっぱく》の気合とともに——繰り出された新八の一刀が人型を両断する。そして、二つに分かれ

た肉塊《にくかい》が、
ぼがっ!!

爆裂、四散。

(いける……!!)

「残りはあたしが」

篝炎が足を止め、新八を追おうとしていた残りの人型たちの気を引く。

「任せた」

妖術《ようじゅつ》によって地に刻まれた魔法陣《まほうじん》。その一つ一つの呪文から噴《ふ》き上がる火柱の側を走りぬける新八。炎《ほのお》を宿したその視線の先には、近藤《こんどう》の首級《くび》を抱いたシスター・アンジュ。そして、その周りを囲む魔人《まじん》たち。

「戻ったのか？　近藤さんは」

「術は成功です。けれど、首だけ――それも、こんなに邪魔者《じゃまもの》が多くては。完全なる目覚めは望めませんわね」

土方《ひじかた》の問いかけに尼僧《にそう》が答え、腕に抱いた首級を愛《いと》おしげに見つめる。先ほどまで悪龍《あくりゅう》さながら炎を吐いていた近藤勇《いさみ》。今は目も口も閉じ、もとの『首級』に戻っている。

「眠ってるんですか？」

と、総司《そうじ》。

「ええ。休眠状態でいれば、身体《からだ》がなくとも、一月《ひとつき》は。ただし、それなりの設備の整った場所で、それなりの処置を施《ほどこ》しませんと」

「だったら、江戸へ急がなきゃなるめえ。どっちみち胴体《どうたい》も――」

言いかけた左之助《さのすけ》が振り返り、
しゅごっ!!

「あそこだ」

大蛇《おろち》の槍《やり》を突き出す。人型の群を突破し、目前にまで迫ってきた、新八《しんぱち》の心臓めがけて。転《てん》瞬《しゅん》、
ぎいいんっ……!!

鈍《にぶ》い音とともに槍先が下がる。新八の強烈な斬《き》り下ろしにねじ伏せられたのだ。

(これが、今にもくたばりそうになってた男の打ち込みか!?)

新八の文字通りの「底力」に内心舌《した》を巻きつつ、左之助が素早く槍を引き戻す。しかし、その機を新八は逃さない。一気に左之助の懐《ふところ》へ飛び込んだ。

「南無《なむ》」

必殺の突きが左之助の喉元《のどもと》へと吸い込まれる。だが――。

直前で、切っ先は止まった。さらに、新八が退《さ》がる。何故《なぜ》か、己《おのれ》に有利な間合《まあ》いを捨て、大きく飛《と》び退《すさ》ったのだ。ぶんっ、と風を巻き、左之助の槍が空を斬る。それを紙一重で新八がか

わしつつ後ろへ飛び、やがて、三間の距離で固着《こちゃく》。

「危ねぇ危ねぇ」

呟《つぶや》く左之助の左眼窩《がんか》から、ぬらり、白蛇《はくじゃ》がこぼれている。その先端は鋭く尖《とが》り、小さな槍の穂先《ほさき》と化している。先刻、新八が退《ひ》かざるを得なかった理由がこれだ。

「その刀――やべぇ臭《にお》いがぷんぷんしてる。あのオチビちゃんの力か」

左之助の問いに、新八は無言のまま答えない。気息《きそく》を整えるのに精一杯で声を出せないのだ。

さっきの打ち込みで、また大量の血と気力とを失っている。実のところ、立っているだけでも辛《つら》い。

「立ってるだけで精一杯に見えるが――。ここからだよ。ほんとに強《つえ》ぇ奴《やつ》は、ここからだ」

にやり、左之助が犬歯を剝《む》き出す。

「悪ぃね八《ぱ》っつぁん。最後まで付き合ってやるわけにはいかねぇ。こんなとこで死んだんじゃ、なんのために戻ってきたのか解《わか》んねぇからよ」

屈託《くったく》なく言い、すっと退《さ》がった。

「……待て……」

喘《あえ》ぎ混じりに呟き、一歩前に出た――新八の足元へ、荒い波が打ち寄せるがごとく、紅蓮《ぐれん》の炎《ほのお》が迫る。あっと言う間もなく、紅蓮の炎が壁となり、左之助との間を隔《へだ》てる。

（シスター・アンジュの幻術《げんじゅつ》……！）

二階建ての家ほどの高さの炎の壁《ほのお》――。それが、まず左右に広がり、さらに前後へと枝分かれし、新八《しんぱち》たちを複雑な『炎の迷路《めいろ》』に閉じ込めてゆく。

「左之助《さのすけ》。殿《しんがり》の役目、ご苦労」

炎の向こうから、土方《ひじかた》の声が聞こえる。炎の壁越し、朧《おぼろ》に、幾つかの人影が認められる。

「ちょいと心残りではあるが」

「ムシケラに構っている時間はない。行くぞ」

「アハハ。相変わらず口が悪いな。トシゾウさんは」

「皆様、お早く。ああ見えて、あの子の呪力《じゅりょく》は桁外《けた》れ。いかに私といえども、そう長くは足止めできませぬゆえ」

炎に映った人影が、小さくなり、消えてゆく。

こんなにもあっさりと。

「ちょ……」

思わず、新八は炎に手を伸ばし、

「ちょっと待てぇ～っ!!」

叫んだ。腹の腑全《ふすべ》てを吐き出すように、激しく。

「ハハハ。なんか言ってる。アハハハハ」

最後に遠くから聞こえたのは、沖田総司《おきたそうじ》の笑い声――。

紅蓮《ぐれん》の炎が、新八の手指を焼く。

(幻《まぼろし》だ)

自分に言い聞かせ、精神集中。だが、どれだけ心を研《と》ぎ澄《す》ませても、以前のように炎が消えることはない。

「ダメ……!!」

と、すぐ後ろから、篝炎《かがほ》の声。

新八に駆け寄り、少女は、炎に突き入れられた左腕を胸に抱くようにして無理やりひっこめさせた。

巨大な獣《けもの》の気配を感じて新八が振り返ると、白狐《びやっこ》に跨《また》がったメイもすぐ後ろに来ていた。残った人型の処理は終わったらしい。もしくは、魔《ま》法陣《ほうじん》の内側を埋め尽くした炎の壁によって焼かれたものか。

「あの女……ほんまの炎も操《あやつ》るんや」

メイが悔《くや》しげに呟《つぶや》き、目を閉じて呪文《じゆもん》を唱え始めた。

「おんありていうんぱった……」

一瞬、周りを囲む炎の壁がゆらめく。しかし、そこまでだ。メイの呪力をもってしても、シスター・アンジュの術を破るのは容易《ようい》ではないということか。

「魔力だけじゃない。多分、火薬も使ってる」

篝炎《かがほ》の言葉にメイが頷《うなず》く。すぐさま、別の呪文《じゆもん》に切り替えた。

「……木火土金水《きひづかみ》の神霊《かむみたま》……」

にわかに、ぽつりと来た。天から降ってきた小さな滴《しずく》が、新八《しんぱち》たち三人の頬《ほお》を濡《ぬ》らし、また、炎《ほのお》に触れて消える。

先刻まで、月が出ていたはずだ。雨の予兆《よちょう》など微塵《みじん》もなかった。しかし、今、天を仰《あお》げば、黒雲が不自然な集まり方をしているのが目に見えて解《わか》る。

「厳《いつ》の御霊《みたま》を幸《さきわ》え給《たま》え……」

メイが——晴明《せいめい》が、雨雲を呼んでいるのだ。土御門《つちみかど》の長き歴史に培《つちか》われた技か、少女の類稀《たぐいまれ》な才か。いずれにせよ恐るべし。人の身がこうも容易《たやす》く雨を呼ぶとは——。

ざあっ…………

やがて、土砂降《どしゃぶ》りの雨。

もうもうたる水蒸気の霧《きり》が立ち昇り、炎も消えてゆく。

後には、さまざまな燃え滓《かす》が残った。炭化した草木。焼けただれた、夥《おびただ》しい数の蛇《へび》の死骸《しがい》。散乱した無数の人骨と、巨大な鬼《おに》の骨。あまりにも異常すぎる闘いを物語る、異形《いぎょう》の骸《むくろ》。

無言のまま立ち尽くす篝炎と、白狐《びゃっこ》の背でやはり無言のままのメイ。

そして——。

激しい雨の中、刀を握り締めたまま闇《やみ》を睨《にら》み続ける永倉《ながくら》新八。

刀身に浮き出ていた梵字《ぼんじ》はすでに消えている。

炎の残滓《ざんし》か、身の内に燻《くすぶ》る熱さか。濡れた体表から激しく蒸気が立ち昇る。

「――江戸」

ぽつり、新八が呟《つぶや》いた。

「江戸へ急がねばと、言ってやがった」

ふらり、歩き出す。足取りは覚束《おぼつか》ず、手にした清麿《きよまろ》を杖《つえ》につく。

「行かなきゃならねえよ。俺《おれ》も……江戸へ……」

血が流れ、足元の汚泥《おでい》へと注ぐ。それでも、新八の歩みは止まらない。

「今は、傷の手当てを」

肩を貸そうと身を寄せた――篝炎の手を、新八は払いのけた。

「忍《しのび》のくせに安い同情してんじゃねえ。奴《やつ》らの後を追うのが先だろうが」

篝炎の目を見ずに言う。

「……バカ」

だから、そう言って去った少女の表情を、新八は知ることができなかった。

「お侍《さむらい》はん……」

頭上からかけられた声にもしばらく無反応だったが。しばらく歩いて後、

「悪かったな。たいして役に立てなくて」

片目を瞑《つぶ》る、この男のいつもの笑顔で応《こた》えた。いや——。いつもの笑顔であろうはずもない。それくらいはメイにも分かる。だから、メイの小さな胸もずきんと痛んだ。

「そんなことない！　運命の枝葉は幾つもあって——とにかく、お侍《さむらい》はんが闘ってくれたから最悪の運命は免《まぬか》れたんや！　京の街を、あの近藤《こんどう》いう人に焼かれずにすんだ……。それに、それに！　お侍はんが居てくれる思うたから、うちかて闘う決心ついたんや!!」

胸のうちの想《おも》いを一生懸命《けんめい》言葉にしようとするメイ。

いい子だ。手が届けば、きっと頭を撫《な》でてやっただろう。だから、

「救われるね」

嘘《うそ》をついた。

言葉で救われるはずはないのだ。

(——斬《き》る)

それしかない。

(ぶった斬る)

ズタズタに切り刻《きざ》まれた魂《たましい》が救われるとすれば、それしかない。

あの異国の尼僧《にそう》を斬る。

かつて親友《とも》と呼んだ原田左之助《はらださのすけ》も斬る。

沖田《おきた》も。

土方《ひじかた》も。

近藤勇《こんどういさみ》が生き返るならば、これも無論《むろん》。

もはや松前《まつまえ》への帰参《きさん》なぞどうでもよかった。今の新八《しんぱち》の望みは、

(奴《やつ》ら全員、叩《たた》っ斬る……!!)

その一事のみ。

なおも降りしきる夜の雨の中――。

「……待ってろ……」

呟《つぶや》いた、新八の顔が笑みの形に歪《ゆが》み、萎《な》えた足は、それでも一歩一歩、遙《はる》か遠く、目指す地へと向かう。

江戸へ――。

今は東京とその名を変えた帝都へ。

次なる死闘の舞台へと。

＜初出一覧＞

第一話　「帰京」…………電撃hp vol.19

第二話　「死合」…………電撃hp vol.20

第三話　「晴明」…………電撃hp vol.21

第四話　「逢魔」…………電撃hp vol.22

第五話　「首級」…………電撃hp vol.23

小鳥になりたい

作画／ヤスダスズヒト
原案／出海まこと

かはっ
はあっ…!!
は…もがっ
静かに!
情けないなぁ
ちょっと走ったくらいで
は……
はいっ!!
押忍!!
新選組隊士見習い芝池三郎っス!!
初陣《ういじん》っス!!
二里は走ったスけど…

さて――
今日の〝死番〟は誰ですか
わっ
私です!!
ハイハーイ
〝死番《しばん》〟とは
突入の時一番最初に行く人のことで…
じゃ漢《おとこ》らしく
逝《い》ってらっしゃい
ひら
ひら
はっはいイイっ!!
ドカ
うらああぁっ!!
ザク
ザクッ

つまり〝死に番〟――!!
ハイ突入～
らあっ!!
がっ
……!!
くっ
このっ……!!

自分の身くらい守ってもらわないと
……っ!!
お兄さん困っちゃうなァ
すっすみません!!

死番は順番制で
各隊ごと平《ひら》の隊士で
公平に番を回す
ことになってます
でも
事実上 死番が
ないっていう
隊もあって――
ドカッ
十番隊
到着!!
一つは
"槍《やり》の原田"
率いる十番隊!!
隊長格が二人ィ!?
分が悪い!!
退けい!!
わあぁあっ

ぬうっ……!!
そしてもう一つが…
ゴト
ゴト
ピッ
二番隊推参!!
逃がしゃしねェぜ
にや
神道無念流《しんとうむねんりゅう》の剣客・永倉新八率いる二番隊!!
この二人幹部なのにいつも最初に突入しちゃいます!!

永倉さんの剣技は俺の隊長〝天才〟沖田さんと互角……!!
沖田さんは〝神〟みたいな強さっスから互角の永倉さんはさしずめ〝鬼〟——
新選組の〝竜虎〟真剣勝負ならどっちが強いのか？
ぬあっ……!!
マジ気になりマス〜!!

西本願寺集会所
屯所内副長室——

失礼
します…
二番十番
両隊長
君たちは〝幹部は除外〟という隊規を無視して死番をやってるらしいな
それも
毎回
いやあ
つい血が
騒いじまって
よぉ
祭りだ
祭り!!
みてーな?
ハハ…
……
永倉君
君は
………
自ら先陣を切るのが
武士《もののふ》の道……
なぞと考えてるんじゃあるまいな
……いけねえかい?
あんたも大好きだろ武士道ってやつがよう
……
局中法度を作った私へのあてつけか?
別にぃ
まっ規則規則で堅っ苦しいのは確かだが

ならず者の集まりを
血の掟で縛り
〝新選組〟
たらしめるのが
私の仕事だ
邪魔する者がいるというなら——
カチャッ
まっなんだ
ぐっ
規則がどうのってぇ…
規則がどうだって話じゃあねえんだっ
要するに……よ
同じ釜の飯を食ってきた
お前らのことが心配だって言ってんのさぁ
新八ィ
左乃ォ
俺ァお前らのことが大好きなんだぜぇ!!

ちぇっ……
相変わらず臭いことを平気で……
正直だけが俺の取り柄だ
思うところあってのことだろうがまあ…単純によ
“幹部の特権”ってことで割り切ってくれねえか?
特権ね……
まっ努力はしてみるよ
……
じゃこの話はこれまで
漢同志の絆……!!かっこいいッス!!
あとは彼のことですね
えっ!!俺っ!?
スか!?
とりあえず昨日一日ボクが面倒みたんですけど
弱っちいからなー超お荷物ってカンジで
会津の偉いさんのご子息ってやつでな何処に置いたもんか
弱えのはムシみてえにすぐ死んじまうからなぁ
気ィ遣うヒマもねえぜ
ひどい

てことで――
新八っつぁん頼む
特別扱いするわけにはいかんがさりとて…
そう簡単に死なすわけにもいかねぇ
へ、
注文が細かいね
仕方ねぇ来な
あ……どこへ？
道場に決まってんだろ
どんくらいの弱さか確かめとかねぇと
使いようもねぇ
昨日は初陣で緊張したけど…
俺だって国じゃあちょっとしたもんだったんだ
ギュッ…
一発いいとこ見せて脱・お荷物だ!!

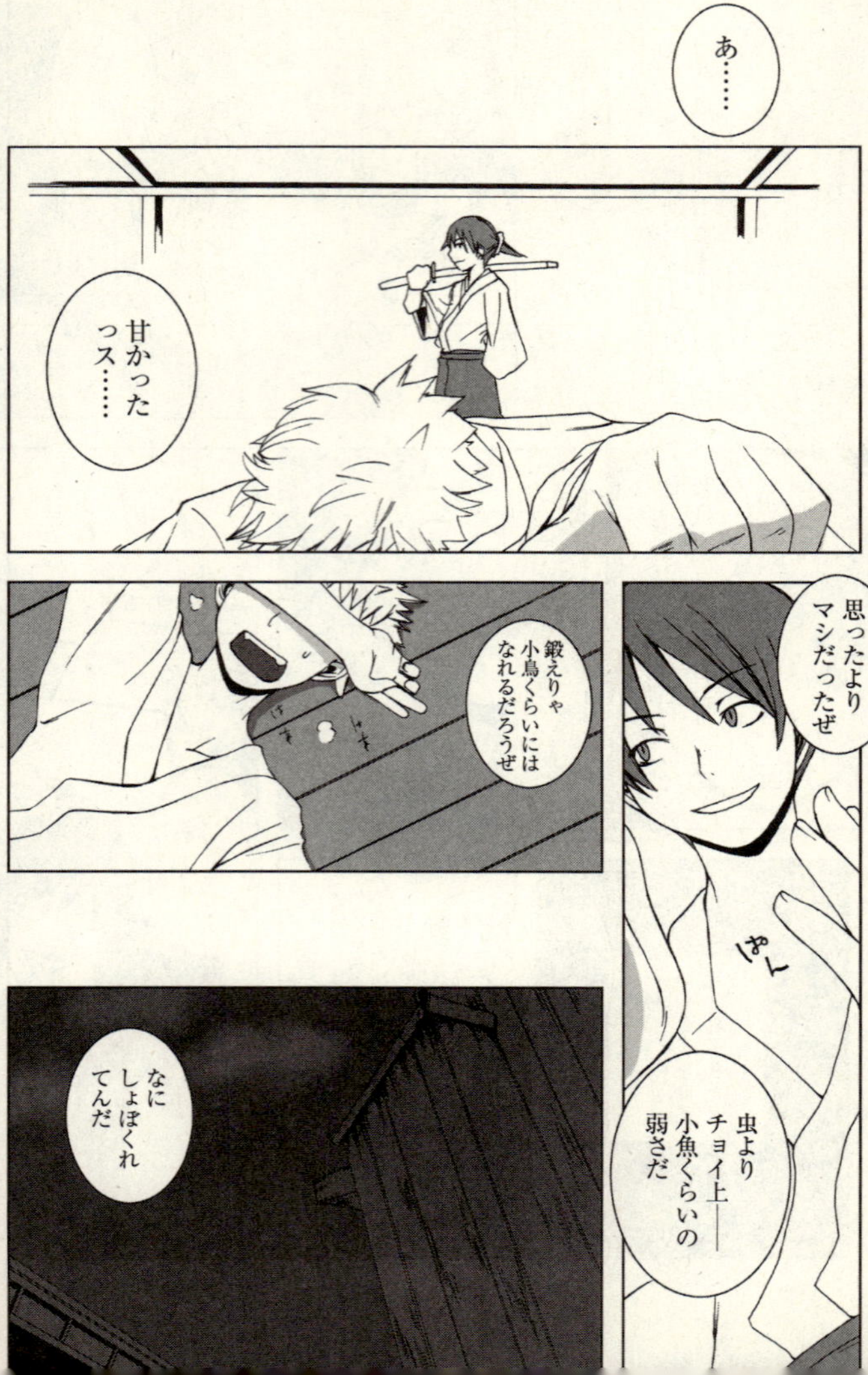
あ……
甘かったっス……
思ったよりマシだったぜ
ぽん
虫よりチョイ上――小魚くらいの弱さだ
鍛えりゃ小鳥くらいにはなれるだろうぜ
なにしょぼくれてんだ

やっぱ むいてないんで しょうか俺…
はぁ? なんで?
弱いし…… それに正直 怖いんス
いつか自分にも 死番が回ってくる そのことを 考えると……
まっ そりゃ他の隊士も 一緒だろうぜ
……隊長も スか?
もちろん
じゃあなんで 毎回ご自分で 死番なんか——
〝幹部の特権〟 ってやつか?
……は?
俺にとっちゃ 死番を全部一人で やっちまうことこそが 幹部の特権ってこと
わかるか? 俺たちはとんでもなく オイシイ時代に 生きてんだ
剣客《けんかく》として 己を高めるには まさに、最高の——

戦国の武将とか宮本武蔵なんて剣豪はそりゃあすごかったんだろうが——
果たして
生涯で
どれだけの人間を斬っただろうな
……
あの……
わかんねえか
まっ小魚じゃ仕方ねえな
せめて小鳥くらいに——
ならねぇとな
ザッ..
うあっ！なんだお前らっ⁉
徳川の犬に天誅《てんちゅう》を……

隊長ッ…!!
へへ　オイシイ人数だ
せいぜい死なねえようにしてろ!
隊長ッ…!!
鬼神のような　その闘いぶりを　見て——
この人にとって　命ぎりぎりの死闘すら　己を高める修練の一つだと　わかった気がした
皆が恐れる死番さえ　修練のための　〃美味しい機会〃
まさしく——

鬼――
くそっ…
おりゃあっ!!
うわっ!!
っ……
ドサ…
はぁ!!
……
ド

おっ
なかなかやる
……かと
思ったら
やっぱ向いて
ねえかも
国に帰るか?
局長には
俺から――
や……
やめないっス
ほう?
自分は……
めちゃめちゃ
弱っちい小魚
っスけど……
いつか…
いつか
新八さん
みたいに
絶対
なるっス!!

……
十年早え
せめて——小鳥になりたい
生まれて初めてそんなふうに思った夏の夜——
——終劇——

某日、担当さんとスズヒトの会話。

担：鬼神新選、7月に単行本決まりました
ス：お、おめでとうございます
担：それで、16ページ漫画も載せることに決まりました
ス：わあ、豪華な本になりそう
担：ははは
ス：・・・・・・
担：・・・・・・
ス：・・・漫画なんか描きましたっけ・・・
担：描き下ろしで♡
ス：！！
担：ははは
ス：ちなみに発売日は・・・
担：延びません♡
ス：！！

16Pならアシスタントさん入ってもらって40日ってとこか・・と計算したり。
その後、出海さんから渾身のラフが送られてくる。こちらも気合い入れてネーム切り返す。

ス：ネーム終わりました！
担：お疲れ様です、何ページになりました？
ス：45ページです
担：・・・・・・
ス：・・・・・・
担：・・・シーン削っていいですよ
ス：そうします・・・

それでも削りきれず、19Pに。しっかりせねば、と思ってたところで大風邪をひき、半月寝込むことに。あらためてスケジュール組み直してなんとか〆きりギリギリにおさめれることに。

ス：・・・という感じのスケジュールで行こうと思います
担：・・・・・・
ス：？
担：もしかして、〆きり勘違いしてません？
ス：あ、〆きりなにも言われなかったんでいつも通りかと
　○○日ですよね？
担：それは電撃hpの〆きり、文庫のモノクロは○○日です
ス：ゲエエッ！！
担：あと、漫画は〆きり早いんで○○日ですよ♡
ス：ゲエエッ！？

そんなこんなで、こんな漫画になってしまいました・・。
背景ほとんどナシの下書きかなりはしょってのペン入れ等、
反省材料ばかりでした。しかもデッド〆きりギリギリ・・
編集部並びに印刷所のみなさん、本当にすみませんでした・・。
それに、せっかくの素晴らしい原作を生かしきれずに申し訳ありません、出海さん。
ガクリ。

本文イラストに出てこなかった双児さん。

新選組衣装案。
提出しよう、と思ってたら
「新選組の衣装、普通でいきましょう」
と言われたのでお蔵入り。

あとがき

各所に多大なるご迷惑《めいわく》をかけまくった末、ようやく京都篇ラストまでこぎつけられたわけですが。

終わった、というより、

「始まった」

そんなかんじですね。この期《ご》に及んで。

道は長く険《けわ》しい。勉強しても勉強しても分からないことだらけで。ちんにく馬鹿《ばか》には正直しんどいんですけど（笑）でも、やり甲斐《がい》は有ります。ていうか有りまくりです。

編集長とW田さんとその周辺の方々ならびにヤスダさんには諸々《もろもろ》ご迷惑かけどおしですが（ほんま生まれてすんません。いつか死にますんで許してください。もしかしたらわりとしぶといかもしんないんすけど高血圧なんで逝《い》くときゃコッローっ逝きますんで。そしたら墓前に花はいらないいんで代わりに歌を。『あかね空』がいいです。あとギターで『インスピレイション』弾《ひ》いてください。墓石にかける酒は純米ベタ甘どっしり系がいいです。ああ、オニオンスライスもどっさりかけてください。あの世で血圧下がるよう（笑）、どうかお見捨てなきよう。残り、江戸篇、函館篇。できれば最後まで書きたいので、読者の皆さん、よろしければ応援のほどを。

なお、京都篇エンディングテーマは一世風靡セピア『道からの組曲』で（例によって勝手《かって》に）お送りしました。

「殿。『斬玉lv4』よこせ」出海まこと

二〇〇三年　五月

ホームページのアドレス

http://www.cx.sakura.ne.jp/~mega/

◉出海まこと著作リスト

「シャドウプリム」（電撃文庫）

本書に対するご意見、ご感想をお寄せください。

■

あて先

〒101-8305 東京都千代田区神田駿河台1-8 東京YWCA会館
メディアワークス電撃文庫編集部
「出海まこと先生」係
「ヤスダスズヒト先生」係

■

電撃文庫

鬼神新選《きじんしんせん》
京都篇《きょうとへん》
出海《いずみ》まこと

発行　二〇〇三年七月二十五日　初版発行

発行者　佐藤辰男

発行所　株式会社メディアワークス
〒一〇一-八三〇五　東京都千代田区神田駿河台一-八
東京YWCA会館
電話〇三-五二八一-五二〇七（編集）

発売元　株式会社角川書店
〒一〇二-八一七七　東京都千代田区富士見二-十三-三
電話〇三-三二三八-八六〇五（営業）

装丁者　荻窪裕司（META＋MANIERA）

印刷・製本　旭印刷株式会社

落丁・乱丁本はお取り替えいたします。
定価はカバーに表示してあります。

ISBN4-8402-2322-X C0193

電撃文庫創刊に際して

文庫は、我が国にとどまらず、世界の書籍の流れのなかで〝小さな巨人〟としての地位を築いてきた。古今東西の名著を、廉価で手に入りやすい形で提供してきたからこそ、人は文庫を自分の師として、また青春の想い出として、語りついできたのである。

その源を、文化的にはドイツのレクラム文庫に求めるにせよ、規模の上でイギリスのペンギンブックスに求めるにせよ、いま文庫は知識人の層の多様化に従って、ますますその意義を大きくしていると言ってよい。

文庫出版の意味するものは、激動の現代のみならず将来にわたって、大きくなることはあっても、小さくなることはないだろう。

「電撃文庫」は、そのように多様化した対象に応え、歴史に耐えうる作品を収録するのはもちろん、新しい世紀を迎えるにあたって、既成の枠をこえる新鮮で強烈なアイ・オープナーたりたい。

その特異さ故に、この存在は、かつて文庫がはじめて出版世界に登場したときと、同じ戸惑いを読書人に与えるかもしれない。

しかし、〈Changing Time, Changing Publishing〉時代は変わって、出版も変わる。時を重ねるなかで、精神の糧として、心の一隅を占めるものとして、次なる文化の担い手の若者たちに確かな評価を得られると信じて、ここに「電撃文庫」を出版する。

1993年6月10日
角川歴彦

電撃文庫

AHEADシリーズ 終わりのクロニクル①〈上〉

川上稔
イラスト／さとやす（TENKY）

ISBN4－8402－2389－0

10の異世界との概念戦争が終結して60年……。そして今、最後の存亡を賭けた〝全竜交渉〟が始まる！ 川上稔が放つ待望の新シリーズ、いよいよスタート！

か-5-16 0799

AHEADシリーズ 終わりのクロニクル①〈下〉

川上稔
イラスト／さとやす（TENKY）

ISBN4－8402－2407－2

初めての異世界との戦闘を経て、佐山御言は1st-Gとの全竜交渉を成功させることができるのか？ そして彼が知る新たな真実とは？「AHEADシリーズ」第1話完結。

か-5-17 0811

シャドウプリム

出海まこと
イラスト／川元利浩

ISBN－4－8402－1975－3

依頼を受けたら、どこでも住み込みでご主人さまに仕えるメイド、風間萌美。しかし、彼女のメイド服の色が変わる時、もう一つの素顔が明らかになる!?

い-4-1 0610

鬼神新選 京都篇

出海まこと
イラスト／ヤスダスズヒト

ISBN4－8402－2322－X

新撰組主要メンバーが「魔人」として蘇り、日本をかきまわす。それを迎え撃つのは、もと新撰組二番隊隊長・永倉新八！ 巻末に描き下ろしコミック収録。

い-6-1 0815

学校を出よう！ Escape from The School

谷川 流
イラスト／蒼魚真青

ISBN4－8402－2355－6

超能力者ばかりが押し込まれた山奥の学校。ここに超能力など持ってないはずの僕がいるのは、すぐ隣に浮かんでいる妹の〝幽霊〟のせいであるわけで――！

た-17-1 0784

電撃文庫

デュアン・サーク① 魔女の森〈上〉
深沢美潮
イラスト／おときたたかお
ISBN4－8402－0510－8

深沢美潮、待望の新シリーズが登場！ かけ出しファイターの少年デュアン。迷子になった森の中で2人の冒険者に巡り会い、憧れのクエストに初挑戦!!

ふ-1-4 0133

デュアン・サーク② 魔女の森〈下〉
深沢美潮
イラスト／おときたたかお
ISBN4－8402－0523－X

ひよっこ冒険者デュアンは、2人の仲間——オルバとアニエスと共に、魔女の館へ……。そこで彼らを待ち受けるのは!? デュアン初めての冒険譚、待望の下巻。

ふ-1-5 0135

デュアン・サーク③ 双頭の魔術師〈上〉
深沢美潮
イラスト／おときたたかお
ISBN4－8402－0709－7

ドラゴンの宝を目指して、船旅に出発！ しかし、あやしい魔術師との出逢いが、運命を変えた……？ 少年デュアンの冒険譚パート2、いよいよスタート！

ふ-1-7 0205

デュアン・サーク④ 双頭の魔術師〈下〉
深沢美潮
イラスト／おときたたかお
ISBN4－8402－0949－9

双頭の魔術師と共に旅をしてきたデュアンとオルバは、ついにルカ島に到着。果たしてデュアンたちは、無事ドラゴンと遭い、お宝をゲットできるのか!?

ふ-1-12 0280

デュアン・サーク⑤ 銀ねず城の黒騎士団〈上〉
深沢美潮
イラスト／おときたたかお
ISBN4－8402－1285－6

黒騎士団に捕らわれたデュアンとオルバ。身に覚えのない大罪をきせられて……。初心者ファイター・デュアンの冒険譚、待望のパート3は陰謀渦巻く宮廷物語！

ふ-1-16 0372

電撃文庫

デュアン・サーク⑥ 銀ねず城の黒騎士団〈下〉

深沢美潮
イラスト／おときたたかお

ISBN4－8402－1479－4

デュアンとオルバは、無事に地下牢から脱出。でも銀ねず城内は黒騎士と赤騎士が大乱闘！　魔王の仕業か!?　デュアンは魔王封印の謎解明に乗り出すが……。

ふ-1-17　0430

デュアン・サーク⑦ 氷雪のオパール〈上〉

深沢美潮
イラスト／おときたたかお

ISBN4－8402－1684－3

デュアンたちは、オルランド国の危機を救った英雄として記念式典に招かれた。そしてデュアンは、新たな夢に向かって旅立つことにしたのだが……。

ふ-1-19　0495

デュアン・サーク⑧ 氷雪のオパール〈下〉

深沢美潮
イラスト／おときたたかお

ISBN4－8402－1847－1

クレイ・ジュダと共にオパールの元を訪れたデュアン。またアサッシン殺しを葬るべくアサッシン・ギルドに向かったオルバとランドの運命は!?　第一部完結編！

ふ-1-21　0432

デュアン・サークII① 翼竜の舞う谷〈上〉

深沢美潮
イラスト／戸部 淑

ISBN4－8402－2189－8

翼竜の子供たちを連れ、竜騎士の国に向かうことになったデュアン一行。そこに待ちうけていたものは!?　大好評デュアン・サークシリーズ、第2部のスタート!!

ふ-1-37　0720

デュアン・サークII② 翼竜の舞う谷〈下〉

深沢美潮
イラスト／戸部 淑

ISBN4－8402－2403－X

謎のネクロマンサーに脅かされている竜騎士の国。絶体絶命の彼らを救うため、デュアン一行は双頭の魔術師とともに立ち上がる！『翼竜の舞う谷』完結編!!

ふ-1-38　0807

電撃文庫

ダーク・バイオレッツ

三上 延
イラスト／成瀬ちさと

ISBN4－8402－2116－2

行先のない黒いバス——それは人々を喰らう呪われた存在だった。幽霊を見ることのできる「紫の目」を持つ高校生・明良は、神岡町に眠る《闇》に挑むが……。

み-6-1　0683

ダーク・バイオレッツ2 闇の絵本

三上 延
イラスト／GASHIN

ISBN4－8402－2214－2

神岡町に頻発する失踪事件を追う明良たちが出会ったのは、人を喰らい、その内容を現実化してゆく、呪われた絵本だった……。人気のホラーシリーズ第2弾！

み-6-2　0729

ダーク・バイオレッツ3 常世虫

三上 延
イラスト／GASHIN

ISBN4－8402－2319－X

かつて明良が救えなかったひとりの少女、菜月——その霊魂が神岡町に訪れたとき、悲劇の第二幕が始まる。そして現れる、第三の《紫の者》とは！

み-6-3　0785

ダーク・バイオレッツ4 死者の果実

三上 延
イラスト／GASHIN

ISBN4－8402－2408－0

失踪した姉の足跡をたどった少女が手に入れた奇妙な『種』。学園祭に湧く神岡北高校の裏庭にそれが根付くとき、禁断の果実が惨劇を呼ぶ！

み-6-4　0812

しにがみのバラッド。

ハセガワケイスケ
イラスト／七草

ISBN4－8402－2393－9

その真っ白な少女は、鈍色に輝く巨大な鎌を持っていた。少女は、人の命を奪う『死神』であり『変わり者《ディス》』だった——。切なくて、哀しくて、やさしいお話。

は-4-1　0803